MIGRAÇÕES

MIGRAÇÕES

CHARLOTTE McCONAGHY

Tradução de Wendy Campos

ALTA BOOKS
GRUPO EDITORIAL
Rio de Janeiro, 2023

Migrações

Copyright © 2023 da Starlin Alta Editora e Consultoria Eireli.
ISBN: 978-65-5520-972-3

Translated from original Migrations. Copyright © 2020 by Charlotte McConaghy. ISBN 9781250204028. This translation is published and sold by permission of Flatiron Books, the owner of all rights to publish and sell the same. PORTUGUESE language edition published by Starlin Alta Editora e Consultoria Ltda., Copyright © 2023 by Starlin Alta Editora e Consultoria Ltda.

Impresso no Brasil – 1ª Edição, 2023 – Edição revisada conforme o Acordo Ortográfico da Língua Portuguesa de 2009.

Dados Internacionais de Catalogação na Publicação (CIP) de acordo com ISBD

M478m McConaghy, Charlotte
           Migrações / Charlotte McConaghy ; traduzido por Wendy Campos. -
           Rio de Janeiro : Alta Books, 2023.
           288 p. ; 16cm x 23cm.

           Tradução de: Migrations
           ISBN: 978-65-5520-972-3

           1. Literatura inglesa. 2. Ficção. I. Campos, Wendy. II. Título.

2022-3452   CDD 823.92
                                                    CDU 821.111-3

Elaborado por Odilio Hilario Moreira Junior - CRB-8/9949

Índice para catálogo sistemático:
1. Literatura inglesa: Ficção 823.92
2. Literatura inglesa: Ficção 821.111-3

Todos os direitos estão reservados e protegidos por Lei. Nenhuma parte deste livro, sem autorização prévia por escrito da editora, poderá ser reproduzida ou transmitida. A violação dos Direitos Autorais é crime estabelecido na Lei nº 9.610/98 e com punição de acordo com o artigo 184 do Código Penal.

A editora não se responsabiliza pelo conteúdo da obra, formulada exclusivamente pelo(s) autor(es).

Marcas Registradas: Todos os termos mencionados e reconhecidos como Marca Registrada e/ou Comercial são de responsabilidade de seus proprietários. A editora informa não estar associada a nenhum produto e/ou fornecedor apresentado no livro.

Erratas e arquivos de apoio: No site da editora relatamos, com a devida correção, qualquer erro encontrado em nossos livros, bem como disponibilizamos arquivos de apoio se aplicáveis à obra em questão.

Acesse o site www.altabooks.com.br e procure pelo título do livro desejado para ter acesso às erratas, aos arquivos de apoio e/ou a outros conteúdos aplicáveis à obra.

Suporte Técnico: A obra é comercializada na forma em que está, sem direito a suporte técnico ou orientação pessoal/exclusiva ao leitor.

A editora não se responsabiliza pela manutenção, atualização e idioma dos sites referidos pelos autores nesta obra.

Atuaram na edição desta obra:

Tradução
Wendy Campos

Copidesque
Camila Moreira

Revisão Gramatical
Raquel Escobar
Ana Mota

Diagramação
Rita Motta

Capa
Paulo Gomes

Produção Editorial
Grupo Editorial Alta Books

Diretor Editorial
Anderson Vieira
anderson.vieira@altabooks.com.br

Editor
José Ruggeri
j.ruggeri@altabooks.com.br

Gerência Comercial
Claudio Lima
claudio@altabooks.com.br

Gerência Marketing
Andréa Guatiello
andrea@altabooks.com.br

Coordenação Comercial
Thiago Biaggi

Coordenação de Eventos
Viviane Paiva
comercial@altabooks.com.br

Coordenação ADM/Finc.
Solange Souza

Coordenação Logística
Waldir Rodrigues

Gestão de Pessoas
Jairo Araújo

Direitos Autorais
Raquel Porto
rights@altabooks.com.br

Produtoras da Obra
Illysabelle Trajano
Maria de Lourdes Borges

Assistente Editorial
Henrique Waldez

Produtores Editoriais
Paulo Gomes
Thales Silva
Thiê Alves

Equipe Comercial
Adenir Gomes
Ana Claudia Lima
Andrea Riccelli
Daiana Costa
Everson Sete
Kaique Luiz
Luana Santos
Maira Conceição
Nathasha Sales
Pablo Frazão

Equipe Editorial
Ana Clara Tambasco
Andreza Moraes
Beatriz de Assis
Beatriz Frohe
Betânia Santos

Brenda Rodrigues
Caroline David
Erick Brandão
Elton Manhães
Gabriela Paiva
Gabriela Nataly
Isabella Gibara
Karolayne Alves
Kelry Oliveira
Lorrahn Candido
Luana Maura
Marcelli Ferreira
Mariana Portugal
Marlon Souza
Matheus Mello
Milena Soares
Patricia Silvestre
Viviane Corrêa
Yasmin Sayonara

Marketing Editorial
Amanda Mucci
Ana Paula Ferreira
Beatriz Martins
Ellen Nascimento
Livia Carvalho
Guilherme Nunes
Thiago Brito

Editora afiliada à:

Rua Viúva Cláudio, 291 – Bairro Industrial do Jacaré
CEP: 20.970-031 – Rio de Janeiro (RJ)
Tels.: (21) 3278-8069 / 3278-8419

ALTA BOOKS
GRUPO EDITORIAL

www.altabooks.com.br – atendimento@altabooks.com.br
Ouvidoria: ouvidoria@altabooks.com.br

ASSOCIADO
CBL
Câmara Brasileira do Livro

Para Morgan

Esqueça a segurança.
Viva onde teme viver.
— RUMI

MIGRAÇÕES

PARTE UM

1

Os animais estão morrendo. Em breve estaremos sozinhos.

Certa vez, meu marido encontrou uma colônia de painhos-de-cauda-quadrada na costa rochosa do indômito Atlântico. Na noite em que me levou até eles, eu não sabia que aqueles eram alguns dos últimos de sua espécie. Só sabia que eram impetuosos para defender suas cavernas noturnas e ousados ao mergulhar nas águas iluminadas pela lua. Passamos um tempo com eles e, por algumas poucas horas na escuridão, pudemos fingir que também éramos assim, selvagens e livres.

Certa vez, enquanto os animais desapareciam — de verdade, e não apenas em alertas premonitórios de futuros sombrios, mas naquele instante, naquele exato momento —, em extinções em massa que podiam ser vistas e sentidas, decidi seguir um pássaro cruzando o oceano. Talvez esperasse que ele me levasse ao local para onde todos haviam fugido, todos de sua espécie, todas as criaturas que pensávamos ter matado. Talvez eu pensasse que descobriria que ímpeto cruel fazia com que eu abandonasse pessoas, lugares e todo o resto, sempre. Ou talvez minha esperança fosse que a última migração do pássaro me mostrasse o lugar ao qual pertenço.

Certa vez, pássaros fizeram nascer uma versão mais impetuosa de mim mesma.

Groenlândia
Temporada de nidificação

É pura sorte eu estar olhando quando acontece. As asas cortam o arame quase invisível e a armadilha se fecha suavemente sobre ela.

Endireito o corpo.

De início, ela não reage. Mas de alguma forma sabe que não é mais livre. O mundo ao seu redor acaba de mudar um pouco, ou muito.

Eu me aproximo lentamente, tentando não assustá-la. O vento uiva, castigando minhas bochechas e meu nariz. Há outros de sua espécie pousados nas rochas recobertas de gelo e sobrevoando em círculos, mas são rápidos em me evitar. Minhas botas crepitam no gelo e vejo um farfalhar de penas, um gesto hesitante, um aviso de que tentará se libertar. O ninho que ela construiu com seu parceiro é rudimentar, gramíneas dispersas e gravetos envergados em uma fenda nas rochas. Ela não precisa mais dele — seus filhotes já estão mergulhando em busca do próprio alimento —, mas ela retorna para o ninho, como toda mãe, incapaz de se desapegar. Prendo a respiração enquanto abro a armadilha. Ela bate as asas uma única vez, um rompante súbito de desafio antes que minha mão fria envolva seu corpo e impeça as asas de se moverem.

Tenho que ser rápida agora. Mas depois de muito praticar, sou precisa, meus dedos deslizam o anel rapidamente por sua perna, passando pela articulação até a parte superior debaixo de suas penas. Ela solta um som que conheço muito bem, que ecoa em meus sonhos quase todas as noites.

— Sinto muito, está quase acabando, só mais um pouquinho.

Começo a tremer, mas continuo; agora é tarde demais, você a tocou, maculou, impôs sua presença humana sobre ela. Que ato detestável.

O plástico aperta firme em sua perna, mantendo o rastreador no lugar. O dispositivo pisca uma vez para indicar que está funcionando. E quando estou prestes a soltá-la, ela fica absolutamente imóvel e posso sentir seu coração batendo forte na palma da minha mão.

Fico paralisada, aquele *tap tap tap*. Tão rápido e tão frágil.

Seu bico é vermelho como se ela o tivesse mergulhado em sangue. E cria em minha mente uma impressão de força. Eu a coloco de volta no ninho e me afasto, levando a gaiola comigo. Quero que ela irrompa para a liberdade, quero que haja fúria em suas asas, e eis que ela se lança no ar em toda sua glória. Os pés são rubros como o bico. A cabeça coberta por uma coroa negra e aveludada. A cauda são duas navalhas e as asas, arcos pontiagudos e elegantes.

Observo-a circundar o céu, tentando entender aquela nova parte dela. O rastreador não a atrapalha — é pequeno como uma unha e muito leve —, mas ela não gosta. De repente, ela mergulha na minha direção, emitindo um grito agudo. Sorrio, emocionada, e me abaixo para proteger meu rosto, mas ela não mergulha de novo. Retorna para seu ninho e se acomoda como se ainda houvesse um ovo para proteger. Para ela, os últimos cinco minutos nem sequer existiram.

Estou sozinha aqui há seis dias. Na noite passada, minha barraca foi arrebatada pelo mar, quando o vento e a chuva arrancaram a proteção sobre meu corpo. Fui bicada na cabeça e nas mãos mais de uma dezena de vezes por pássaros que são conhecidos como os mais ferrenhos guardiões dos céus. Mas tenho três andorinhas-do-mar-árticas, ou apenas andorinhas do Ártico, como são mais conhecidas, anilhadas para provar meu empenho. E veias saturadas de sal.

Paro no alto da colina para olhar mais uma vez, e o vento se acalma por um instante. O gelo se estende deslumbrante pela vastidão, margeado por um oceano branco e preto e um horizonte cinzento. Enormes fragmentos de gelo cerúleo flutuam languidamente, mesmo agora no meio do verão. E dezenas de andorinhas do Ártico preenchem o branco do céu e da terra. As últimas de sua espécie, talvez do mundo. Se eu fosse capaz de permanecer para sempre em um lugar, seria aqui. Mas as aves partem, e eu também partirei.

Meu carro alugado oferece um calor abençoado com o aquecedor no máximo. Ponho as mãos em frente do ventilador e sinto minha pele pinicar. Há uma pasta cheia de papéis sobre o banco do passageiro e vasculho até encontrar um nome. Ennis Malone. Comandante do *Saghani*.

Tentei sete comandantes de sete embarcações e acho que a parte obstinadamente insana em mim desejava que todos recusassem assim que vi o nome do último barco. O *Saghani*: palavra em inuíte para corvo.

Examino os fatos que consegui descobrir. Malone nascera no Alasca havia 49 anos. É casado com Saoirse, com quem tem dois filhos pequenos. Sua embarcação é uma das últimas legalmente certificada para pescar arenque no Atlântico, e para isso ele conta com uma tripulação de sete pessoas. De acordo com o cronograma da marina, o *Saghani* deve ficar atracado em Tasiilaq pelas próximas duas noites.

Insiro Tasiilaq no meu GPS e parto lentamente pela estrada fria. Levarei o dia todo para chegar à cidade. Deixo o Círculo Ártico em direção ao sul, pensando em uma forma de abordá-lo. Todos os comandantes com quem conversei se recusaram. Não toleram estranhos sem treinamento a bordo. Tampouco gostam de ter suas rotinas perturbadas, suas rotas desviadas — marinheiros são pessoas muito supersticiosas, conforme descobri. São criaturas de hábitos. Especialmente agora, com seu meio de vida ameaçado. Assim como exterminamos continuamente os animais terrestres e aéreos, os pescadores exauriram os mares até quase a extinção.

A ideia de estar a bordo de uma dessas embarcações cruéis ao lado de pessoas que poluem o oceano me deixa enojada, mas não tenho outra opção e meu tempo está se esgotando.

Um campo verdejante se estende à minha direita, salpicado por milhares de flocos brancos que à primeira vista pensei ser algodão, mas é só a velocidade distorcendo a paisagem; na verdade são flores silvestres. À minha esquerda, um revolto mar negro. Um mundo à parte. Eu poderia esquecer a missão, tentar reprimir minha obsessão. Encontrar alguma cabana rústica e me instalar. Cuidar do jardim, caminhar e observar as aves desaparecerem lentamente. O pensamento fervilha em minha mente, hesitante. Toda a graça se dissiparia e até um céu gigantesco como este logo pareceria uma gaiola. Não vou ficar, mesmo que eu seja capaz disso; Niall nunca me perdoaria.

Alugo um quarto de hotel barato e jogo minha mochila na cama. O chão é coberto por um horroroso carpete amarelo, mas tem uma vista do fiorde serpenteando aos pés da colina. Do outro lado do curso d'água há montanhas cinzentas, entremeadas por veios de neve. Menos neve do que antes. Um mundo mais quente. Enquanto meu notebook recarrega, lavo meu rosto salobro e escovo meus dentes saburrentos. O chuveiro me chama, mas primeiro preciso registrar minhas atividades.

Anoto as identificações das três andorinhas do Ártico e então abro o software do rastreador, prendo a respiração, nervosa demais para expirar. A visão das luzinhas vermelhas piscando é como uma onda de alívio. Não tinha ideia de que isso funcionaria, mas lá estão elas, três avezinhas que voarão para o sul no inverno e, se tudo sair conforme o planejado, me levarão com elas.

Depois de ter tomado banho, me lavado bem e vestido roupas quentes, enfiei alguns papéis na minha mochila e saí, passando rapidamente na recepção para perguntar à atendente qual é o melhor pub local. Ela me examina, provavelmente decidindo qual a faixa etária de entretenimento deve recomendar, e depois me diz para tentar o bar nas docas.

— Tem o *Klubben* também, mas acho que seria... agitado demais para você. — E acrescenta uma risadinha.

Sorrio, sentindo-me uma anciã.

A caminhada por Tasiilaq é repleta de morros e adorável. Casas coloridas se empoleiram no terreno irregular, vermelhas, azuis e amarelas, em um incrível contraste com o mundo invernal ao fundo. Parecem alegres brinquedos enfeitando as colinas; tudo parece menor sob o olhar das montanhas imponentes. Um céu é apenas um céu, e de alguma forma, aqui, é muito mais. É maior. Sento e observo os icebergs flutuando pelo fiorde por alguns instantes, e não consigo parar de pensar na andorinha do Ártico e em seu coraçãozinho batendo na palma da minha mão. Ainda posso sentir o *tap tap tap* e, quando pressiono a mão contra o peito, imagino nossas pulsações síncronas. O que *não* consigo sentir é meu nariz, então continuo caminhando até o bar. Seria capaz de apostar tudo que tenho — o que a esta altura não é muito — no fato de que, se houver um barco de pesca atracado na cidade, seus marinheiros passarão cada segundo de seu tempo acordados bebendo.

O sol ainda brilha, apesar de já estar bem tarde, e não mergulhará no horizonte nesta estação. Além de uma dezena de cachorros dormindo presos aos canos do lado de fora do bar, há um velho encostado na parede. Um local, considerando que está vestindo uma camiseta e nenhum casaco. Sinto frio só de olhar para ele. Quando me aproximo, vejo alguma coisa no chão e me abaixo para pegar uma carteira.

— É sua?

Alguns cães acordam e me olham com uma expressão intrigada. O homem faz o mesmo, e percebo que ele não é tão velho quanto eu pensava e que também está muito bêbado.

— *Uteq qissinnaaviuk?*

— Ah... desculpe. Eu só... — Mostro a carteira de novo.

Ele abre um sorriso. Com uma amabilidade impressionante.

— Fala inglês?

Assinto.

O homem pega a carteira e a enfia no bolso.

— Obrigado, querida. — Ele é norte-americano, sua voz parece um rugido profundo e distante, algo crescente.

— Não me chame de querida — digo, em um tom suave enquanto o examino melhor. Embaixo de seu cabelo escuro salpicado de branco e de sua espessa barba negra, há um homem chegando aos cinquenta anos, não sessenta como pareceu à primeira vista. Rugas contornam seus olhos claros. Ele é alto e curvado como se tivesse passado a vida tentando não ser.

Há algo de colossal nele. Mãos, pés, ombros, peito, nariz e barriga, tudo é grande.

Ele cambaleia um pouco.

— Precisa de ajuda pra ir a algum lugar?

O comentário o faz sorrir de novo. Ele segura a porta aberta para mim e a fecha entre nós.

No pequeno hall de entrada, tiro o casaco, o cachecol, o gorro e as luvas, e os penduro na ordem correta de vesti-los na saída. Em países de muita neve, há todo um ritual para se despir das roupas quentes. Em meio ao burburinho do bar, uma mulher toca música suave ao piano e o fogo crepita em uma lareira central. Homens e mulheres se espalham em mesas e sofás sob o teto elevado e grossas vigas de madeira, e um grupo de rapazes joga sinuca em um canto. O lugar é mais moderno do que a maioria dos pubs inegavelmente charmosos em que estive desde que cheguei na Groenlândia. Peço uma taça de vinho tinto e caminho até os bancos altos ao lado da janela. De lá, posso olhar mais uma vez para o fiorde, o que ameniza a sensação de estar em um ambiente fechado. Não gosto de ficar em locais fechados.

Meus olhos escaneiam os clientes, em busca de um grupo de homens que pudessem ser a tripulação do *Saghani*. Nenhum deles chama minha atenção — o único grande o suficiente é um grupo de homens e mulheres entretidos em um jogo de tabuleiro, *Trivial Pursuit*, e bebendo cerveja escura.

Mal tenho tempo de dar um gole em meu vinho exorbitantemente caro quando o vejo de novo, o homem do lado de fora. Ele está na beira da água agora, o vento açoitando sua barba e seus braços descobertos. Observo com curiosidade até que ele entra no fiorde e desaparece sob a superfície.

Escorrego do banco e quase derrubo meu vinho. Não há o menor sinal dele na superfície. Nem agora, nem agora, nem agora. Meu Deus, ele não vai emergir. Minha boca se abre para gritar e depois se fecha com um estalo. Em vez de gritar, estou correndo. Passo pela porta, pelo deque, desço as escadas, tão escorregadias pelo gelo que quase caio de bunda, e chego à margem lamacenta do fiorde. Ouço um cachorro latindo alto e em pânico.

Quanto tempo demora para morrer congelado? Não muito, em uma água gelada assim. E ele ainda não emergiu.

Mergulho no fiorde e...

Ahh.

Sinto a alma abandonando meu corpo, sugada para fora através de meus poros.

O frio é familiar e selvagem. Por um momento ele me agarra e prende em uma cela, uma cela de pedra que conheço tão bem quanto a um amante, por passar anos dentro dela, e quando o frio me transporta de volta para ela, perco segundos preciosos desejando estar morta, apenas para que tudo acabe logo, agora mesmo, não posso suportar mais, nenhuma parte do meu ser oferece resistência...

Recobro a lucidez como um soco em meus pulmões. *Mexa-se*, ordeno a mim mesma. Sempre gostei do frio, costumava nadar duas vezes por dia no frio, mas faz tanto tempo que já me esqueci, perdi a tolerância a ele. Bato as pernas para mover a massa de roupas encharcadas em direção ao corpo submerso. Seus olhos estão fechados e ele está sentado no fundo do fiorde, perturbadoramente imóvel.

Estendo as mãos lentamente para envolver suas axilas. Tomo impulso no chão e o arrasto para a superfície, emergindo com um arfar desesperado. Ele está se movendo agora, toma fôlego e caminha pelo fiorde me carregando em seus braços, como se ele tivesse me resgatado e não o contrário, e como diabos isso aconteceu?

— O que acha que está *fazendo*? — pergunta, ofegante.

Por um momento, continuo em silêncio; estou com tanto frio que dói.

— Você estava se afogando.

— Só estava dando um mergulho para ficar sóbrio!

— O quê? Não, você... — Escalo a encosta da margem com dificuldade. Lentamente volto à realidade. Meus dentes batem tão forte que começo a rir como uma lunática. — Pensei que precisasse de ajuda.

Não consigo concatenar a lógica que me levou até esse momento. Quanto tempo esperei antes de correr? Quanto tempo ele estava submerso?

— É a segunda vez, hoje — constata ele. — Desculpe. Você devia ir se aquecer, querida.

Mais pessoas haviam saído do bar para ver o que estava acontecendo. Estão aglomeradas na varanda, com a expressão intrigada. Ah, que humilhação. Rio de novo, mas dessa vez só emito um suspiro.

— Tudo bem, chefe? — grita alguém com um sotaque australiano.

— Tô bem — responde o homem. — Só um mal-entendido.

Ele me ajuda a levantar. O frio e, que merda, a dor, está em meus ossos. Já senti um frio assim, mas já faz muito tempo. Como ele suporta tão bem?

— Onde está hospedada?

— Você ficou debaixo d'água por muito tempo.

— Tenho bons pulmões.

Escalo a margem íngreme.

— Vou me aquecer.

— Precisa de...

— Não.

— Ei!

Paro e olho para trás.

Os braços e lábios dele estão azuis, mas ele não parece se incomodar. Nossos olhares se encontram.

— Obrigado pelo resgate.

— Sempre que precisar — respondo com um aceno.

Mesmo com o chuveiro na temperatura máxima, continuo com frio. Minha pele está vermelho vivo, escaldada, mas não sinto nada. Só dois dedos do meu pé direito estão formigando como se estivessem recuperando o calor; o que é estranho, porque os perdi anos atrás. Mas muitas vezes tenho sensações em meus dedos fantasmas e neste momento meus pensamentos estão ocupados com outra questão, em como minha mente voltou com tanta facilidade para a cela. Estou assustada ao perceber como foi simples pular e mergulhar na água em vez de gritar por socorro.

Meu instinto de afogamento.

Depois de vestir todas as peças de roupa que tenho, encontro uma caneta e um papel, me sento à mesa torta e escrevo uma carta um tanto desajeitada para meu marido.

> *Bem, aconteceu. Consegui me envergonhar de um jeito que não tem mais volta. Um vilarejo inteiro testemunhou uma mulher estrangeira se lançar no fiorde gelado para inexplicavelmente importunar um homem que só estava cuidando da própria vida. Pelo menos terei uma boa história para contar.*
>
> *E nem tente usar isso como mais uma desculpa para me pedir para voltar para casa. Anilhei minha terceira ave esta manhã e saí da área de nidificação. Perdi minha barraca, quase perdi a cabeça. Mas os rastreadores estão funcionando e encontrei um homem com uma embarcação grande o bastante para fazer a jornada, então ficarei em Tasiilaq tentando convencê-lo a me levar. Não sei se terei outra chance e não sei como fazer o mundo se curvar à minha vontade.*
>
> *Ninguém nunca faz o que eu quero. Este é um lugar que nos deixa muito cientes de nossa impotência. Nunca tive poder algum sobre você, com certeza não tenho poder algum sobre as aves e tenho menos ainda sobre mim mesma.*
>
> *Queria que estivesse aqui. Você consegue convencer qualquer pessoa a fazer qualquer coisa.*

Paro por um instante e encaro as palavras rabiscadas. Parecem tolas, paradas ali, numa folha de papel. Depois de doze anos, consegui de alguma forma ficar ainda pior em expressar meus sentimentos. Não devia ser assim — não com a pessoa que mais amo.

A água estava tão fria, Niall. Pensei que fosse morrer. Por um momento, cheguei a desejar isso.

Como chegamos a este ponto?

Sinto sua falta. Só isso que eu sei. Escreverei mais amanhã.

Beijos, F

Coloco a carta em um envelope e escrevo o endereço, depois a deixo junto com as outras não enviadas. Meu corpo está recuperando a sensibilidade e há um pulsar errático em minhas veias que reconheço como a combinação de empolgação e desespero. Queria que existisse uma palavra para esse sentimento. Eu o conheço tão bem, talvez eu mesma possa nomeá-lo.

De toda forma, a noite ainda é uma criança e tenho uma missão a cumprir.

Não sei ao certo quando comecei a sonhar com a travessia nem quando isso se tornou algo tão impregnado em mim quanto meu instinto de respirar. Faz muito tempo, ao menos é o que parece. Não fui eu que a fiz brotar, ela me engoliu por inteiro. A princípio, parecia impossível, uma fantasia tola: a ideia de conseguir um lugar em uma embarcação e convencer o comandante a me levar o mais ao sul que pudesse; a ideia de seguir a migração de uma ave, a mais longa migração natural de qualquer ser vivo. Mas a determinação é algo poderoso e, segundo me disseram, a minha é atroz.

2

Meu nome de batismo é Franny Stone. Minha mãe irlandesa me deu à luz em uma pequena cidade australiana, onde fora abandonada, sem dinheiro e sozinha. Ela quase morreu no parto, estava longe demais do hospital mais próximo. Mas resistiu, uma sobrevivente desde o início. Não sei como conseguiu o dinheiro, mas não muito tempo depois, nos mudamos de volta a Galway, e lá passei a primeira década da minha vida em uma casa de madeira tão perto do mar que eu conseguia sincronizar meu agitado coraçãozinho infantil ao *shhh shhh* das marés vivas e mortas. Pensava que nos chamávamos Stone, pedra, porque vivíamos em um vilarejo cercado de pequenas muretas de pedra que serpenteavam prateadas pelos montanhosos campos amarelos. No instante que aprendi a andar, passei a perambular ao longo das muretas curvilíneas, deslizando meus dedos pelos seus contornos angulosos, e sabia que elas me levariam às minhas verdadeiras origens.

Pois, para mim, uma coisa era muito clara desde o início: ali não era o meu lugar.

Eu perambulava. Pelas ruas de pedra ou pelos pastos, onde a relva alta emitia um suave sussurro ao meu redor. Os vizinhos me flagravam explorando as flores de seus jardins, ou no alto das colinas, escalando uma das árvores tão curvadas pelo vento que seus delicados galhos se inclinavam até tocar o chão. Diziam: "Fique de olho nessa garota, Iris, ela é aventureira demais e isso é uma tragédia." Mamãe odiava que me criticassem assim, mas não se importava em falar sobre ter sido abandonada por meu pai. Ela exibia essa ferida como um distintivo de honra. Era um fato recorrente ao longo de toda sua vida: as pessoas a deixavam, e a única maneira de suportar isso era de cabeça erguida. Mas, quase todas as manhãs, ela me dizia que se eu a deixasse seria a gota d'água, a derradeira maldição, e ela desistiria de tudo.

Então eu fiquei e fiquei, até que um dia não consegui mais. Meu ser era feito de uma matéria-prima diferente.

Não tínhamos dinheiro, mas costumávamos frequentar a biblioteca. De acordo com minha mãe, as páginas de um romance guardavam a única beleza que o mundo era capaz de oferecer. Mamãe arrumava a mesa com pratos, copos e livros. Líamos durante as refeições, enquanto ela me dava banho, deitadas tremendo de frio em nossas camas, ouvindo o uivo do vento nas janelas quebradas. Líamos sentadas nas muretas de pedra que Seamus Heaney eternizou em suas poesias. Era uma forma de partir sem partir de verdade.

Até que certo dia, nos arredores de Galway, onde as luzes mutáveis aspergiam o azul da água sobre a relva alta, conheci um garoto que me contou uma história. Em um passado longínquo, havia uma mulher que, durante toda a vida, tossia penas. Um belo dia, já velha e enrugada, ela se transformou em uma ave negra. A partir de então, o crepúsculo a mantinha sob seu feitiço e a imensa boca bocejante da noite a engolia inteira.

O garoto me contou essa história e depois me beijou com lábios avinagrados pelas batatas fritas que comia, e decidi que essa era minha história preferida e que queria me tornar uma ave quando ficasse grisalha.

Depois disso, como eu poderia não fugir com ele? Eu tinha dez anos; preparei uma mochila só com livros, pendurei-a nos ombros e parti, só por alguns instantes, brevemente, apenas uma jornada exploratória, uma pequena aventura, nada mais. Naquela mesma tarde, partimos na companhia da tempestade e seguimos até a costa oeste da Irlanda, até que sua numerosa família decidiu virar seus carros e suas caravanas em direção ao interior. Eu não queria sair de perto do mar, então escapuli sem ninguém perceber e passei dois dias na costa tempestuosa. Lá era meu lugar, para onde as muretas de pedra prateadas me guiavam. Para o mar salgado e as rajadas de vento capazes de carregar uma pessoa.

Mas, naquela noite, dormi e sonhei com penas brotando em meus pulmões, eram tantas que me sufocavam. Acordei assustada e tossindo, sabia que havia cometido um erro. Como pude deixá-la?

A caminhada até o vilarejo foi a mais longa que já fiz, e os livros na mochila ficavam mais pesados a cada passo. Comecei a deixá-los ao longo da estrada, uma trilha de palavras em meu rastro. Esperava que ajudassem outra pessoa a encontrar o próprio caminho. Uma senhora gentil e robusta me comprou um pão de soda, então pagou pela minha passagem de ônibus e esperou comigo até que ele chegasse. Ela falava murmurando, a melodia grudou em minha mente, e, mesmo depois de sair da estação, continuei ouvindo sua voz grave em meus ouvidos.

Quando cheguei em casa, minha mãe havia partido.

Simples assim.

Talvez as penas tenham clamado seu corpo, como me avisaram, aos sussurros, em meu sonho. Talvez meu pai tenha vindo buscá-la. Talvez a força de sua tristeza a tornou invisível. De qualquer forma, meus pés aventureiros a abandonaram, como ela me alertara que fariam.

Fui tirada da casa de minha mãe e mandada para a Austrália para morar com minha avó paterna. Eu não via sentido em morar na casa de ninguém depois disso. Só tentei mais uma vez, muitos anos depois, quando conheci um homem chamado Niall Lynch e nosso amor era tão profundo que se entranhou em nossos nomes, corpos e almas. Tentei com Niall, assim como fiz com minha mãe. Realmente tentei. Mas o ritmo das marés é a única coisa que nós humanos ainda não conseguimos destruir.

Tasiilaq, Groenlândia
Temporada de nidificação

Cena dois. Desta vez não há homens do lado de fora do bar, apenas os cães, que me olham sonolentos e logo perdem o interesse quando passo sem lhes oferecer nada.

Ao entrar, um estranho burburinho emerge entre os clientes e então, quase em uníssono, eles explodem em aplausos. Eu o vejo em uma das mesas, com um sorriso largo, batendo palmas junto com os outros. As pessoas dão tapinhas em minhas costas enquanto caminho até o bar, e isso me faz sorrir.

No bar, alguém me saúda com um sorriso. Ele deve ter uns trinta anos, é bonito, com longos cabelos escuros presos em um coque. Seus dentes inferiores são visivelmente tortos.

— As bebidas dela são por nossa conta hoje — diz o homem ao barman, é um outro australiano ou o mesmo que berrou da varanda mais cedo.

— Não precisa...

— Você salvou a vida dele. — Ele sorri novamente, e eu não sei se ele está sendo irônico ou se realmente acha que foi isso que aconteceu. Decido que não importa, bebida grátis é bebida grátis. Peço outra taça de vinho tinto e aperto sua mão.

— Sou Basil Leese.

— Franny Lynch.

— Gosto do nome Franny.

— Gosto do nome Basil.

— Está se sentindo bem agora, Franny?

Detesto essa pergunta. Mesmo se eu estivesse morrendo de peste, não gostaria dessa pergunta.

— É só água fria, certo?

— Sim, mas tem água fria e água friiiiia.

Basil pega minha bebida e a leva para sua mesa sem falar nada, então eu o sigo. Ele está na companhia do "afogado", que também se trocou e vestiu roupas secas, e alguns outros. Sou apresentada a Samuel, um homem corpulento de quase setenta anos com uma exuberante cabeleira ruiva, depois a Anik, um esguio homem inuíte. Em seguida, Basil aponta um trio mais jovem jogando sinuca.

— Aqueles dois idiotas são Daeshim e Malachai. Os membros mais novos e burros da tripulação. E a garota é Léa.

Um dos caras é um coreano desmazelado e o outro, um negro magro e desengonçado. A mulher, Léa, também é negra e mais alta que os dois homens. Os três estão em meio a uma discussão acalorada sobre as regras da sinuca. Por último, me viro para o "afogado", esperando ser apresentada, mas Basil já começou uma reclamação detalhada de seu jantar.

— Está cozido demais, pesado no orégano e empapado de manteiga. Sem mencionar esta maldita guarnição. E olhe que merda de apresentação!

— Você pediu salsichas com purê — lembrou Anik, parecendo entediado.

Samuel não tirou os olhos alegres de mim.

— De onde você é, Franny? Não consigo identificar seu sotaque.

Na Austrália, eu pareço irlandesa. Na Irlanda, todos pensam que sou australiana. Desde pequena oscilo entre ambos, incapaz de me agarrar a nenhum deles.

Dou um bom gole de vinho e faço uma careta, é doce demais.

— Se quiser, pode me chamar de irlandesa-australiana.

— Sabia! — diz Basil.

— O que traz uma irlandesa à Groenlândia, Franny? — insiste Samuel. — Você é poetisa?

— Uma poetisa?

— Todos os irlandeses não são poetas?

Eu sorrio.

— Suponho que gostamos de pensar assim. Estou estudando as últimas andorinhas do Ártico. Elas nidificam ao longo da costa, mas voarão para o sul em breve, até a Antártida.

— Então você é uma poetisa — diz Samuel.

— Vocês são pescadores? — pergunto.

— Arenque.

— Então, devem estar acostumados com a frustração.

— Bem, suponho que isso seja verdade.

— É um comércio moribundo — acrescento. Eles foram avisados, mais de uma vez. Todos nós fomos. Os peixes vão acabar. O oceano está quase vazio. Vocês pescaram e pescaram e agora não há mais nada.

— Ainda não — disse o "afogado", pela primeira vez. Ele está ouvindo em silêncio e agora eu me viro para ele.

— Há pouquíssimos peixes restantes na natureza.

Ele acena com a cabeça.

— Então, por que trabalhar com isso? — pergunto.

— É a única coisa que sabemos. E a vida não tem graça sem um pouco de desafio.

Eu sorrio, mas meu rosto parece de madeira. Minhas entranhas se revolvem e penso em como meu marido, que tanto lutou pela conservação, reagiria a essa conversa. Seu desprezo, seu desgosto, não teriam limites.

— O capitão está decidido a encontrar sua Moby Dick — me diz Samuel com uma piscadela.

— E o que seria?

— A pesca de seus sonhos — completa Samuel. — O Santo Graal, a Fonte da Juventude. — Ele faz um gesto tão expansivo que um pouco de sua cerveja cai em seus dedos. Acho que ele está bêbado.

Basil lança um olhar impaciente para o homem mais velho e depois explica:

— É um grande carregamento. Como os que eles costumavam pegar. O suficiente pra encher o barco e nos tornar ricos.

Eu encaro o "afogado".

— Então é dinheiro que deseja.

— Não é dinheiro — responde ele, e eu quase acredito.

— Como se chama o seu barco? — pergunto despretensiosamente.

— *Saghani* — diz ele.

Não consigo conter a risada.

— Sou Ennis Malone — acrescenta ele, me estendendo a mão. É a maior mão que já apertei. Castigada pelo tempo, assim como suas bochechas e seus lábios, com uma vida inteira de sujeira impregnada sob as unhas.

— Ela salvou sua vida e você nem tinha dito seu nome? — retruca Basil.

— Não salvei a vida dele.

— Mas era a sua intenção — argumenta Ennis. — Dá no mesmo.

— Deveria ter deixado que se afogasse — resmunga Samuel. — Era bem-merecido.

— Deveria ter amarrado umas pedras nos pés dele, isso ajudaria a afogar mais rápido — complementa Anik, e eu o encaro.

— Não ligue pra ele — comenta Samuel. — Senso de humor macabro.

A expressão de Anik sugere que ele não tem senso de humor algum. Ele pede licença.

— Ele também não gosta de ficar em terra por muito tempo — explica Ennis, enquanto observamos o elegante caminhar do inuíte pelo pub.

Malachai, Daeshim e Léa se juntam a nós. Os homens parecem aborrecidos, sentados com os braços cruzados e carrancas idênticas. Léa parece alegre até me ver, e então surge uma expressão de cautela em seus olhos castanhos.

— O que foi agora? — pergunta Samuel aos rapazes.

— Dae gosta de escolher as regras que vai obedecer — explica Malachai com um sotaque londrino genérico. — E quando tá se dando muito mal, inventa as próprias regras.

— Se não for assim, é um tédio — diz Daeshim com um sotaque norte-americano.

— O tédio é para as pessoas sem imaginação — comenta Malachai.

— Não, o tédio é útil, é o que leva as pessoas a inovarem.

Eles se olham de lado e percebo que estão tentando conter o riso. Eles entrelaçam os dedinhos, selando a paz.

— Quem é ela? — pergunta Léa. Seu sotaque parece francês.

— Esta é Franny Lynch — me apresenta Basil.

Eu aperto as mãos deles e os rapazes parecem se animar.

— A *selkie*, não é? — questiona Léa. Sua mão é forte e manchada de graxa. Faço uma pausa, surpresa com a referência e tudo que ela ecoa em uma vida.

— Criatura parte foca que carrega as pessoas pra água, só que elas não resgatam as pessoas, como você fez, elas as afogam.

— Sei o que é — murmuro. — Mas nunca ouvi falar de uma *selkie* que tenha afogado alguém.

Léa dá de ombros, solta minha mão e se recosta.

— Isso é porque elas são ardilosas e sutis, não?

Ela está errada, mas dou um sorrisinho, e algo despertou minha cautela.

— Chega desse papo — interrompe Daeshim. — Uma pergunta pra você, Franny. Sempre obedece às regras?

Olhares ansiosos se voltam na minha direção.

A pergunta parece meio boba, e eu quase ri. Em vez disso, tomo um gole de vinho e respondo:

— Sempre tento.

A certa altura, Ennis vai até o bar pegar mais uma rodada, Samuel desaparece para o banheiro pela décima quarta vez ("Quando você chegar à minha idade, não vai achar tão engraçado"), e Basil, Daeshim e Léa saem para a varanda fria para fumar um cigarro, então me vejo encurralada no sofá ao lado de Malachai, embora eu preferisse estar do lado de fora fumando. O bar esvaziou um pouco, o pianista encerrou sua apresentação da noite.

— Há quanto tempo está aqui? — pergunta Malachai com sua voz grave. Ele tem um jeito inquieto, como um cachorrinho animado, olhos castanhos-escuros e dedos que tamborilam ao som da música, mesmo quando não há nada tocando.

— Apenas uma semana. E você?

— Atracamos dois dias atrás. Vamos partir novamente pela manhã.

— Há quanto tempo você está no *Saghani*?

— Dois anos, Dae e eu.

— Você... gosta?

Ele exibe seus dentes brancos.

— Ah, você sabe como é. É difícil e doloroso, algumas noites você só quer chorar porque seu corpo todo tá dolorido e não tem como sair de lá e tudo parece tão pequeno, apertado pra caralho. Mas você ama mesmo assim. Tá em casa. A gente se conheceu em uma traineira alguns anos atrás, Dae e eu, mas a gente teve problemas quando decidiu ficar juntos. Esta tripulação não se importa nem um pouco, somos uma família. — Malachai faz uma pausa e então seu sorriso se torna descontraído. — Estou dizendo, é um hospício.

— Por quê?

— Samuel não sossegou até ter um filho em cada porto daqui até o Maine, e recita poesia porque quer que as pessoas saibam que ele é capaz. Basil estava em algum programa de culinária na Austrália, mas foi expulso porque não conseguia fazer nada normal, apenas aqueles minúsculos pratos bizarros que a gente encontra em restaurantes chiques, sabe?

Sorrio.

— Ele cozinha pra vocês?

— Ele expulsou todos da cozinha.

— Pelo menos vocês devem comer bem.

— Comemos à meia-noite porque ele passa horas elaborando os pratos e geralmente é algo que parece areia coberto de pétalas de flores e em quantidade suficiente apenas pra deixar um gosto ruim na boca. Ele também pode ser um babaca. Depois, tem o Anik, meu Deus, nem queira saber. Ele é nosso imediato, você já o conheceu? Sim, bem, ele é como a reencarnação de um lobo. Só que se você perguntar pra ele em dias diferentes, é uma águia ou uma cobra, dependendo de seu estado de espírito. Levei séculos pra descobrir que ele tava tirando sarro da minha cara. Ele não gosta de nada nem de ninguém. Tipo, de verdade. Mas os homens dos caiaques são assim, sabe? Eles são estranhos, todos eles.

Arquivo a expressão homens dos caiaques para perguntar mais tarde.

— E Dae?

— Coitado, ele fica tão mareado. Eu não deveria rir, não é engraçado. Mas agora faz parte da rotina diária: acordar, vomitar, encerrar o dia, vomitar e dormir. Acordar e fazer tudo de novo.

Acho que Malachai pode estar inventando tudo isso, mas estou me divertindo. Dá para ouvir em sua voz o quanto ele os ama.

— E Léa?

— Ela tem temperamento difícil e é a mais supersticiosa de todos. Você mal pode arrotar sem que ela dê algum aviso, e na semana passada a gente tava dois dias atrasados para partir porque ela não pôs os pés no barco até que a lua fosse a correta.

— E Ennis?

Malachai dá de ombros.

— Ele é só o Ennis.

— O que significa ser só o Ennis?

— Bem, sei lá. Ele é nosso capitão.

— Mas não faz parte do hospício?

— Não, não de verdade. — Malachai pensa um pouco, parecendo constrangido. — Ele tem seus problemas, como todo mundo.

Faz sentido, afinal encontrei o homem sentado no fundo de um fiorde. Espero que Malachai continue. Seus dedos tamborilam, agitados.

— Para início de conversa, ele é um apostador.

— Todos os homens não são assim?

— Não desse jeito.

— Hum. Esportes? Corrida? Vinte e um?

— Qualquer coisa. Já o vi se perder completamente. Ele deixa de ser racional. — Malachai se cala e percebo que ele se sente culpado por ter falado tanto.

Mudo de assunto.

— Então por que você faz isso? — pergunto.

— Faço o quê?

— Vive no mar.

Ele pondera por um instante.

— Acho que parece a vida de verdade. — Ele sorri timidamente. — Além disso, o que mais posso fazer?

— Os protestos não te incomodam? — Ultimamente, sinto que tudo o que vejo no noticiário são protestos violentos em portos de pesca ao redor do mundo. *Salvem os peixes, salvem os oceanos!*

Malachai desvia o olhar.

— Claro que sim.

Ennis volta com as bebidas e me entrega outra taça de vinho.

— Obrigada.

— Então, o que seu marido pensa de você estar aqui? — pergunta Malachai, apontando para minha aliança.

Coço meu braço distraidamente.

— Trabalhamos em áreas semelhantes, então ele me entende.

— Ciência, certo?

Concordo.

— Como se chama a área das aves?

— Ornitologia. No momento ele tá dando aulas e eu tô fazendo o trabalho de campo.

— Já sei qual deve ser o mais divertido — comentou Malachai.

— Mal, você é o maior covarde deste lado do equador — provoca Basil, sentando-se. — Aposto que você adoraria se esconder em uma sala de aula segura em algum lugar. Mas ia precisar saber ler...

Malachai mostra o dedo do meio para ele, e Basil sorri.

— O que ele acha de verdade? — pergunta Ennis.

— Quem?
— Seu marido...

Minha boca se abre, mas não consigo dizer nada. Dou um suspiro.

— Ele odeia. Eu estou sempre o abandonando.

Mais tarde, Ennis e eu nos sentamos à janela e observamos o trecho de fiorde que nos engoliu. Atrás de nós, os membros de sua tripulação estão ficando cada vez mais bêbados e pegam o tabuleiro de *Trivial Pursuit*, o que incita inúmeras discussões. Léa não entra na provocação, mas ganha a maior parte das rodadas. Samuel está lendo perto do fogo. Em qualquer outra noite eu estaria jogando com eles, e estaria provocando e cutucando para conhecê-los melhor. Mas esta noite, eu tenho uma missão. Preciso conseguir um lugar no barco deles.

O sol da meia-noite tinge o mundo de índigo e algo na luz me faz lembrar o lugar onde fui criada, aquele azul especial de Galway. Conheci um bom pedaço do mundo e o que mais me impressiona é que não existem duas luzes com as mesmas características, não importa aonde vá. A da Austrália é brilhante e dura. A de Galway é *meio embaçada*, com uma delicada névoa. Aqui todas as formas são nítidas e frias.

— O que você acharia se eu dissesse que posso encontrar seus peixes?

Ennis arqueia as sobrancelhas. Fica quieto por um tempo e então diz:

— Acho que você tá falando sobre suas aves, e eu diria que isso é ilegal.

— Só se tornou ilegal por causa dos métodos de arrasto que os grandes navios costumavam usar, que capturavam e matavam toda a vida marinha e as aves ao redor. Vocês não usam mais isso, não com uma embarcação menor. As aves estariam seguras. Caso contrário, eu nem sugeriria.

— Você fez a lição de casa.

Assinto.

— Então, o que tem em mente, Franny Lynch?

Retiro os papéis da minha bolsa e me sento no banco ao lado de Ennis. Coloco os papéis entre nós e tento alisar os amassados.

— Estou estudando os padrões migratórios das andorinhas do Ártico, em especial os efeitos da mudança climática em seus hábitos de voo. Mas acho que você já sabe tudo isso, é isso que está matando os peixes.

— E todo o resto — completa ele.

— E todo o resto.

Ele examina os papéis, mas não o culpo por não conseguir interpretar o que significam, são artigos densos com o selo da universidade.

— Você conhece as andorinhas do Ártico, Ennis?

— Eu as vejo ao longo do caminho. É temporada de nidificação agora, não é?

— Isso mesmo. A andorinha do Ártico faz a migração mais longa de todos os animais. Ela voa do Ártico até a Antártida e depois de volta no intervalo de um ano. É um voo extraordinariamente longo para um pássaro desse tamanho. E como as andorinhas do Ártico vivem mais ou menos trinta anos, a distância que elas percorrerão ao longo de suas vidas equivale a voar para Lua e voltar três vezes.

Então, ele olha para mim.

Compartilhamos um silêncio repleto da beleza das delicadas asas brancas que carregam uma criatura por distâncias tão longas. Penso na coragem, isso me emociona tanto que sou capaz de chorar, e talvez haja algo nos olhos de Ennis que sugira que ele entende um pouco desse sentimento.

— Quero segui-las.

— Até a Lua?

— Até a Antártida. Cruzando o mar do Atlântico Norte, ao longo da costa da América, de norte a sul, e depois descendo para as águas glaciais do mar de Weddell, onde os pássaros descansam.

Ennis analisa meu rosto.

— E você precisa de uma embarcação.

— Sim.

— Por que não um navio de pesquisa? Quem está financiando o estudo?

— A Universidade Nacional da Irlanda, em Galway. Mas eles cancelaram meu financiamento. Eu nem tenho mais uma equipe.

— Por quê?

Escolho minhas palavras com cuidado.

— A colônia que você viu aqui, ao longo da costa. Dizem que é a última do mundo.

Ele respira profundamente, mas não está surpreso. Ninguém precisa ser informado da extinção dos animais; há anos temos assistido a notícias sobre a destruição de habitats e espécies após espécies serem declaradas primeiramente ameaçadas de extinção e depois oficialmente extintas. Não há mais primatas na natureza, não há chimpanzés, nem macacos, nem gorilas, nem *qualquer* outro animal que viveu em florestas tropicais. Os grandes felinos das savanas não são vistos há anos, assim como todas as criaturas exóticas que costumávamos fazer safáris para apreciar. Não há ursos no Norte antes congelado, nem répteis no Sul quente demais, e o último lobo conhecido no mundo morreu em cativeiro no inverno passado. Quase não resta vida selvagem, e esse é um destino do qual todos nós estamos intimamente cientes.

— A maioria dos órgãos financiadores desistiu das aves — digo. — Estão concentrando suas pesquisas em outros lugares, onde acham que ainda podem realmente fazer a diferença. A previsão é que esta seja a última migração que as andorinhas do Ártico tentarão. Acreditam que elas não vão sobreviver.

— Mas você acha que elas vão conseguir — diz Ennis.

Aceno com a cabeça.

— Coloquei rastreadores em três, mas eles só servem pra indicar para onde os pássaros voam. Não são câmeras e não permitem ver o comportamento das aves. Alguém precisa testemunhar como elas sobrevivem para que possamos aprender com isso e as ajudar. Não acredito que precisamos perder esses pássaros. Sei que não.

Ele não diz nada, só observa o carimbo da UNI nos papéis.

— Se ainda houver peixes neste oceano inteiro, as aves certamente os encontrarão. Elas procuram pontos quentes. Me leve para o sul e poderemos segui-las.

— A gente não vai tão ao sul. Fazemos da Groenlândia ao Maine e vice-versa. Só isso.

— Mas você poderia ir mais longe, não poderia? Que tal apenas até o Brasil?

— *Apenas* até o Brasil? Você sabe como é longe? Não posso ir para onde eu quiser.

— Por quê?

Ele me olha pacientemente.

— Existem protocolos para pesca. Territórios e métodos, as marés que eu conheço, portos onde tenho que entregar pra ser pago. A tripulação que depende da pesca e da entrega. Já tive que mudar minha rota pra levar em conta todos os portos fechados. Se mudar mais, posso perder todos os compradores que restam.

— Quando foi a última vez que você cumpriu sua cota?

Ele não responde.

— Posso te ajudar a encontrar os peixes, eu juro. Você só precisa ser corajoso o suficiente para ir mais longe do que jamais foi.

Ennis se levanta. Seu rosto assume uma expressão dura. Eu havia tocado um ponto sensível.

— Não posso me dar ao luxo de assumir mais uma boca pra alimentar. Não posso te pagar, dar acomodação e comida.

— Eu trabalho de graça...

— Você não sabe nada sobre trabalhar com uma rede de cerco. Não é treinada. Eu estaria concordando em te levar direto para o além se a permitisse subir a bordo tão inexperiente.

Balanço a cabeça, sem saber como convencê-lo, me desespero.

— Assino um termo isentando você de qualquer responsabilidade com a minha segurança.

— Não posso fazer isso, querida. Seria pedir muito sem nada em troca. Sinto muito, é uma ideia romântica seguir pássaros, mas a vida no mar é muito mais difícil, e eu tenho bocas pra alimentar. — Ennis toca meu ombro brevemente, pedindo desculpas, e retorna à companhia de sua tripulação.

Sento-me à janela e termino minha taça de vinho. Meu peito dói e sinto que ao menor movimento meu corpo se partirá em pedaços.

Se você estivesse aqui, Niall, o que diria, como agiria?

Niall diria que eu tentei pedir, então agora vou ter que dar um jeito de pegar.

Meus olhos se fixam em Samuel. Vou ao bar e peço dois copos de uísque e levo um para ele junto à lareira.

— Você parecia com sede.

Ele sorri, vaidoso.

— Faz muito tempo que uma jovem não me paga uma bebida.

Pergunto a ele sobre o livro que está lendo e o ouço atentamente enquanto ele me conta a história, então pago mais uma rodada para ele e conversamos mais sobre livros e poesia, pago mais outra, e o observo ficar cada vez mais bêbado e sua língua, cada vez mais solta. Posso sentir os olhos de Ennis; agora que ele sabe da minha intenção, acho que está desconfiado. Mas concentro minha atenção em Samuel e, quando suas bochechas estão rosadas e seus olhos vidrados, desvio a conversa para seu capitão.

— Há quanto tempo você trabalha no *Saghani*, Samuel?

— Quase uma década, eu diria, ou quase isso.

— Uau. Então você e Ennis devem ser próximos.

— Ele é meu rei e eu, seu Lancelot.

Sorrio.

— Ele é tão romântico quanto você?

Samuel ri.

— Minha esposa diria que isso é impossível. Mas acho que há um pouco de romance em todos nós, marinheiros.

— É por isso que seguiu esse caminho?

Ele acena lentamente.

— Está em nosso sangue.

Eu me remexo no assento, tão intrigada quanto chocada com essa declaração. Como pode estar no sangue deles matar indiscriminadamente? Como podem ignorar o que está acontecendo com o mundo?

— O que você fará quando não puder mais pescar?

— Vou ficar bem, tenho minhas garotas esperando por mim em casa. E os outros são jovens, vão se recuperar, encontrar outra coisa pra amar. Só não sei o que Ennis vai fazer.

— Ele não tem família? — pergunto, mesmo sabendo que não é o caso.

Samuel suspira tristemente e toma um grande gole de sua bebida.

— Ele tem, sim. Mas é uma história muito triste. Ele perdeu os filhos. Tá tentando ganhar dinheiro suficiente pra largar essa vida e ter eles de volta.

— O que quer dizer? Ele perdeu a guarda dos filhos?

Samuel sinaliza que sim.

Recosto-me na poltrona e observo as chamas da lareira crepitarem.

O estrondo de uma voz grave me tira do transe e percebo que Samuel começou a cantar uma balada triste sobre a vida no mar. Jesus, eu realmente levei o pobre além do limite. Tento não rir quando percebo que metade do pub está olhando. Faço sinal para Ennis e me esforço para colocar o grandalhão de pé.

— Acho que é hora de dormir, Samuel. Consegue se levantar?

A voz de Samuel fica mais alta, assumindo uma intensidade lírica.

Ennis chega para me ajudar com o peso considerável do homem. Lembro-me de pegar minha mochila, e então apoiamos Samuel, ainda cantando, para fora do bar.

Assim que chegamos na parte externa não consigo mais evitar. Começo a rir.

Segundos depois, ouço a risada suave de Ennis se juntar à minha.

— Onde a embarcação está atracada? — pergunto.

— Posso levá-lo daqui, querida.

— Fico feliz em ajudar — argumento, e ele aceita.

Ainda não amanheceu, mas a luz me deixa desorientada. Cinza e azul, com um sol pálido no horizonte.

Caminhamos ao longo do fiorde até o porto do vilarejo. O mar se abre diante de nós, dissolvendo-se na distância. Uma gaivota grasna e guincha no alto; elas são tão raras agora que assisto por longos momentos, até que ela desapareça de vista.

— Lá está ela — diz Ennis, e eu a vejo. Uma elegante embarcação de pesca, talvez trinta metros de comprimento, seu casco pintado de preto com a palavra *Saghani* rabiscada.

No instante que li o nome, eu soube. Essa era a embarcação destinada para mim. O *Corvo*.

Ajudamos Samuel a subir a bordo e o guiamos abaixo do convés. Os corredores são estreitos, e temos que nos abaixar para passar pelas portas do camarote de Samuel. Era pequeno e frugal, com uma cama de cada lado. Ele oscila e depois cai em seu colchão como uma árvore derrubada. Luto para tirar os sapatos de Samuel enquanto Ennis vai buscar um copo d'água. Quando ele volta com a água, Samuel já está roncando.

Ennis e eu nos entreolhamos.

— Agora é por sua conta — digo com suavidade. Ele me leva de volta ao convés principal.

O cheiro do oceano preenche todo meu ser, como sempre, e eu paro, incapaz de ir embora.

— Você está bem? — pergunta ele.

Respiro fundo, enchendo meus pulmões de sal e algas marinhas, e penso na distância entre aqui e lá, penso na trajetória das aves e na minha, e enxergo no capitão algo diferente, algo que não consegui reconhecer antes de saber sobre seus filhos.

Pego o mapa na minha mochila e me sento perto da balaustrada. Ennis me segue e abro o mapa entre nós.

Com uma aurora invisível se aproximando, mostro-lhe calmamente como as aves sempre partem por caminhos separados, e onde elas se reúnem, cada uma delas tendo seguido uma rota diferente até os peixes, mas sempre terminando nos mesmos lugares, sempre sabendo exatamente onde se encontrar.

— Os locais são um pouco diferentes a cada ano — explico. — Mas sei o que estou fazendo! Tenho a tecnologia. Posso te levar até elas. Eu juro.

Ennis examina o mapa e as linhas traçando as rotas das aves pelo Atlântico.

Então continuo:

— Sei como isso é importante pra você. Seus filhos estão em jogo. Então vamos partir em uma última grande captura.

Ele olha para cima. Não consigo identificar a cor de deus olhos sob a luz. Ele parece exausto.

— Você está se afogando, Ennis.

Ficamos sentados em silêncio por um tempo, ouvindo apenas o suave bater das ondas contra o casco. Em algum lugar distante a gaivota grita.

— Você é fiel à sua palavra? — pergunta Ennis.

Assinto com um único gesto.

Ele se levanta e caminha pelo convés, sem se dar ao trabalho de parar antes de anunciar:

— Vamos partir em duas horas.

Dobro o mapa com dedos trêmulos. Uma onda de alívio me atinge, tão intensa que quase vomito. Meus passos ecoam suavemente na prancha de madeira. Quando chego à terra, me viro para olhar o barco e seu nome rabiscado.

Mamãe costumava me dizer para procurar as pistas.

"*As pistas do quê?*", perguntei da primeira vez.

"*Da vida. Elas estão escondidas por toda parte.*"

Procuro por elas desde então, e elas me trouxeram até aqui, ao barco em que passarei o resto da minha vida. Porque, de uma forma ou de outra, quando chegar à Antártida e minha migração terminar, decidi morrer.

ESTAÇÃO DE GARDA, GALWAY
QUATRO ANOS ATRÁS

O chão é de linóleo barato e muito frio. Perdi meus sapatos em algum lugar, antes de andar cinco quilômetros na neve carregando uma sacola de uniformes de futebol americano. Não lembro como os perdi. Expliquei tudo à polícia, e eles me colocaram nessa sala para esperar, e não voltaram para falar comigo.

Mas eu sei.

Passo os minutos e depois as horas recitando passagens da obra de Tóibín na minha cabeça, lembrando-as o melhor que posso e tentando encontrar conforto em sua história sobre uma mulher que amava o mar, mas é difícil lembrar a prosa, então tento a poesia, Mary Oliver e seus gansos selvagens, seus corpos animais amando o que amam, e mesmo isso é difícil. O esforço de compartimentalizar é como uma lâmina constantemente raspando minha mente. O longo cacho serpenteante de uma laranja sendo descascada de forma habilidosa: esse é o meu cérebro. Tento Byron, *o coração será partido* — não, talvez Shelley, *quanto valem todos esses beijos* — não, então Poe, *deito-me ao lado de minha querida, minha querida...*

A porta se abre e me salva de mim mesma. Meu corpo todo treme e há uma poça de vômito ao lado da minha cadeira que não lembro como foi parar ali. A detetive é um pouco mais velha do que eu, impecavelmente arrumada, o cabelo loiro preso em um coque. Usa um terno grafite bem cortado que delineia suas curvas perfeitas e sapatos cujo *clap clap* me fazem pensar em um cavalo. Percebo esses detalhes com estranha precisão. Ela vê a sujeira e consegue conter uma careta enquanto manda alguém cuidar disso, e então ela se senta à minha frente.

— Sou a detetive Lara Roberts. E você é Franny Stone.

Engulo em seco.

— Franny Lynch.

— É claro, me desculpe. Franny Lynch. Eu me lembro de você da escola. Você estava algumas séries antes. Sempre chegando e partindo, sempre inquieta. Até que se mudou pra sempre. Voltou para a Austrália, não?

Eu a encaro, entorpecida.

Um homem chega com um esfregão e um balde e esperamos enquanto ele limpa meticulosamente o vômito. Ele sai com seus apetrechos e volta alguns minutos depois com uma xícara de chá quente para mim. Agarro-a com as mãos congeladas, mas não bebo, acho que pode me fazer vomitar de novo.

Quando a detetive Roberts continua calada, eu limpo minha garganta.

— Então?

Então, eu vejo: o horror que ela estava lutando para esconder de mim. Ele desliza sobre seus olhos como um véu.

— Eles estão mortos, Franny.

Mas isso eu já sei.

3

O *Saghani*, MAR DO ATLÂNTICO NORTE
TEMPORADA DE MIGRAÇÃO

Minhas mãos começaram a sangrar ao simples toque. Passo seis horas de cada dia dando nós em cordas. Devo fazer isso até conseguir amarrar todos os dez nós de vela mais comuns com os olhos vendados ou até dormindo. Tenho que conhecer intimamente cada um deles e tenho que saber qual nó é usado para qual tarefa. Tinha certeza de que aprendera tudo isso dias atrás, mas, mesmo assim, Anik me fez continuar fazendo nós. Primeiro surgiram as bolhas, depois elas estouraram e o sangue brotou, e a cada noite as feridas começam a formar cascas, só de leve, e a cada manhã as cascas são arrancadas e sangram novamente. Deixo pequenos vestígios de mim mesma em tudo que toco.

Fazer nós, embora doloroso, é relativamente relaxante em comparação às minhas outras tarefas. Lavo o convés com a mangueira de pressão duas vezes por dia. Esfrego de cima a baixo e arrumo todo o equipamento, carregando maquinário pesado e tonéis de gasolina. Limpo todas as janelas, removendo o sal e a sujeira de ambos os lados de cada superfície de vidro. Limpo o interior também, aspirando os camarotes, esfregando o chão e as superfícies da cozinha, certificando-me de que não há uma gota de água parada em qualquer lugar, especialmente na área do freezer. A água parada é a inimiga de uma embarcação. Causa ferrugem. Faz as coisas pararem de funcionar.

Os primeiros dias após a partida foram destinados a desempacotar e armazenar corretamente os suprimentos.

A bordo, há comida suficiente para um exército, pois precisa durar meses. Ontem comecei a aprender sobre as redes. O *Saghani* é uma embarcação de cerco, com redes de 1,5 quilômetro de comprimento, então a tripulação gasta muito tempo mantendo essas redes, seus lastros, cabos e o enorme bloco de força, que acho que é um sistema de polias mecanizadas que se ergue no céu como uma garra de um guindaste. Ainda não vi nada disso em ação, porque estamos navegando por águas perigosas em busca de um cardume de arenque que pode nem existir. As redes têm "cortiças" ao longo de uma das bordas, dispositivos flutuantes pintados de amarelo vivo, e devem ser enroladas em um padrão circular para não emaranhar. Essa tarefa também estoura as bolhas em meus dedos, mas eu as enrolei por oito horas, praticando para que, quando as redes estiverem realmente em uso, eu possa fazer isso de forma rápida e eficaz. Depois voltei a limpar o que já estava limpo.

Acho que estão tentando me vencer pelo cansaço.

A tripulação não me quer aqui. Eles ficaram perplexos quando ouviram o novo plano, o novo trajeto. Têm medo de navegar em águas desconhecidas, que nem seu capitão conhece. Eles se ressentem por isso.

Mas o que eles não suspeitam é que eu adoro cada segundo dos árduos e laboriosos dias de dezoito horas. Eu nunca estive tão exausta na minha vida, e é perfeito. Significa que consigo dormir.

O *Saghani* avança lentamente através do espesso gelo na costa da Groenlândia, estilhaçando a superfície em grandes pedaços que então são eliminados de nosso caminho. O som não se parece com nada que já ouvi. Estalos altos ecoam pelo céu, zunidos intensos e o constante rugido do mar e do motor combinados.

Aperto meu casaco com mais força; mesmo com três térmicas por baixo, ainda estou com frio, mas é bom. O vento gelado belisca minhas bochechas e meus lábios, resseca e racha minha pele. Estou tendo uma rara pausa de meus deveres para testemunhar a passagem. No passadiço, está Ennis, navegando cuidadosamente sua embarcação em meio ao ardiloso gelo. Posso vê-lo através do vidro sempre recoberto de sal e sob um furioso céu cinzento, apenas a barba espessa e escura. Vestido de cor laranja fluorescente, Samuel está ao seu lado, lendo os medidores. Os outros fazem um trajeto constante da popa à proa, monitorando a passagem do navio e procurando pedaços grandes o suficiente para causar danos ao casco. Gritam numa língua que me parece estranha, como tudo o que dizem a bordo. Coisas como *través, pique de vante* e *amarras*.

As andorinhas do Ártico ainda não saíram da Groenlândia. Tenho observado obsessivamente os pontinhos vermelhos no meu notebook, sabendo que a partida será em breve. Até que elas partam, ficaremos nas águas habituais do *Saghani*, esperando que a sorte nos favoreça.

Ennis decide a rota que tomamos; é ele quem encontra os peixes, portanto, o sustento de sua tripulação depende inteiramente de sua capacidade de esquadrinhar esse enorme oceano. Não falo com ele desde que cheguei a bordo. Raramente o vejo, exceto à distância, no comando do leme. Ele não come conosco. Basil disse que isso é normal — ele provavelmente está lá em cima estudando mapas, boletins meteorológicos e dispositivos de rastreamento por sonar, sua responsabilidade pesando sobre seus ombros.

— Ele está no modo de caça — falou Anik no meu primeiro dia, como se eu devesse saber disso. — Isso o divide. Ele se torna outra pessoa.

— Ele está apenas se certificando de que não morra todo mundo, e agradeço ao Senhor por isso — murmurou Samuel, acendendo dois cigarros de uma vez e passando o segundo para Anik.

É assim que estou aprendendo sobre o capitão do *Saghani* — de longe, em fragmentos de informações que os membros de sua tripulação oferecem. Ele fica nos aposentos do capitão, enquanto o resto de nós compartilha um camarote com mais um, em quartos adjacentes ao pequeno refeitório e à cozinha. Fui colocada no camarote de Léa, e ela não está acostumada a ter uma companheira de quarto, para dizer o mínimo. Não fala comigo, exceto para ladrar ordens, e o camarote mal tem espaço para os dois beliches. A única razão pela qual seu tamanho minúsculo foi suportável até agora é eu estar cansada demais para ficar acordada no escuro e imaginar que estou em um caixão.

— Franny, saia do caminho! — grita Dae, enquanto passa trovejando. Saio da frente com um salto a tempo de ouvi-lo gritar: — *Berg* a dois graus de bombordo!

Espio por cima da balaustrada para ver do que ele está falando. Há um iceberg projetando-se da camada de gelo plano que o cerca, e estamos bem na sua direção. Presumivelmente, sua forma significa que a maior parte dele se estende muito além da superfície, ao passo que blocos de gelo normais flutuam na água. Os quebra-gelos não conseguem partir um iceberg. Ele não parece grande o suficiente para causar danos significativos, mas suponho que esse foi o pensamento de todos a bordo do *Titanic*. E a julgar pelo frenesi da tripulação, eu diria que estamos com problemas.

— Preparar para colisão.

Basil me puxa para seu peito, pressionando nossos corpos rispidamente contra o convés. O impacto trepidante nos arremessa longe, e meu ombro bate com força na parede. Eu estremeço quando a embarcação corrige seu curso mais uma vez. Se Basil não tivesse me agarrado, eu poderia ter sido jogada ao mar. E ele já está correndo pelo convés. Eu me esforço para ficar de pé e me agarro firme ao corrimão. Passamos pelo iceberg e desviamos — certamente arrancando um pedaço dele. Vejo o oceano livre à frente e meu coração saltitante não sabe se deve acelerar ou desacelerar.

Não que eu queira que a embarcação afunde ou algo assim, mas a experiência foi emocionante.

— Liberado! — berra Ennis de sua varanda assim que nos livramos do gelo.

— Positivo, capitão! — responde Léa.

— Ótimo trabalho! — grita Mal.

Ennis desce as escadas, e eu o vejo caminhar até o ponto do impacto, jogando uma pesada escada de corda pela lateral da embarcação. Eu me inclino para vê-lo descer e verificar os danos no casco, completamente à vontade pendurado naquela corda. A água espirra em seu corpo, mas ele desce sem se importar, chegando a tocar o longo arranhão e a avaliar sua profundidade. Quando está satisfeito, ele se lança escada acima, aterrissando com um som pesado de botas.

— Superficial — anuncia à ansiosa tripulação, que solta uma torrente de palavrões de alívio.

— Você está bem, querida? — me pergunta Ennis, as primeiras palavras que me dirige desde a noite que nos conhecemos.

— Olhe a cara dela — diz Mal, e enquanto todos observam minha expressão, seja lá qual for, caem na gargalhada. Até Léa está rindo, mas Anik apenas revira os olhos.

Ennis sorri quando passa por mim, me dando um tapinha no ombro.

— Agora, é uma parte de você.

— Ei, Franny, acorde.

Não.

— Vamos.

Alguém está me arrastando da minha cama. Não pode estar amanhecendo ainda. Pisco e vejo Dae através de olhos embaçados.

— O que você tá fazendo? Me deixe dormir...

— O jantar tá pronto.

— Estou muito cansada.

— Você não vai sobreviver se não comer.

Percebo que ele não será dissuadido, então me levanto e me arrasto até o refeitório. Malachai abre espaço para eu deslizar ao seu lado na mesa de canto. O assento é de couro marrom, grudento e descascado e, quando todos os sete estão sentados, é bem apertado. Um pequeno televisor está instalado no alto da parede e esticamos nossos pescoços para assistir a um dos quatro DVDs que eles têm a bordo — esta noite teremos uma sessão de *Duro de Matar*, que todos, sem exagero, sabem recitar palavra por palavra. Descanso minha cabeça no encosto e me permito cochilar.

— O que diabos você tá fazendo aí? — grita Dae, me tirando do meu cochilo.

— Que horas são? — pergunto, grogue.

— Uma da manhã! — berra Dae, para minha agonia.

— Paciência. — A voz de Basil ecoa da cozinha adjacente.

— Posso, por favor, ir para a cama? — pergunto.

Mal e Dae acham meu estado de torpor muito divertido.

— Não tá aguentando, princesa? — pergunta Léa friamente.

Afundo no meu assento e ignoro todos eles.

Samuel se senta pesadamente e coloca um copo na minha frente.

— Isso vai te ajudar, mocinha.

Não tenho forças para discutir e bebo de uma vez. Arde tanto que cuspo metade sobre a mesa e tusso até meus olhos lacrimejarem. O que faz todos eles rirem ainda mais. Olho para Samuel com desconfiança.

— Isso foi vingança?

Ele sorri.

— Sou um homem pacífico. *Olho por olho, e o mundo acabará cego.*

Samuel serve doses para os outros.

— Eu também odeio isso — Malachai se solidariza enquanto leva o copo aos lábios.

— Boa sorte — murmuro.

Alguém bufa.

— *Putain de crétin!* — xinga Léa.

— O que foi?

— Não diga boa sorte, idiota!

— Por que não?

— Dá azar.

Estão todos olhando para mim. Levanto as mãos, demonstrando confusão.

— Ora, como eu poderia saber?

— Você não sabe merda nenhuma — vocifera Léa.

— Então me explique.

— Primeira lição — começa Samuel.

— Nunca suba a bordo com o pé esquerdo primeiro — diz Léa, com um arrepio de horror.

— Não deixe o porto na sexta-feira — acrescenta Dae.

— Não abra uma lata de cabeça para baixo — diz Samuel.

— Nada de banana — diz Léa. — Ou de assobios.

— Nada de mulher a bordo — acrescenta Basil, saindo da cozinha com um prato em cada mão. Ele pisca para Léa ao dizer isso. — Não se preocupe, vivemos perigosamente no *Saghani*.

Samuel e Dae olham estarrecidos para os pratos servidos. E com razão. Há uma delicada espiral de espaguete em forma de S, artisticamente pintada com delicados redemoinhos de molhos vermelho e amarelo e finalizada com lascas do que parece ser parmesão, encaixadas perfeitamente entre o macarrão para que pareçam flutuar. Para ser sincera, já estou muito surpresa que haja comida fresca, mas estamos apenas começando a jornada — de acordo com Dae, o cardápio vai piorando ao longo do tempo.

— O que... — Mal nem consegue terminar. Ele parece estar engolindo a vontade de gritar, ou possivelmente tendo um derrame.

— O que deveria ser isso? — questiona Samuel.

— Espaguete à bolonhesa — anuncia Basil enquanto volta com mais pratos.

— Você disse que queria algo normal, então aqui está.

— Mas... *como assim?*

— Está desconstruído.

— Bem... será que podemos reconstruir então?

Não posso evitar. Cubro minha boca e caio na risada.

Dae consegue pegar tudo que sobrou nas panelas e abastecer nossos pratos com uma porção de tamanho normal, enquanto Basil resmunga sobre os excessos alimentares da população norte-americana. Recebo uma tigela apenas com espaguete porque eles já sabem que sou vegetariana.

"Nem peixe?", quis saber Basil quando descobriu.

"Nem mesmo peixe." Esta informação foi recebida com grande desconfiança.

Depois do jantar, lavo a louça e limpo a cozinha, e então, porque a comida me acordou um pouco, me sirvo de alguns dedos de uísque para acalmar o barulho na minha cabeça e subo para o convés principal para fumar.

Deixamos o sol da meia-noite para trás. A noite nos encontrou.

Ando até a proa para observar a infinita extensão do mar negro. Está tudo calmo agora, principalmente, e quieto, exceto pelo ronco do motor e pelo sussurro do oceano. Deslizamos a um ritmo alucinante em direção ao sul. Acendo um cigarro, sabendo que quando começo não consigo parar, e que provavelmente ficarei aqui e fumarei um maço inteiro, um após o outro, em um esforço para sobreviver à noite. O veneno da fumaça provoca uma sensação agradável em meus pulmões; parece tóxica.

— Ennis diz que este é o único ambiente verdadeiramente selvagem que resta.

Samuel aparece ao meu lado.

Olho para a imensidão escura e entendo o que ele quer dizer. Agora estou feliz por Dae ter me acordado, não tive um momento para pensar desde que embarquei há uma semana.

— Você acha que sua esposa vai te perdoar por ficar mais tempo fora? — pergunto.

— Claro. Mas acho que não é tão provável que ela perdoe você.

Não sei o que dizer. Eu poderia me desculpar, mas não me arrependo.

— Ela não gosta que você viaje?

— Não.

— Então por que você faz isso?

— *Há um prazer em suas florestas inexploradas. Há um êxtase em sua costa solitária. Há uma sociedade na qual ninguém penetra, no mar profundo, e em seu rugido há música.*

Sorrio.

— Byron.

— Ah, querida, eu amo os irlandeses. — Ele faz uma pausa e sorri. — E, por Deus, como eu amo pescar.

Mas por quê?, quero perguntar. *Por quê?*

Posso entender o desejo de estar no mar. Claro que posso. Durante toda a minha vida amei o mar. Mas pescar? Talvez não seja exatamente a pesca que essas pessoas amem, mas a liberdade, a aventura, o perigo. O respeito que tenho por eles quer acreditar nisso.

— Mas não seria nada mal fazer isso sem as idas e vindas, e os meses longe de casa. Você sabe o que eu realmente gostaria? — pergunta Samuel.

— O quê?

— Gostaria de levar minha carretilha pra praia em meu pequeno pedaço de terra e passar todas as minhas horas pescando, bebendo vinho e lendo poesia.

— Algum autor específico?

— *Você não vê o quanto é necessário um mundo de dores e infortúnios para educar uma inteligência e fazer dela uma alma?*

Vasculho minha mente e me arrisco.

— É Keats?

— Ponto bônus pra você por essa.

— Parece perfeito. Por que não faz isso?

— Tenho muitos filhos pra alimentar.

Reflito por um instante. Não é a floresta inexplorada ou a costa solitária que o faz partir para longe de casa, mas a necessidade.

— Ele ainda encontra peixes? — pergunto.

Samuel dá de ombros, desconfortável.

— Ele costumava encontrar. Todos queriam trabalhar pra Ennis Malone. Havia muito arenque. Agora não é tarefa fácil. O mundo mudou. A situação está cada vez mais desesperadora. — Ele olha para mim. — Não tenho tempo pra perseguir pássaros mundo afora.

Não me repito: já lhes disse que os pássaros os levarão aos peixes. Não acreditam em mim. Preferem acreditar na superstição e na rotina. Acreditam em conhecer os oceanos em que se navega.

— Hoje, aquele iceberg não foi nada — explica Samuel. — Vai ficar muito pior quando a gente chegar na corrente do Golfo.

— Por quê?

— Ela se conecta com a corrente do Labrador, que vai dar uma carona para o sul. São duas das grandes correntes do mundo, que se movem em direções opostas. — Ele dá uma tragada no cigarro, a ponta vermelha brilha no escuro. — Quando você chega a esse ponto, onde elas se encontram... — Samuel balança a cabeça. — Não sabemos o que esperar. É um oceano indômito, o Atlântico. Ennis me disse uma vez que navegou a maior parte de sua vida e ainda não sabe quase nada sobre ele.

— Ennis parece dizer muitas coisas pra todos, menos pra mim.

Samuel me olha de lado, então estende a mão e dá um tapinha no meu ombro gentilmente.

— Você é inexperiente, garota. E ele está focado.

— Ele está irritado.

— Se ele se arrepender da decisão, não vai descontar em você. Ele não é tão mesquinho. Olha, o que eu queria saber é se você tem certeza sobre tudo isso, mocinha. É um caminho rápido pro túmulo, pular a bordo de um navio e partir para o alto-mar sem as habilidades para sobreviver. Pensando bem, mesmo se tiver as habilidades.

— Você sobrevive. — Desconfio que ele esconda pés ágeis sob o corpo roliço.

— E estou preparado pra que a Dona Sorte mude de ideia sobre isso quase todos os dias.

Dou de ombros.

— Bem, Samuel, o que posso dizer? Se eu morrer neste barco, acho que é apenas o meu destino, não é?

— Oh.

— Oh, o quê?

Há uma gentileza em seu olhar.

— O que torna uma jovem como você tão cansada da vida?

Quando eu não respondo, ele me abraça. Fico tão surpresa que não me lembro de retribuir o abraço. Há poucas pessoas, na minha compreensão de mundo, que oferecem ternura com tanta desenvoltura.

Não sigo o velho marinheiro de volta para dentro. Em vez disso, penso em sua percepção de mim e sei que não é verdade. Não é da vida que estou cansada, com suas surpreendentes correntes oceânicas, camadas de gelo e todas as delicadas penas que formam uma asa. É de mim mesma.

―――

Existem dois mundos. Um é feito de água e terra, de rocha e minerais. Tem um núcleo, um manto e uma crosta, e oxigênio para respirar.

O outro é feito de medo.

Vivi em cada um deles e sei que um parece enganosamente igual ao outro. Até que seja tarde demais, e você esteja observando os olhos de outros prisioneiros para ver se a morte os espreita, escrutinando cada rosto que encontra, ouvindo o murmúrio furioso para saber se você é o próximo alvo, arranhando as paredes de sua cela para se libertar, para sair, em busca do ar, do céu e, por favor, além dessa tumba opressiva.

O mundo do medo é pior do que a morte. É pior do que qualquer coisa.

E ele me encontrou mais uma vez, bem no meio do Atlântico, dentro dessa caixa oscilante.

Esta noite é a primeira em que não consigo dormir.

— Coberteiras primárias — sussurro, batendo os dentes —, grandes coberteiras, coberteiras medianas, escapulares, manto, nuca, píleo... *Merda*. — Eu me levanto porque nem mesmo o mantra está me ajudando esta noite, não me acalma nem me reequilibra, não há distração do terror nauseante deste quarto sem céu.

Ligo minha lanterna de viagem e a coloco em cima da minha mochila para que seu facho ilumine meu caderno.

Niall, rabisco. Preciso evitar que o pânico tome conta de mim. *Onde estão seus pulmões quando eu preciso deles? Onde está seu senso, sua eterna calma?*

Já faz mais de uma semana que escapamos do gelo. Estamos indo em direção à corrente do Labrador, que Samuel diz ser perigosa. Ele diz que este oceano todo é perigoso. Não sei se você gostaria daqui. Acho que você gosta muito de ter os pés em terra firme, mas o mar é como o céu, e nunca me canso deles. Quando eu morrer, não me enterre no chão. Espalhe minhas cinzas ao vento.

Eu paro porque as lágrimas borram meus olhos. Esta não será uma das cartas que enviarei. Ele ficaria assustado ao me ouvir falar em morte.

— Apaga a porra dessa luz — rosna Léa, de sua cama.

Vasculho minha mochila até encontrar as pílulas para dormir. Não deveria misturá-las com álcool, mas neste momento não dou a mínima. Engulo uma e, em seguida, fecho meus olhos bem apertados. *Coberteiras primárias, grandes coberteiras, coberteiras medianas, escapulares, manto, nuca, píleo...*

Acordo dependurada a cinco centímetros do mar. Ele ruge negro e sem fundo, borrifa água gelada contra meu rosto. Por um momento parece o sonho perfeito, então o momento passa e percebo que estou acordada e meu corpo sacode com tamanho choque que quase caio.

Estou pendurada na escada de corda em que vi Ennis descer. Balançando precariamente contra o casco do navio. As juntas de meus dedos estão esbranquiçadas e congeladas, e não estou usando camadas de roupas suficientes, nem perto disso.

Cheguei aqui sonâmbula.

Estou prestes a me arrastar corda acima e, em vez disso, paro. Já acordei em lugares estranhos antes, mas nunca em um tão extremo, tão perigoso. De repente, me sinto viva, pela primeira vez em anos. Para ser honesta, pela primeira vez desde a noite em que meu marido me deixou.

Para ser justa, eu o deixei primeiro, mais vezes do que posso contar.

"Sua determinação é atroz", ele me disse uma vez. E é verdade, mas eu tenho sido vítima dessa determinação há bem mais tempo do que ele.

A corda sobe lentamente, me afastando do mar. Alguém ligou a manivela e agora estou subindo sem ter decidido fazê-lo. Por um segundo eu odeio quem está me puxando. Então, quando o frio me atinge, meus pensamentos se embaralham. Mãos me içam em um pacote de membros. O lampejo da pele iluminada pela lua me diz que é Léa, seu corpo esguio e forte o suficiente para sustentar meu corpo inútil. Minhas pernas mal conseguem me manter de pé, então ela faz isso por mim.

— Que *porra* é essa?

— Tô bem.

— Você tá congelando, merda. — Ela começa a me puxar pelo convés e me pega quando eu tropeço. — Que porra você está fazendo, Franny? — resmunga ela, mas não é de fato uma pergunta. — Qual é o seu problema?

Conseguimos descer a escada até o convés inferior. Meus dentes parecem pequenas britadeiras. Ela me leva ao minúsculo banheiro com um chuveiro tão estreito que tenho que sair de baixo para lavar o cabelo. Ela arranca meu suéter e me empurra sob a corrente de água quente. Arde tanto que mordo a língua e sinto gosto de cobre. Meus joelhos cedem, e ela me pega a tempo de deslizar comigo até o chão, agora nós duas estamos encharcadas e escaldadas, um emaranhado de extremidades congelando e queimando e todas as sensações intermediárias.

— Qual é o seu problema? — Léa pergunta novamente, mas dessa vez parece esperar uma resposta.

Deixo escapar uma risada.

— Quanto tempo você ainda tem?

Seus braços se apertam ao meu redor e se transformam em um abraço.

Não tenho energia para mais nada, então apenas digo:

— Sinto muito.

E sou sincera.

4

UNIVERSIDADE NACIONAL DA
IRLANDA, GALWAY, IRLANDA
DOZE ANOS ATRÁS

— *Comemos os pássaros* — diz ele. — *Nós os comemos. Queríamos que seus cantos fluíssem por nossas gargantas e saíssem de nossas bocas, então os comemos. Queríamos que suas penas brotassem de nossa carne. Queríamos suas asas, queríamos voar como eles, flutuar livremente entre as copas das árvores e as nuvens, então os comemos. Nós os ferimos, os golpeamos, colamos seus pés, os aprisionamos, os espetamos, os jogamos na brasa, e tudo por amor, porque nós os amávamos. Queríamos ser como eles.*

O enorme anfiteatro está em silêncio. O homem parece pequeno lá embaixo atrás do púlpito. E grande o suficiente para preencher o espaço. Alto o suficiente, poderoso o suficiente. Estamos atentos a cada palavra, mesmo que não pertençam a ele, mesmo que esteja apenas recitando Margaret Atwood.

— Eles estão aqui há duzentos milhões de anos — diz ele — e até recentemente havia dez mil espécies. Eles evoluíram para procurar comida, viajando mais longe do que qualquer outro animal para sobreviver e, assim, colonizaram a terra. Do guácharo, que vivia em cavernas escuras como breu, ao ganso-do-índico, que se reproduzia apenas no desolado planalto tibetano. Do beija-flor rufo, que sobrevivia em congelantes quatro mil metros de altitude, ao grifo-de-Rüppell, que podia voar tão alto quanto um avião comercial. Essas criaturas extraordinárias foram, sem dúvida, as mais bem-sucedidas da Terra, porque corajosamente aprenderam a existir em qualquer lugar.

Meu coração está batendo rápido demais, e tento me acalmar, respirar mais devagar, realmente absorver suas palavras. Saboreá-las e me lembrar de cada detalhe, porque muito em breve sairei do círculo de suas palavras perfeitas.

O professor sai de trás de seu púlpito e estende as mãos em súplica.

— A única verdadeira ameaça às aves, em todos os tempos, somos nós. Nos anos 1600, o petrel das Bermudas, da família Procellariidae, a ave nacional das Bermudas, foi caçado por conta de sua carne de forma tão catastrófica que foi considerado extinto. Até que, em 1951, por puro acidente, foram encontrados novamente, apenas dezoito pares deles. Estavam escondidos, aninhando-se nas falésias de pequenas ilhas. Penso muito sobre esse dia. — Ele faz uma pausa, como se imaginasse, e fico maravilhada com o domínio que exerce sobre a plateia. Estou com ele naqueles penhascos, descobrindo aquelas aves solitárias, as únicas sobreviventes de sua espécie. Ele continua, e sua voz agora é incisiva, exigente.

"Eles não sobreviveram ao nosso segundo ataque. Esse foi ainda mais cruel, muito mais difuso. Com a queima de combustíveis fósseis, nós mudamos o mundo, os matamos. À medida que o clima ficou mais quente e o nível do mar subiu, os petréis das Bermudas foram carregados pela água de suas tocas e afogados. Essa é apenas uma espécie de muitas. E não são apenas as aves que sofrem, como eu disse, elas tendem a ser as mais resistentes. Os ursos polares se foram, graças a esse aumento de temperatura. As tartarugas marinhas se foram, as praias onde antes punham seus ovos foram erodidas pela mesma elevação do mar. O gambá-de-cauda-anelada, que não era capaz de sobreviver a temperaturas acima de trinta graus Celsius, foi dizimado por uma única onda de calor. Leões pereceram em secas sem fim, rinocerontes foram perdidos pela caça furtiva. E por aí vai. Esses são apenas os exemplos mais conhecidos, as estrelas do reino animal, mas se eu começasse a listar as criaturas exterminadas pela destruição do habitat, ficaríamos aqui o dia todo. Milhares de espécies estão morrendo neste exato momento e sendo ignoradas. Estamos acabando com elas. Criaturas que aprenderam a sobreviver a qualquer situação, a *tudo*, exceto a nós."

Ele volta para o púlpito e liga o projetor. Um homem alto e esguio, talvez até magro, com cabelos curtos e escuros e um terno azul-marinho de corte impecável. Uma gravata-borboleta verde-limão o faz parecer um homem de outra época, assim como os óculos, que mais parecem saídos de um antigo romance britânico. Apesar de sua aparência estranha, ele é o queridinho dos funcionários da universidade. Adorado por seus alunos. Quase jovem o suficiente para ser um deles. Há uma mesa coberta com um pano, a imagem é projetada bem grande na parede. Ele tira o tecido com um floreio mágico para revelar um pássaro.

Levo um momento para perceber que é real, morto e empalhado, preso a algum tipo de dispositivo para que pareça em pleno voo. Uma gaivota, branca e cinza, e é insuportável. E num estalar de dedos, não estou mais com ele; me perdi. Eu me levanto e passo desajeitadamente pelos outros alunos na minha fileira, causando um leve burburinho de aborrecimento, mas não me importo, preciso sair.

Sua voz me segue.

— Neste semestre, veremos não apenas a anatomia das aves, mas seus padrões de reprodução, alimentação e migração, e como elas foram afetadas ao longo do tempo, tanto negativa quanto positivamente, pela interferência humana... — A porta se fecha com um leve estrondo, que devem ter ouvido lá dentro. Eu corro, as sandálias batendo no linóleo. Sob o sol, desço os degraus até onde prendi minha bicicleta. Insiro o código com dedos oscilantes e então pedalo o mais rápido que posso, meu cabelo esvoaçando atrás de mim, pelas ruas de paralelepípedos e até o mar.

A bicicleta cai no chão e eu pulo para tirar meus sapatos, jogando-os na grama e correndo até atingir a água e mergulhar abaixo da superfície.

Aqui é o céu. O céu salgado, sem gravidade. Aqui eu posso voar.

Penso seriamente em não voltar. Estou cada vez mais inquieta, não gosto de estar tão perto da casa em que vivia com minha mãe. Estou cansada de Galway. Mas estar na universidade serve a um propósito: me dá acesso ao seu software de genealogia, e é assim que pretendo fazer, é assim que encontrarei minha mãe.

— Você está atrasada.

— Meu presente pra você, Mark, já que tem tanto prazer em dizer isso. — Jogo minha bolsa no armário e visto meu macacão de faxineira. Mark não parece impressionado, então pego o esfregão e o balde e vou trabalhar.

— Você vai para os prédios do curso de cinema.

— Não posso limpar os laboratórios?

— Franny...

— Faço hora extra — prometo, empurrando meu balde. — Obrigada!

O banheiro masculino do prédio da biologia está nojento. Cubro o nariz com a camiseta e tento conter a ânsia enquanto limpo. Quando saio, três rapazes aguardam para usar o banheiro, com expressões de nojo e talvez um pouco de desdém, como se eu fosse responsável pela sujeira. Eles não me olham nos olhos quando passo, nem sequer olham na minha direção, quase ninguém na universidade olha para mim. Ser faxineira é como ter o poder da invisibilidade. Então criei um jogo. Eu sorrio para as pessoas. A maioria deve pensar que sou maluca e passam correndo. Mas, ocasionalmente, elas retribuem o sorriso, e esses sorrisos são doces o suficiente para guardar na memória.

Uso meu cartão para entrar no laboratório. Não vejo ninguém, o que faz sentido pois já é tarde, exceto pelo fato de que, normalmente, o laboratório está ocupado por uma horda de obcecados, aqueles que não se interessam pelo mundo exterior e que relutam em ir embora, não importa a hora do dia. Não acendo as luzes, mas me movo pelo espaço frio e silencioso envolto apenas pelo brilho vermelho dos monitores de segurança. As amostras são mantidas em temperaturas ainda mais baixas, em gavetas refrigeradas de metal que chiam ao serem abertas e fechadas. Deslizo meus dedos sobre as bordas, imaginando todos os pequenos tesouros ali guardados e desejando tanto abri-las para espiar. Não posso arriscar, odiaria danificar alguma coisa, então perambulo pela sala, meu equipamento de limpeza esquecido na porta. Grande parte do laboratório é ocupada por mesas cheias de diferentes tipos de máquinas de teste, mas também há prateleiras com centenas de frascos de vidro, garrafas e tubos, que reluzem sob a tênue luz piscante. Passo pelos vidros vazios e chego até os insetos e répteis imersos em etanol, fascinantes e repulsivos em igual proporção. Eles não parecem reais, flutuando inertes. Ou talvez pareçam reais demais.

Eles são mais fáceis de apreciar do que o pássaro na sala de aula esta manhã. Eu deveria saber: pensamentos evocam a realidade. Quando viro ligeiramente a cabeça, lá está ele. Eu o vejo de canto de olho.

Sempre tive medo de criaturas mortas, pássaros mais do que qualquer outra coisa. Não há nada mais perturbador do que uma criatura nascida para voar fadada a ser imortalizada na inércia.

Eu me viro da silhueta branca do pássaro e dou de cara com uma pessoa. Um grito escapa da minha boca.

— Jesus! — Levo a mão ao meu coração acelerado.

É o professor, me observando no escuro.

— A garota que fugiu da minha aula — diz ele. Seu olhar se desloca até o carrinho de limpeza perto da porta e depois volta para mim. — Venha aqui.

Estou momentaneamente atordoada quando ele pega meu cotovelo e me conduz em direção à gaivota morta. A audácia de seu toque deixa minha boca seca, mas, sendo uma pessoa ávida por ousadia, sinto uma excitação percorrer meu corpo. Então, encaro a criatura e não consigo pensar em nada, minha mente se esvazia de pensamentos, exceto aquele que me diz para ir embora. Caminho em direção à porta, mas ele, em um gesto surpreendente, agarra meus braços e me segura na frente de seu corpo, me agarra firme, me prende diante dessa criatura macabra.

— Não se assuste! Não há nada aqui além de carne e penas.

Será que ele não sabe? Esse é o problema.

— Abra os olhos.

Eu obedeço e olho. O pássaro me encara, paralisado. Suas penas são lisas e macias. Seus olhos, sem vida. É tão inerte e triste que meu peito dói. Delicado e doce e é ainda pior por isso.

O professor levanta minha mão e a guia até a carcaça. Não quero tocá-lo, mas entrei em uma paisagem de sonho e não tenho mais controle sobre meus membros. A ponta do meu dedo indicador é pressionada levemente nas penas da asa.

— Coberteiras primárias — diz ele, com a voz suave.

Ele desliza meu dedo, subindo pelo comprimento da pena até as diferentes penas da asa.

— Grandes coberteiras, coberteiras medianas, escapulares — murmurou, deslizando o dedo pelo corpo, os ombros, o pescoço, até a forma suave do crânio —, manto, nuca e píleo.

Ele me solta e minha mão cai. E, no entanto, na leveza silenciosa do momento, sinto vontade de voltar, de tocar a criatura novamente. Unir minha pele com suas penas, soprar o ar de volta em seus pulmões.

— O receptáculo é tão gracioso quanto a vida em si — diz o professor.

Eu desperto de meu transe.

— É assim que você seduz suas alunas? Com termos científicos em um laboratório escuro?

Ele pisca, surpreso.

— Não é isso.

— Eu não disse que você poderia me tocar.

Ele recua imediatamente.

— Me perdoe.

Meu coração está acelerado, furioso, e quero puni-lo por fazer eu me sentir fora de controle, só que também adoro perder o controle e a situação toda é tão confusa que se torna repulsiva, e me viro para a porta sem olhar para ele.

— Não se atrase para a aula — aconselha ele, enquanto eu pego meu carrinho e o empurro para o corredor. Mas não tenho nenhuma intenção de chegar perto do professor Niall Lynch novamente.

Um carro para, é um velho Ford enferrujado, dirigido por duas jovens. Tenho regras para pegar carona: nada de vans, caminhões, carros dirigidos por homens sozinhos. Aprendi essa regra depois de entrar estupidamente em um furgão quando tinha quatorze anos e receber ordens de fazer sexo oral no motorista de meia-idade.

Há duas pranchas de surf presas ao teto e areia por todo o meu assento: as garotas são surfistas. Elas me levam para o sul ao longo da costa e param em um albergue, onde bebemos e conversamos sobre nossos medos. Seus nomes são Chloe e Megan e elas estão seguindo os *swells*. Lá fora, uma murmuração de estorninhos pulsa em formas gloriosas pelo céu branco.

Saio à procura da água. Não demoro muito para sentir o cheiro, sentir sua atração. Há uma bússola em meu coração que me guia não ao Norte verdadeiro, mas ao mar verdadeiro. Não importa em que direção eu me vire, meu curso é constantemente corrigido. O rugido baixo é o primeiro que me atinge, como sempre, e então, o cheiro.

As garotas me seguem e eu as conduzo até o mar. Bebemos vinho tinto que mancha nossas bocas de roxo e colho espaguete do mar para mais tarde, quando poderemos cozinhá-lo em uma panela sobre uma fogueira e comê-lo com as mãos. Há fragmentos vazios de conchas brilhando prateadas ao luar, e formam uma trilha cintilante que sou impelida a seguir, deixando para trás o calor das vozes e dos risos. A trilha me leva para a água, então tiro minhas roupas e mergulho; o frio é como uma faca em meus pulmões e meu riso extravasa como o guincho de um pássaro.

Esse é o trecho da costa — o Burren, como é conhecido — de onde vem a família da minha mãe. Eles moraram aqui, onde as colinas são prateadas de ardósia, há centenas de anos. Aos dezesseis anos, retornei, mas não encontrei ninguém. Tentei de novo aos dezenove. E mais uma vez agora, aos vinte e dois. Desta vez estou determinada a ficar o tempo que for preciso; aluguei um quarto em uma casa compartilhada e consegui um emprego, e cada minuto que não estou trabalhando passo na biblioteca, tentando recriar minha árvore genealógica. Tem sido difícil porque muitas pessoas compartilham os mesmos sobrenomes, e eu não tenho ideia à qual linhagem pertenço ou mesmo qual Iris Stone é realmente a minha mãe. Minha esperança mais profunda é que, se eu encontrar apenas um membro de sua família, ele me leve até ela.

Ao nascer do sol, vejo Chloe e Megan vestirem suas roupas de neoprene e correrem em direção à arrebentação, para lançar seus poderosos corpos nas afiadas garras das ondas. Eu podia assistir às remadas, aos movimentos e às guinadas durante todo o dia. Elas conhecem bem o oceano, mas, de alguma forma, lutam contra ele. Elas saltam e arremetem contra as ondas de um modo que os banhistas normais não ousariam, cortando suas paredes com suas armas parafinadas. É violento.

Eu me junto a elas sem roupa de neoprene nem prancha, apenas minha própria pele fina. O oceano lava qualquer vestígio de amargura em mim, me refaz. Quando saio, sorrio com tanta intensidade que meu rosto quase rasga ao meio. Nós três desabamos na areia quente; elas abrem o zíper uma da outra e se contorcem para sair das roupas.

— Está uns nove graus lá — diz Chloe, com uma risada. Ela sacode seus cachos emaranhados, despejando um quilo de areia. — Como você faz isso sem uma roupa?

Eu dou de ombros, sorrio.

— Tenho sangue de foca.

— Ah, sim, e a mesma aparência.

Já me disseram isso antes. Por causa do cabelo e dos olhos negros, e da pele pálida demais. Os irlandeses negros[1] tinham essa aparência, na época em que as lendas populares eram verdade e as pessoas provavelmente vinham do mar. Minha mãe tem as mesmas características.

— Para onde vamos?

— Vou a pé daqui — digo. — Obrigada pela carona.

— Como vai voltar? — pergunta Megan.

— Voltar para onde?

— Galway, sua vida não é lá?

Eu não sei a resposta para isso. Pensava que minha vida era aqui, onde quer que eu esteja.

Os Bowens vivem em um chalé cor-de-rosa nos arredores de Kilfenora. São donos do pub da cidade, Linnanes, e todos fazem parte da Kilfenora Céilí Band, que já viajou o mundo. Assisti a vídeos online e, para meu deleite, encontrei dois CDs em uma loja de música *underground* em Galway. Ouço as músicas sem parar há um mês. Agora que cheguei, estou tão nervosa que mal consigo falar. Preciso de toda a minha coragem para bater na porta da frente, mas não há resposta e, quando espio pela lateral, tenho quase certeza de que não há ninguém em casa.

Então eu pulo a cerca, uma mulher determinada. Quero entender de onde minha mãe vem. Quero saber se ela já morou aqui ou se ao menos já os visitou. Essas pessoas seriam seus primos, eu acho, talvez primos de segundo ou terceiro grau. Uma tia-avó? Ou talvez eu tenha entendido errado e eles sejam parentes ainda mais distantes, talvez de ramos separados gerações atrás, mas eu sei que de alguma forma somos uma família, e isso é o suficiente para mim.

Há roupa no varal e a porta dos fundos está entreaberta. Ouço um latido antes de algo bater em mim e eu me vejo abordada por um cão pastor preto e branco, ele me encara, pula e me lambe de alegria. Tiro o cachorro de cima de mim com um grunhido e uma risada e então...

---

[1] Black Irish — termo geralmente usado para designar pessoas de origem irlandesa com cabelos negros, olhos escuros e pele mais escura, em contraposição aos irlandeses vermelhos, com cabelos ruivos e pele clara. [N. da T.]

— Quem está aí?

Olho para cima e vejo uma senhora na porta dos fundos. Ela tem cabelos curtos e grisalhos e usa um pulôver de lã violeta, óculos e chinelos.

— Eu... Oi, sinto muito, eu...

— O que é isso?

Eu me aproximo, o que é complicado com o cachorro agarrado em minhas pernas como se tivesse sentido minha falta a vida toda.

— Estou procurando Margaret Bowen.

— Sou eu.

— Meu nome é Franny Stone — digo. — Desculpe entrar assim.

— Stone. Você deve ser uma parente, então? — E de repente ela abre um sorriso e então dá uma risada de puro deleite e me convida a entrar. E ela continua rindo enquanto me faz uma xícara de chá, e enquanto eu lhe conto como cheguei aqui, pegando carona e andando, ela ri ainda mais ao telefonar para o resto da família e dizer que eles precisam ir até lá esta noite. Sei que ela não está rindo de mim, está rindo de felicidade, pela vida, e eu sei muito bem que ela ri assim o tempo todo, todos os dias, todos os minutos. Ela é um ser humano adorável, e eu quase começo a chorar bem no meio de sua cozinha enquanto ela brinca sobre precisar de um *hot whisky* em vez de um chá sem graça.

— Quem é você então, querida, de qual parte da família você vem?

Entro em pânico, de repente, e digo:

— Sou da parte australiana.

— Austrália? — A informação parece confundi-la. — Meu Deus, você percorreu um longo caminho então. O que te trouxe aqui?

Não digo a ela que também sou irlandesa. Parece enganoso. Como se ela fosse a verdadeira irlandesa e eu, apenas uma impostora. Em vez disso, digo que nossa família deixou a Irlanda há cinco gerações e se estabeleceu na Austrália, o lado do meu pai, segundo me disseram. Explico que sempre quis voltar e conhecer o outro lado da família, os descendentes dos que ficaram, não dos que partiram. Isso é mais fiel à minha natureza, com certeza, e talvez por isso me sinto melhor ao dizer isso. Que eu sou dos que partem, dos exploradores, dos errantes. A laia dos que são levados pelas marés, em vez dos leais, dos verdadeiros. Mas que uma parte de mim sempre quis pertencer a este lugar.

Ela me conta sobre os outros parentes que vieram da Austrália, mais primos, aparentemente uma série interminável deles, todos fascinados pelo que consideram sua herança, e ela diz, com uma risada, que nunca entendeu muito bem o fascínio, por que eles vêm aqui em massa para conhecer este pequeno pedaço de chão castigado pelo vento, onde a vida é tão simples quanto pode ser. Não sei o que responder a ela, a não ser concordar que é um tanto inexplicável, mas acho que tem a ver com música, histórias, poesia, raízes, família, pertencimento e curiosidade. Ela presume que seja verdade e depois vai em frente e me faz um *hot whisky*, sem se preocupar com a hora. Seu marido, Michael, está sentado em uma poltrona próxima e, quando Margaret nos apresenta, vejo que ele não pode falar, nem se mover bem, mas sorri tanto quanto ela, com os olhos mais brilhantes que já vi, e ela cuida dele com a ternura de uma vida inteira de amor.

A família chega logo. Seus três filhos e quatro filhas, e vários de seus parceiros e filhos também. Está claro que nenhum deles tem a menor ideia de quem eu sou, mas todos apertam minha mão ou beijam minha bochecha, conversam e riem alegremente, espremidos em volta da pequena mesa da cozinha, abrindo espaço para a cadeira de rodas de Michael no lugar de honra. Comemos biscoitos de chocolate e bebemos Coca-Cola de garrafas gigantescas e então, sem preâmbulos, eles pegam seus instrumentos e começam a tocar.

Sento-me em um silêncio atordoado enquanto a música me envolve. Três violinos furiosamente dedilhados ou serrilhados, um conjunto de flautas, tambores *bodhran*, uma flauta, dois violões e vários deles cantam. O som toma conta da cozinha, cada centímetro dela e mais. É uma explosão de vida, de alma, de diversão. Estou assistindo à metade da Kilfenora Céilí Band, mundialmente famosa, tocando em uma cozinha. Margaret saltita em seu assento, seus olhos brilhando de prazer. Sem aviso, ela pega minha mão.

— Isso acontece todas as noites? — sussurro.

— Não, querida, isso é pra você — diz ela, e eu começo a chorar.

Mais tarde, eles fazem uma pausa e exigem que eu cante. Profundamente envergonhada, admito que não sei a letra de nenhuma música.

— Nenhuma? — pergunta John, filho de Margaret. — Vamos, você deve saber alguma, sim. Fale o nome. Ou apenas comece e a gente acompanha.

— Eu estou... Não é assim na Austrália. A gente realmente não aprende músicas, não alguma que valha a pena cantar. Estou com tanta vergonha.

Há um silêncio surpreso.

— Bem, então você tem um dever de casa. Da próxima vez que vier visitar, espero que tenha aprendido uma música para compartilhar com a gente.

— Prometo. — Assinto vigorosamente.

Acaba cedo demais. Todos têm que voltar para casa, e Margaret precisa levar Michael para a cama. Não sei o que fazer ou para onde ir. Prossigo em minha mentira e digo a eles que já tenho um lugar para ficar, e não tenho ideia do porquê faço isso. Acho que a ideia de os ludibriar ainda mais é mortificante.

Tomada por uma onda de desespero, paro diante da porta, embora a pobre Margaret esteja muito cansada.

— Você conhece Iris Stone? — pergunto finalmente.

Ela franze a testa, pensa e balança a cabeça.

— Acho que não. Ela é sua parente?

Engulo em seco.

— Minha mãe.

— Ah, que adorável. Se ela passar por aqui, querida, diga a ela para nos visitar.

— Pode deixar.

— Não, é uma pena que eu não saiba mais de você. Pensando bem, a única Stone que conheço se chamava Maire, ela se casou com o velho John Torpey, primo do meu querido marido. A última notícia que tenho é que eles moravam no norte.

Não sei quem são essas pessoas, mas certamente vou descobrir.

— Chegue em casa em segurança esta noite, querida — diz Margaret. — Tem certeza de que não prefere dormir aqui?

— Tenho, obrigada, Margaret. Esta noite significou muito para mim.

Saio na noite escura. Estou muito longe da cidade, mas não me importo. É uma noite amena de verão, a lua está cheia e eu gosto de caminhar.

E talvez minha mãe nunca tenha feito essa caminhada, mas me sinto um passo mais perto de encontrá-la.

É hora de voltar para Galway, onde encontrarei Maire Stone e seu marido, John Torpey.

E para onde há um homem que fala sobre coberteiras, escapulares, mantos, nucas e píleos, seus pássaros vivos ou mortos. Sem minha permissão, algo em mim parece ter se ligado a ele.

5

O *Saghani*, OCEANO ATLÂNTICO NORTE
TEMPORADA DE MIGRAÇÃO

Há corpos amontoados ao redor do meu, espremidos, acotovelando-se por espaço. Todo mundo quer ver os três pontinhos vermelhos na tela do notebook.

Eles estão se movendo para o sul.

— Então é isso que vamos seguir? — pergunta Mal.

Aquiesço.

Samuel vê minha expressão e ri, dando tapinhas em minhas costas.

— Muito bem, mocinha.

— Os rastreadores são bastante confiáveis? — pergunta Léa com ceticismo.

— São geolocalizadores — respondo. — Eles medem os níveis de luz, que o software usa para determinar latitude e longitude e obter a localização.

— Isso não parece nada confiável.

Dado que isso é tudo que sei sobre os rastreadores, não posso deixar de concordar com ela.

— Tire sua cabeça da frente — resmunga Basil, empurrando Dae para o lado para que possa ver melhor.

Juntos, observamos os pontos. Depois do ressentimento inicial, a visão do movimento na tela faz toda a tripulação se contorcer de ansiedade. As aves ainda estão mais ao norte do que nós, tendo acabado de sair da Groenlândia, mas logo nos alcançarão, usando habilmente os ventos para avançar. Depois de um tempo, os três pontos divergem um pouco, convergem novamente e então parecem estar partindo em direções diferentes.

— Parece certo. O que fazemos agora? — quer saber Mal.

Levo o notebook até o passadiço. Nunca estive lá antes, apenas espiei de longe e me perguntei sobre as decisões tomadas lá dentro. Ennis está sentado sozinho ao leme, olhando para onde o mar encontra o céu. Essa sala é o ponto mais alto da embarcação, exceto pela gávea, e por um momento fico impressionada com a visão do mundo que se estende diante de nós. O nascer do sol tinge o mar e o céu de um vermelho impressionante.

— Nunca vi um nascer do sol dessa cor — murmuro.

— É prenúncio de tempestade — diz Ennis. Então, sem olhar para mim: — Como posso ajudar, Franny Lynch? — Há uma frieza em seu tom, sua postura. Algo nele desconfia de mim, ressente-se de mim, até desgosta um pouco. Não sei exatamente por que, mas posso sentir.

— As andorinhas do Ártico deixaram a Groenlândia — anuncio.

Coloco o computador na grande mesa redonda no centro do passadiço. Ennis se junta a mim e observamos os pontos.

— Vê como estão divergindo? — Dois dos rastreadores foram para o leste, enquanto o rastreador solitário partiu para o oeste.

— Isso é incomum? — pergunta ele.

— Não. É isso que geralmente acontece. Elas tomam um dos dois caminhos. Viajam sozinhas ou em pequenos grupos, e algumas irão para o leste, descendo a costa da África. Outras para o oeste ao longo da América. Mas nunca em linha reta. Elas serpenteiam, criando um padrão em S.

— Por que viajar mais longe do que precisam?

— Elas seguem o vento e a comida, assim como você segue as correntes.

— Os pontos quentes que você mencionou.

— Positivo.

— Você pode prever para onde elas irão desta vez?

— Tenho mapas antigos de pontos pra onde elas voaram, mas os dados estão desatualizados. Na época ainda havia peixes. Vai ser diferente agora, com um oceano quase vazio.

— O que está me dizendo para fazer, Franny?

— Acho que devemos seguir os dois pássaros ao longo da África. São as melhores chances. — Ele pensa por um longo tempo, olhando para a tela.

Meu coração bate um pouco rápido demais quando sigo seu olhar e percebo aonde a rota levará os pássaros primeiro. Para a Irlanda ou arredores.

Ennis balança a cabeça.

— Seguiremos a que está indo para o oeste. Conheço melhor as águas.

— É um risco maior — aviso. — Metade da probabilidade de encontrar peixes.

— Não vou perseguir pontos vermelhos em uma caçada insensata até o outro lado do Atlântico.

Em vez de lembrá-lo de que este é o ponto principal do que estamos fazendo, seguro minha língua.

— Você é quem manda, chefe.

— Deixe isso comigo, pode ser?

Abro minha boca para argumentar, para dizer a ele que o software não sairá do meu lado, então percebo o quanto isso é tolice. Ele não pode seguir as aves sem vê-las. Com um último olhar para os pontos, deixo o notebook e caminho em direção à porta.

— Diga — retruca ele, adiando minha partida. — Se tenho os rastreadores, então por que preciso de você?

Eu me viro e encontro seus olhos. É a primeira vez que ele olha para mim desde que saímos da Groenlândia. Há um ar de desafio, eriçado sob a superfície. Ele quer me levar de volta à costa, posso ver, e isso desperta minha ferocidade. Quero berrar, *desafiá-lo* a tentar me deixar para trás, dizer que eu queimaria este maldito barco até as cinzas antes de deixá-lo seguir os pássaros sem mim, o que é verdade. Cheguei longe demais, sobrevivi a coisas demais.

Mas tenho um coração mais calmo, convivendo com o selvagem. Sua voz muitas vezes é muito parecida com a de meu marido, e sugere cautela, me avisa que ainda há um longo caminho a percorrer e que a astúcia me servirá mais do que a fúria.

Limpo minha garganta e digo:

— Você não precisa. Mas eu preciso de você. E acho que terá que descobrir o que sua consciência permitirá que faça.

Ennis desvia o olhar, as mãos voltam para o leme.

— Como estão as suas mãos?

Nem me incomodo em responder. Ele sabe como estão minhas mãos. E não vou entrar nesse jogo em posição de sua eterna devedora, ao menos, não mais do que o necessário.

O capitão me dispensa.

— Por que ele está tão irritado comigo? — pergunto a todos à mesa do refeitório à noite.

A tripulação desvia os olhares do jogo de pôquer para mim. Léa revira os olhos e volta a atenção para as cartas.

— Ele não está irritado — começa Samuel.

— Alguém vai me dizer a verdade? O que eu fiz exatamente?

— Não é o que você fez — explica Mal, claramente desconfortável.

— É o que você é — retruca Anik, sem rodeios.

Olho para ele, para a expressão vazia que nunca consigo decifrar.

— E eu sou o quê?

— Destreinada — diz ele. — Perigosa. Selvagem demais para um barco.

As palavras se dissolvem na minha língua.

Há um silêncio abafado.

— Não é sua culpa — acrescenta Dae, com um tom gentil.

Mas é, claro que é.

Não devia, mas vou ao passadiço duas vezes por dia para verificar as andorinhas do Ártico. Suas luzes vermelhas piscam em um ritmo constante, acompanhando ativamente suas jornadas. O pássaro que estamos seguindo está nos guiando para o sul e para o oeste em direção à costa do Canadá.

Ennis está traçando um curso que ele acha que interceptará a andorinha do Ártico, desde que ela se mantenha firme em sua trajetória. Ele não me fala mais nada e não me olha muito, mas não importa; a cada visita ao passadiço, fico mais afeiçoada ao pontinho vermelho, mais preocupada com ele, mais apaixonada.

Esta tarde está calma, o céu sem nuvens. Estamos nos movendo lentamente pela água lisa e vítrea.

Estou fazendo nós. Que surpresa.

— Mostre o que é um engate rolante — diz Anik.

Eu enrolo a corda menor em torno da mais grossa, dou mais uma volta, um meio-engate, e finalizo o nó, puxando-o com força.

Anik não parece impressionado.

— Pra que serve?

— Quando você precisa puxar algo longitudinalmente. Ou afrouxar um cordame de vela tensionado quando o guincho emperra.

Ele observa meu rosto.

— Você faz ideia do que isso significa?

— Não.

Acho que ele *quase* sorri. Então o desgraçado me diz para fazer mais cinquenta antes de voltar para os nós de escota.

Quando Anik está fora de vista, relaxo as mãos com as cordas, inclino o rosto para trás e aproveito o sol. O convés sob meus pés está quente e o ar ainda está frio, mas pela primeira vez não estou usando cinquenta camadas de roupa. Os pensamentos divagam para Niall, sempre. Eu me pergunto como ele lidaria com esta vida, todo esse esforço físico. Sua mente, sempre trabalhando com tanta rapidez, buscando respostas para perguntas irrespondíveis, provavelmente estaria entorpecida de tédio, mas acho que seria bom para ele dar um tempo de tanto esforço mental. Seria bom para ele viver mais em seu corpo do que em sua cabeça. Mas as mãos... Elas são macias, delgadas e imaculadas. Sinto-as em meu corpo agora, e é tão vívido quanto qualquer coisa que já senti, percorrendo minha pele aquecida pelo sol, meus lábios secos, minhas pálpebras cansadas, massageando meu couro cabeludo dolorido, como elas costumavam fazer. Eu odiaria vê-las sofrer tanto quanto as minhas.

Uma voz flutua do céu.

Eu olho para Dae na gávea. Ele está rindo e apontando.

As cordas caem das minhas mãos, esquecidas. Meus pés correm para a balaustrada, o coração inflado. E eu as vejo, formas brancas ao longe, voando cada vez mais perto.

6

Quando eu tinha seis anos, minha mãe costumava se sentar comigo no jardim dos fundos para observar os corvos empoleirados no gigantesco salgueiro. Nos meses de inverno, as longas folhas pendentes se revestiam de branco como a neve no chão, ou como os bigodes ralos de um velho, e os corvos escondidos entre elas pareciam manchas de carvão. Para mim, eram a presença de algo profundo, embora, aos seis anos, eu não soubesse o quê. Algo como a solidão ou o seu oposto. Eles significavam o tempo e o mundo; as distâncias que eram capazes de voar e os lugares para os quais eu nunca poderia ir.

Mamãe me disse para nunca alimentá-los, caso contrário se tornariam perigosos, mas, quando ela entrou, não resisti. Migalhas da minha torrada ou pedaços do bolo de laranja eram cuidadosamente escondidos nos bolsos e depois espalhados secretamente sobre a neve. Os corvos começaram a esperar os presentes e vinham com mais frequência; logo as visitas se tornaram diárias. Eles se empoleiravam no salgueiro e esperavam minhas migalhas. Havia doze deles. Às vezes menos, mas nunca mais. Eu esperava até que mamãe estivesse ocupada e então escapulia para o jardim, onde eles me aguardavam.

Os corvos passaram a me seguir. Se caminhássemos até as lojas, eles voavam ao nosso lado e pousavam nos telhados das casas. Quando eu perambulava ao longo das muretas de pedra até as colinas, eles sobrevoavam do alto. Eles me seguiam até a escola e esperavam nas árvores até o fim das aulas. Eram meus companheiros constantes, e minha mãe, talvez intuindo que eu precisava mantê-los em segredo, fingia o tempo todo que não percebia a devota nuvem negra que me seguia.

Um dia os corvos começaram a retribuir meus presentes.

Pequenas pedras ou embalagens brilhantes de doces eram deixadas no jardim ou jogadas perto dos meus pés. Clipes de papel, grampos, pedaços de joias ou de lixo, às vezes conchas, pedras ou pedaços de plástico. Eu guardava todos em uma caixa que a cada ano precisava ser maior. Mesmo quando me esquecia de alimentar os pássaros, eles me traziam presentes. Eles eram meus, e eu deles, e nos amávamos.

Assim foi por quatro anos, todos os dias, sem falta. Até que deixei não só minha mãe, mas também minhas doze almas gêmeas. Às vezes, eu sonho com eles esperando naquela árvore por uma garota que nunca viria, presente após presente precioso deixado na grama, desprezado.

O *Saghani*, OCEANO ATLÂNTICO NORTE
TEMPORADA DE MIGRAÇÃO

Os pássaros já estão cansados, mesmo tão cedo na jornada, então é uma sorte termos os encontrado. Eles vêm direto até nós e, como se o céu se estilhaçasse em fragmentos esvoaçantes, eles pousam no barco, por toda parte, pelo menos vinte. Recolhem as asas e olham calmamente para o mundo que desliza à sua volta, felizes em pegar uma carona. Meus músculos me paralisam, tenho pavor de assustá-los, mas, quanto mais tempo permaneço imóvel, prendendo a respiração, mais claro fica que eles não se assustarão com nada — não se incomodam com a minha presença. Dae desce da gávea, e os outros param o que estão fazendo para se juntar a nós no convés e observar os pássaros, ficar perto deles.

— A gente esquece, até ver um... — diz Basil, e sabemos o que ele quer dizer. É fácil esquecer quantos já se foram, como eles eram comuns. É fácil esquecer como são lindos.

Anik perde o interesse primeiro e tenta me mandar de volta para as tarefas, mas, quando lhe mostro o dedo do meio, ele me deixa em paz.

Só volto para dentro quando chega a parte mais fria da noite profunda, mas durante o restante da ilustre visita eu me sento na companhia dos pássaros, o mais perto possível, e escrevo cartas para Niall. É o meu método de registrar tudo: descrever as andorinhas do Ártico para ele em grande detalhe. Como elas usam seus bicos para coçar sob suas penas, e como elas se comunicam de um lado ao outro do barco usando uma linguagem que eu daria tudo para falar. Como, quando sentem uma corrente de ar, abrem as asas e deixam que ela as levante de seus poleiros, e simplesmente pairam no ar, sem motivo algum além de pura diversão. Descrevo tudo para ele, a fim de que as palavras amparem seu coração com a coragem dos pássaros, da mesma forma que o vento sustenta suas asas.

As andorinhas do Ártico estão conosco há 24 horas quando Ennis surge para se sentar ao meu lado no convés. Só ele ainda não tinha vindo passar tempo entre elas. O prateado em suas têmporas brilha à luz da tarde.

— Acho que você estava errado sobre a tempestade — digo.

— Cadê a sua? — pergunta Ennis.

Aponto para ela, sentada no telhado do passadiço, o pedaço de plástico preso em sua perna é visível sob a plumagem. Seus olhos estão fechados; acho que está dormindo. Seu companheiro é provavelmente um dos outros pássaros no barco — é improvável que eles tentem a longa jornada separadamente.

— Por que elas não estão se movendo? — questiona Ennis.

— Quase não há vento. Elas estão usando o barco para descansar.

— Podemos enxotá-las?

Eu lanço um olhar fulminante na sua direção.

— Não, Ennis, não podemos enxotá-las. Elas irão quando quiserem, e nós podemos segui-las. — Se pudesse, eu carregaria os pássaros por toda a viagem. Eu as protegeria da dificuldade da jornada. Mas seria tolice tentar proteger uma criatura de seus próprios instintos.

Ennis sai sem dizer mais nada, retorna para o passadiço. Eu o observo brevemente através do vidro coberto de sal, e então volto minha atenção para as criaturas mais doces.

Ao anoitecer, o vento ganha intensidade. Permaneço no mesmo lugar, incapaz de desperdiçar um único momento precioso. A tripulação se reveza para me trazer comida, reservando um tempinho para se sentar comigo e fazer perguntas sobre os pássaros. Como eles sabem para onde ir? Por que eles voam tão longe? Por que eles são os últimos, por que *esses*, o que os torna mais sortudos do que os outros? Não sei as respostas, não de verdade, mas faço o meu melhor e, de qualquer forma, não é a resposta em si que lhes interessa, é simplesmente se lembrar de como é amar criaturas não humanas. Uma tristeza inominável, o desaparecimento dos pássaros.

O desaparecimento dos animais. Quão solitário será aqui, quando formos apenas nós.

Não sou a única que passou o máximo de tempo possível no convés. Na noite passada, Malachai se convenceu de que precisava embrulhar as andorinhas do Ártico em cobertores e levá-las para seu camarote para mantê-las seguras e aquecidas. Tive que assegurá-lo de que o cativeiro não era uma maneira de os pássaros passarem sua última migração e que ainda é cedo, elas ainda estão fortes, ainda felizes por estarem voando. Flagrei Léa cantando para uma delas, e, apesar das ordens de não o fazer, Basil anda levando migalhas de pão para elas, embora não pareça interessá-las e alimentar as aves seja idiota, já que deveríamos segui-las em sua busca por comida.

A tripulação aparece agora. Avisei-os que, quando o tempo mudasse, os pássaros partiriam, então todos vieram se despedir.

A primeira a voar é a minha. Comecei a considerá-la minha, pois ela se aninhou dentro do meu peito e fez dele um lar. Ao pôr de sol dourado, ela levanta e abre suas asas, pairando. Parece testar o vento, sua fome, ou talvez, seu desejo. O resultado parece positivo, pois com um só bater de asas ela está flutuando no céu, sem esforço, cada vez mais alto e livre.

Enquanto os outros de sua espécie a seguem, os membros da tripulação acenam, se despedem, desejam boa viagem aos pássaros.

Samuel usa os dedos carnudos para enxugar as lágrimas. Quando percebe que estou olhando, levanta as palmas das mãos e argumenta, desolado:

— Se elas são as últimas...

Ele não precisa terminar.

— Não vá muito longe. — Ouço Anik dizendo baixinho a uma das andorinhas do Ártico enquanto ela levanta voo.

Localizo a minha no céu novamente, liderando o caminho. Está cada vez menor, seu corpo diminuindo e diminuindo.

Não, sussurro, para dentro. *Não vá.*

Mas eu sei que ela precisa. É a sua natureza.

7

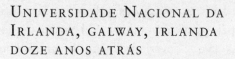

Universidade Nacional da
Irlanda, galway, irlanda
doze anos atrás

— Você faltou à minha aula — diz uma voz enquanto esfrego o vaso sanitário.

Olho por cima do ombro e continuo meu trabalho.

— Qual é o sentido de limpar essa privada se você nem está assistindo às aulas?

— Isso se chama trabalho. Existem lugares piores para limpar.

— Por que limpar?

Dou a descarga e me levanto, irritada com seu senso de privilégio. Ele está bloqueando a porta do cubículo, parece mais alto diante de mim do que atrás de seu púlpito.

— Com licença.

O professor Lynch inclina a cabeça para me analisar melhor. Seus olhos me examinam da maneira que devem estudar um espécime que ele não consegue decifrar. Hoje ele está usando um terno com uma gravata-borboleta lilás, o que lhe dá um ar aparvalhado, mas acho que esse é o objetivo.

— Se você faltar de novo, terei que anotar sua ausência e perderá créditos.

Sorrio.

— Boa sorte com isso! Agora sai da frente ou vou te lambuzar com minhas luvas cheias de merda.

Ele recua.

— Qual é o seu nome?

Arranco minhas luvas com um estalo e as jogo no lixo, antes de retirar o saco lotado e carregá-lo na direção das lixeiras.

— O que está fazendo aqui? — questiona ele.

É uma boa pergunta.

Nosso encontro seguinte é quando estou varrendo o pátio do lado de fora do café da universidade. Ele está com vários de seus colegas, bebendo cafés americanos em um raro momento de aparição do sol entre as nuvens. Seus olhos me fitam no outro lado do pátio; não sei como percebo, pois tomo cuidado para não olhar em sua direção. Apenas sinto. Começo a varrer mais perto porque é o meu trabalho, tenho que fazê-lo, e então vou até uma mesa próxima, onde derrubaram um monte de batatas chips. Eu me agacho para varrê-las e rio quando uma gaivota pousa e tenta roubá-las.

— Tudo bem, então, você ganhou, um prêmio por sua ousadia. — Deixo as batatas para ela e me dou conta de que faz um bom tempo que não vejo um pássaro neste pátio, sendo que houve uma época em que mal podíamos comer aqui sem sermos assediados por um bando deles. Está muito mais quieto agora, sem suas batalhas barulhentas pelos restos de comida.

— Com licença — diz uma voz feminina. Olho para cima e me deparo com um prato sendo empurrado na minha cara. É uma das mulheres da mesa do professor Lynch, e o prato está pela metade. Já a vi antes, é outra professora do departamento de ciências, trinta anos, charmosa e, ao que parece, bastante impaciente.

— Não sou garçonete — respondo. Além disso, todos sabem que precisam devolver os pratos no balcão.

— O que você é?

— Faxineira.

— Então... *limpe*. — Ela empurra o prato com ainda mais força, então não tenho escolha a não ser pegá-lo.

— Pode deixar que levo para a "senhora". Mais alguma coisa?

Ela me encara com uma expressão de surpresa. Seus olhos se estreitam, como se me notasse pela primeira vez e não gostasse do que vê.

— Não, isso já seria ótimo.

— Quer que eu te acompanhe ao banheiro também? Sou ótima em limpar bundas.

Ela fica boquiaberta.

Levo o prato dela para dentro e, tomada por um ímpeto inexplicável, pisco para Niall Lynch ao passar por ele. Por um breve instante, sua expressão é de pura perplexidade e faz todo o episódio valer a pena.

Meu pneu dianteiro está furado, e é por isso que esta noite estou empurrando minha bicicleta pelo promontório quando o vejo pela terceira vez no dia. Sentado no meu banco preferido, ele segura um binóculo com o qual observa as aves marinhas guinchando e pescando o jantar. Os cormorões mergulham, abrindo caminho bravamente pela água escura.

Paro ao lado dele. O sol está começando a se pôr, mas nesta época do ano está muito ao norte para vermos seu esconderijo atrás do promontório, em meio a um véu de nuvens. A esta hora, a luz pálida encontra o mar agitado, ardente e inquieto.

— Olá — digo depois de um tempo.

O professor Lynch dá um salto.

— Jesus! Merda. Você me assustou.

— Vingança.

Meus olhos fitam seus binóculos e, sem dizer uma palavra, ele os passa para mim. E, como mágica, os pássaros não são mais apenas borrões, são elegantemente detalhados, impetuosos e *reais*. Como sempre, eles me deixam sem fôlego, criaturas alheias à magia de ser aladas.

— Meu nome é Niall.

Não tiro os olhos dos pássaros.

— Eu sei.

Ele se levanta com uma rapidez que imediatamente me diz que algo está errado. Abaixo os binóculos e sigo seu dedo apontado para uma forma ao longe, levo-os aos olhos de novo e vejo. É um barco a remo. Reconheço a pequena embarcação, pertence a um estabelecimento que fica ao longo da praia, sua vida útil no mar já passou e seu trabalho agora se resume à propaganda da Floricultura da Nan. Há toda a parafernália estranha em seu casco, as flores de plástico, banners e afins, além dos dizeres em dourado na proa: *Nan*. Normalmente, há uma âncora para mantê-lo preso às rochas, que talvez tenha se perdido ou sido removida, pois o barco não está mais atracado em segurança, mas deslizando rapidamente na água, puxado pelo guarda-sol vermelho e amarelo aberto para aproveitar a força do vento. Dentro do barco a remo há dois meninos.

— O vento os pegou — diz Niall.

— Estão indo na direção daquela corrente de retorno. — Posso vê-la, esperando paciente e impiedosamente por sua presa. A linha escura onde as ondas se encontram.

Niall começa a tirar os sapatos.

— Você é um bom nadador? — pergunto a ele. Dentro de mim, já estou me movendo. Meu corpo sabe.

— Na verdade não, mas...

— Peça ajuda! Encontre um barco e chame uma ambulância.

— Ei!

Minha inútil bicicleta cai no chão. Não tiro meus sapatos enquanto corro. Entrar na água aqui seria tolice, ao longo do promontório há um delicado filete de terra que avança para o mar; daquela extremidade, nadar até o barco será mais fácil, não teria que enfrentar diretamente a corrente. A terra é irregular e pensamentos passam pela minha mente: como estou feliz por ter usado tênis esta manhã, como devo tentar não desperdiçar todo o meu fôlego correndo, pois precisarei mais dele para nadar. Como a água estará fria. Até que ponto os meninos já estão sendo puxados pela corrente e o quanto o barco parece instável.

Vários minutos se passam antes que eu alcance a estreita faixa de areia branca. Arranco meu casaco e ele fica para trás, levado pelo vento em rodopios. Meus sapatos se espalham ao meu redor e minhas primeiras passadas correndo na direção do mar são uma familiar injeção de adrenalina em meu coração. Nado neste oceano durante todo o ano, a qualquer hora do dia em qualquer clima. Nado de manhã e à noite sempre que posso. Isso não me ensinou como dominá-lo nem a verdadeiramente sobreviver a ele, mas apenas a estar ciente de seus caprichos mesmo depois de tantos anos. Ele poderia me levar esta noite, assim como poderia ter feito quando eu era criança ou poderá fazer quando eu estiver grisalha. Como minha mãe me disse uma vez: *"Apenas um grande tolo não teme o mar."*

Quando me afasto da praia o suficiente, respiro fundo e mergulho. Está frio, mas já senti piores. O problema é a rapidez com que a temperatura do meu corpo cairá. Não há nada que eu possa fazer, nem adianta me preocupar com isso agora. Em vez disso, concentro-me na elevação e alcance dos braços, no arco suave dos ombros, no bater rápido dos pés, mesmo com as meias, e sempre, sempre, no ar alimentando meus pulmões. As respirações devem ser perfeitas, tão regulares e estáveis quanto o tique-taque de um metrônomo.

Paro com frequência para localizar o barco à frente e ajustar minha trajetória. Parece cada vez mais distante. A corrente é aterrorizante. E o terror se apossa de mim, me implorando para voltar. Não quero morrer. Ainda há muitas aventuras a serem vividas. Um pensamento rodopia em minha mente: *agora, agora é o ponto sem volta, agora você provavelmente vai se afogar aqui com as crianças,* e de que isso tudo serviria? Mas continuo nadando até que o barco esteja perto o suficiente para que me ouçam apesar do rugido do vento.

— Fechem o guarda-chuva!

Os meninos lutam para cumprir minha ordem, mas o vento uiva e eles não são páreo para ele.

Meus dedos finalmente tocam o casco, depois a borda do barco. Meus braços tremem com o esforço de me puxar a bordo. Parece impossível, e imagino o alívio de afundar de volta no abraço da água, até que pequenas mãos agarram meus pulsos, tentando me ajudar. Eles me sustentam para que eu possa me impulsionar, e então consigo me erguer com um gemido animalesco.

Pego o guarda-chuva e o fecho com grande esforço. A velocidade diminui consideravelmente. Há remos, graças a Deus. Começo a remar em direção da terra, mas rapidamente percebo que nunca chegarei lá.

— Há uma enseada ao sul — diz um dos meninos.

Eu olho para eles pela primeira vez. Oito ou nove anos, talvez. Um tem sardas ruivas, o outro, uma franja escura que esconde seus olhos ainda mais escuros. Ambos surpreendentemente calmos.

O menino ruivo aponta para o sul e percebo que ele tem razão, a enseada não está longe e será mais fácil alcançá-la com a ajuda das ondas. Inclino o barco para o sul, deixando um remo submerso para desenhar um amplo arco para desviar do promontório.

— O barco não vai resistir — aviso. — Vocês sabem nadar?

— Um pouco.

Fazemos a volta e eu começo a remar, forte e rápido em direção à faixa de terra mais próxima. Mas o barco começa a inundar, como esperado. A água está na altura de nossos tornozelos, depois de nossos joelhos.

— Vamos, pulem, fiquem perto de mim.

Nós nos lançamos ao mar e partimos; me impressiono com a coragem dos meninos, mas é inútil diante da força da água, seus pequenos membros se debatem "um pouco" o que, no fim das contas, significa quase nada para nos ajudar. Então, com a mão esquerda, agarro o cangote de seus casacos enquanto remo com meu braço direito e bato as pernas como uma desvairada, uma fera infernal, arrastando-os comigo a passos de lesma.

Alcançaremos a terra firme em vinte minutos, uma hora, talvez duas — quem sabe —, e, embora eu nunca admitisse em voz alta, não tenho certeza de que conseguiria continuar nadando. Não com a carga extra atrelada aos meus músculos, músculos que eu pensava serem fortes, mas agora parecem fracos. Não há um desfecho fácil para isso, porque não há uma areia fofa à nossa espera como nas praias da Austrália; há apenas rochas de arestas afiadas para nos receber e ondas furiosas para nos carregar. Faço o possível para atingir as pedras primeiro, puxando os meninos para cima de mim e poupando seus corpos do impacto, mas uma dor lancinante irrompe na lateral do meu corpo quando sou jogada nas pontas afiadas.

Não há tempo para pensar, pois a próxima onda me arremessará ainda mais forte, e eu tenho que nos tirar de seu alcance. Arremesso os meninos em direção à parte mais baixa e digo a eles para engatinharem rápido, eles obedecem. Escorregam e deslizam, mas conseguem chegar às rochas secas. Eu me arrasto para cima bem a tempo de evitar a onda seguinte, e nós três desabamos no chão, e penso que poderíamos facilmente nos dissolver na terra.

Sentamo-nos em silêncio, sem dizer uma palavra. Apesar do rugido do mar, posso ouvir a sirene da ambulância à distância.

Está frio pra cacete.

O professor Niall Lynch chega com a minha bicicleta.

— Vocês estão bem?

Nós três assentimos.

— Seus pais estão vindo — avisa ele, e só então percebo que ele conseguiu usar a bicicleta para chegar até nós, apesar do pneu furado. Há um aglomerado de silhuetas se aproximando ao longo da colina. Niall coloca seu paletó em volta dos dois garotos trêmulos, mas é grande demais e começa a escorregar.

Fico de pé. Meu corpo dói, mas apenas como uma sensação fantasma. Desconfio que a dor de verdade virá mais tarde e me atingirá em cheio, mas por enquanto estou atordoada e consciente demais dos meus dentes.

— Você está sangrando — diz Niall Lynch.

— Não — digo, embora esteja.

Eu me abaixo para pegar minha bicicleta; ele faz o mesmo um segundo depois e nós a levantamos juntos. Ele me entrega meus sapatos e meu casaco, que eu não sabia que ele havia recolhido.

— Obrigada — agradeço. Ele me observa de perto demais, então me viro para os meninos.

Eles olham para mim. Sorriem. E é o bastante, é mais do que bastante. Não quero os pais, a ambulância, o hospital e as perguntas. Os sorrisos são o suficiente. Eu lhes dou um sorriso, um aceno rápido, e então começo a empurrar minha bicicleta pela colina verdejante.

Olho para trás uma vez. Niall me fita de um jeito que insinua que eu deveria ter dito alguma coisa, então falo a única coisa que consigo pensar:

— Até mais. — E vou para casa.

O sangue escorre pelo ralo. Meus dedos estão enrugados, minha mente, vazia. Estou encolhida no chão do chuveiro e a água quente está começando a falhar; em instantes ela acabará e eu estarei congelada novamente, mas ainda não consigo me mexer.

Esqueci de perguntar os nomes dos meninos. Acho que não importa, mas agora eu desejava saber. Eu desejava estar de volta ao mar.

Duas lascas de rocha se cravaram em meu quadril; minhas costelas e coxas estão esfoladas. Hematomas estão se formando. A dor de tanto nadar atinge até os ossos.

Quando não posso mais adiar, me levanto desajeitadamente e fecho o registro. Até o ato de me secar exige esforço. Apoio o pé na tampa do vaso sanitário e uso uma pinça para remover os fragmentos de rocha em minha carne. Não tenho nenhum antisséptico, então visto calcinha e camiseta e procuro tequila na cozinha. Um pouco no meu quadril, uma dose na minha boca.

Meus colegas de casa me encontram sentada no banco da cozinha, na metade da garrafa. Não os surpreende. Eles pegam copos e se juntam a mim, mas aos poucos cada um deles vai embora até que eu fique sozinha novamente, só que agora minha garrafa de tequila está vazia, a dor se dissolveu ao fundo e meu coração bate acelerado de adrenalina. Eu gostaria de estar lá fora, mas estou colada na cadeira, meu corpo oscila levemente, perplexo demais com a vida e o mundo para se mover.

Penso em minha mãe: ela sempre soube das maravilhas e dos perigos da vida, e de como ambos estão intimamente ligados. Reflito sobre o que a fez cruzar o oceano até a cama de um monstro. Eu me pergunto se ela sempre soube quem ele era de verdade e chego à conclusão de que devia saber. Acho que foi enfeitiçada por quem ele era, mesmo que isso a fizesse ser abandonada mais uma vez. Eu me pergunto se algo foi capaz de irromper a parede de raiva que levou meu pai a esganar outro homem. Será que houve sequer um lampejo de arrependimento, mesmo durante o ato? Um vislumbre momentâneo do horror daquilo que ele estava se tornando? Eu me pergunto o que ele pensa disso, na prisão, e se agora sua raiva parece mais um velho amigo cansado ou uma amante apaixonada. Talvez ele a odeie, talvez a tenha deixado enterrada na garganta do homem que matou.

Merda. Estou bêbada. Esses pensamentos se infiltram em minha mente sem serem convidados.

Deslizo para fora do banco e vou para o quarto que compartilho com Sinead e Lin. Elas estão dormindo, o ronco suave de Sinead é a prova. Penso no mar na tentativa de pegar no sono, mas esta noite seus ritmos são inquietos e não oferecem calma. Estou viva demais para me acalmar.

Às três da manhã, alguém bate na porta da frente. Estou acordada olhando para o despertador de Lin quando o som reverbera pelas paredes tão finas quanto papel. Seja quem for o responsável por isso estará em apuros. Todos os outros sete ocupantes da Mansão Muralha, como a chamamos, soltam uma torrente de palavrões capaz de fazer um marinheiro corar.

Henry, cujo quarto é o mais próximo da porta da frente, levanta-se para atender e todos ouvimos seus pés batendo no assoalho.

— O que foi? Sabe que horas são, cara?

— Acho que são 3h02 — responde o homem, e eu conheço essa voz. — Desculpe atrapalhar.

Eu me sento na cama, em estado de torpor.

— Franny Stone mora aqui? — pergunta a voz, e um coro de gemidos percorre a Mansão.

Sinead e Lin jogam seus travesseiros na minha cabeça enquanto eu tropeço até a porta.

Niall Lynch está no nosso degrau da frente, banhado pelo luar prateado de Galway. Ele ainda está com as mesmas roupas que usava mais cedo, mas agora fuma um cigarro. Parece magro e pálido. O que há nele que tanto encanta a todos? Não consigo ver. Não quando ele não está falando sobre pássaros.

— O que está fazendo aqui?

— Não vou entrar.

Eu pisco.

— Pode apostar.

— Quer um? — Ele me oferece seu cigarro enrolado à mão.

— Eca. Não.

— Então pegue isso. — Desta vez é uma sacola de algodão cheia de coisas. Espio dentro da sacola com curiosidade e vejo alguns itens: bandagens, antisséptico, analgésicos e uma garrafa de gim.

— Obrigada. Mas não precisava...

— Presumi. — Ele levanta as mãos, com um ar desolado. — Mas você fez tudo aquilo, depois foi embora, não parecia nada bem e ninguém nem disse obrigado.

Eu processo as palavras.

— Então você veio aqui me agradecer?

Ele dá de ombros.

— Sim, acho que sim.

— Está bem.

Ele termina o cigarro, joga-o no chão, apagando-o com o pé, e pega a caixa de tabaco.

— Você vai deixar isso aí?

Seu olhar segue o meu até a guimba. Ele dá um sorrisinho.

— Por que, você quer?

— Apenas pegue, tá? É nojento.

Ele ri enquanto se abaixa.

— Jesus, eu já ia fazer isso. Me desculpe por estar um pouco lento a esta hora. — Ele não está rindo quando se levanta. — Achei que você ia morrer esta noite. Junto com aqueles meninos.

Silêncio. Eu dou de ombros, não faço ideia do que ele quer que eu diga.

— Você tem um desejo de morrer ou algo assim?

Eu franzo a testa porque a pergunta me irrita. Ele também não estava se preparando para entrar na água? Qualquer um não faria o mesmo?

— O que você está fazendo aqui, professor?

Niall Lynch me entrega uma pasta. No escuro, levo um momento para distinguir as palavras na primeira página. *Inscrição UNI.*

Minhas bochechas começam a queimar de forma desagradável.

— O que é isso? Como sabe onde eu moro?

— Perguntei ao seu chefe. Ele me disse que você não é aluna.

— E daí?

— E daí que quero convidá-la generosamente a continuar a frequentar minhas aulas, até que você se inscreva e se matricule de modo apropriado, porque sou assim, gentil.

— Não, obrigada.

— Por que não?

— Não é da sua conta. E falando nisso... — Faço um gesto com a mão para enfatizar a presença dele. — Isso não é legal. Eu não te disse meu nome.

Tento devolver os papéis, mas ele não os aceita. Ele não precisa saber que eu nunca terminei o ensino médio. Não haverá universidade para mim.

Há um segundo cigarro já enrolado em sua bolsa, e eu o observo acender um fósforo e segurar a chama até o fim. Observo o pequeno brilho redondo da brasa. Observo-o tragar profundamente, seus olhos se fechando como se fosse um ato religioso. Imagino o gosto ruim de sua boca e língua.

— Jogue fora, queime ou faça o quiser com eles — retruca ele. — Mas leia primeiro. E continue vindo às minhas aulas. — Ele dá um rápido sorriso. Um sorriso perigoso demais para perdurar. — Não conto pra ninguém.

Enquanto ele se afasta, eu penso: *não pergunte, não pergunte, não pergunte*, e então eu pergunto.

— Por que está fazendo isso?

Niall faz uma pausa e olha por cima do ombro. Seus cabelos e olhos são negros como a noite, sua pele prateada.

— Porque você e eu vamos passar o resto de nossas vidas juntos. — E então acrescenta: — Até mais.

Dentro da Mansão, mal consigo respirar. Eu me deito em meu colchão de solteiro no chão e ignoro as risadinhas de minhas colegas, que ouviram cada palavra.

Estou mais uma vez nas garras do mar: nas páginas dos formulários de inscrição, ele escondeu uma única pena preta.

Espero até que a casa volte a dormir e, então, deslizo a ponta da pena em meus lábios, acendendo meu desejo, e me toco pensando em Niall Lynch.

8

O *Saghani,* OCEANO ATLÂNTICO NORTE
TEMPORADA DE MIGRAÇÃO

Uma buzina soa por todo o barco e tudo o que consigo pensar é: *graças a Deus.* Mesmo que isso signifique que estamos afundando, mesmo que seja outro iceberg ou uma tempestade perfeita, não me importo — qualquer coisa para me tirar desta caixa. Levanto cambaleante e visto meu casaco por cima das térmicas. Salto para calçar as botas, me desequilibrando sobre meu pé direito mutilado, e sigo Léa, apressada. Os outros membros da tripulação já estão correndo em direção às escadas para o convés.

Basil sorri para mim.

— Ele encontrou alguma coisa.

Retribuo o sorriso, pensando que não foi Ennis quem encontrou alguma coisa, mas, sim, os pássaros. Sigo os outros até os fachos brilhantes dos holofotes. Dois iluminam o barco, que parou de se mover, enquanto um feixe de luz balança suavemente sobre a água. Todos corremos para a balaustrada para ver o que ele encontrou. O oceano negro cintila, levemente prateado; o que parece ser centenas de peixes nadam logo abaixo da superfície, e acima deles as andorinhas do Ártico mergulham na água para se alimentar.

As vozes dos homens reverberam sua excitação. Isso é mesmo uma coisa rara.

— Vamos, mexam-se! — Ennis explode de sua varanda. Viro a cabeça e vejo o lampejo de seu sorriso.

Mal e Dae correm para acionar duas alavancas e percebo que há um pequeno esquife sendo baixado ao mar. Anik salta sobre a balaustrada e pousa graciosamente no barco, seus movimentos parecem os de um bailarino. Ele desce para o mar e desconecta os cabos. Eu o observo manobrar o barco pela água e vejo uma enorme montanha de rede sendo puxada atrás dele. Léa fica na manivela, certificando-se de que a rede se desenrole sem prender ou emaranhar, enquanto Anik a arrasta para longe na escuridão, sua borda superior flutuando com a ajuda das cortiças amarelas que conheço tão bem, a borda inferior afundada pelos lastros de chumbo. Anik puxa a rede em um círculo enorme ao redor do cardume.

— E agora, o que acontece? — pergunto.

Mal, que está ao meu lado, aponta para a rede.

— Quando Anik terminar e o capitão der o sinal verde, vamos puxar os lastros, franzindo a rede em uma bolsa, para impedir que os peixes saiam pelo fundo. Então, o bloco de força levanta a rede para o convés. Prepare-se, menina Franny. Você achava que era difícil antes? É agora que o trabalho realmente começa. Teremos peixe para embalar.

Anik conclui o círculo e une as pontas da rede. Estou impressionada com a rapidez com que ele fez isso, manobrando aquele pequeno barco pela água como se tivesse nascido para isso. Um quilômetro e meio de rede. Malachai disse que todos os homens dos caiaques são foras da lei; eles têm que se virar sozinhos. Agora, ao observar o pequeno barco solitário, entendo o que isso quer dizer.

Os cabos se esticam.

— Puxando — ordena Ennis.

Todos observam os cabos começarem a puxar os lastros. Não consigo ver o que está acontecendo debaixo d'água, mas as cortiças balançam e se contorcem como se a rede abaixo estivesse se movendo. Escamas prateadas se agitam freneticamente, emergindo na superfície e se debatendo em pânico. Há algo de monstruoso nisso, como se uma poderosa fera marinha tivesse sido capturada e arrastada das profundezas.

Os pássaros arremetem, seu banquete foi interrompido. Subitamente, sou tomada pela ansiedade.

A manivela para.

— Pronto para suspender! — grita Léa.

Mal e Dae içam Anik e seu esquife de volta para o convés, depois os três se apressam para vestir macacões de plástico e grandes luvas de borracha. Sinalizam que estão prontos e esperam pela rede no convés.

Ennis está controlando o bloco de força e grita para que todos esperem até que o guindaste dê o primeiro puxão, levantando lentamente a pesada rede do oceano. A água jorra com um rugido e vejo os peixes tomarem forma — centenas, talvez milhares —, os de cima se debatem impotentes ao serem tirados da água. Eu não esperava aquele volume, mesmo depois de ter visto o tamanho da rede.

Não quero assistir, mas não consigo desviar o olhar. Tenho que impedir de alguma forma, mas é claro que não posso.

Basil dá um grito de vitória e sinto vontade de vomitar. Vou mesmo ficar aqui assistindo enquanto essas criaturas são massacradas? Como é possível pensar que são diferentes dos pássaros, cujas vidas eu daria a minha própria para proteger? Meus olhos pousam em algo dentro da rede, uma textura diferente do resto. Eu franzo a testa e me inclino mais para perto. É difícil ver em meio à escuridão, mas não é um peixe, tenho certeza.

— O que é aquilo?

Mal e Dae seguem meu dedo apontado e franzem a testa.

— Luz! — berra Dae.

Samuel, que está com Ennis, gira o holofote para onde Dae está apontando, e todos nós vemos, claro como o dia. Uma enorme tartaruga marinha, presa na rede.

— Pare! — Dae e Mal gritam ao mesmo tempo. — Capitão!

Ennis os ouve e para o guindaste. A rede balança acima do oceano, seu peso colossal balançando o barco. Ennis dispara pela sacada em direção à balaustrada.

— Abra a rede! — ordena Ennis a Basil.

— O quê? Chefe, é uma carga enorme!

— Abra!

O choque me faz agarrar o corrimão com uma das mãos com tanta força que tenho cãibras. Massageio a mão dolorida com a outra enquanto observo a pobre criatura, suas nadadeiras movendo-se ligeiramente sob o peso sufocante dos peixes. Partes dela se projetam para fora da rede e estou com medo de que fique emaranhada demais para conseguir se libertar.

O cabo que prende a bolsa começa a se soltar, abrindo o fundo para libertar os peixes. Eles caem na água, milhares deles de uma vez, criando uma ondulação que balança o barco. Muitos ficam presos na rede, se contorcendo inutilmente. E junto com eles está a tartaruga, incapaz de se libertar.

— Recolha a rede, Sam! — grita Ennis. — *Com cuidado!*

A enorme garra é içada lentamente e depois baixada no convés. A rede se amontoa ao redor da tartaruga e todos correm para ajudar até que Ennis esbraveja, nos mandando parar.

Ele caminha cuidadosamente até a tartaruga, soterrada sob pilhas de rede e levanta os carretéis até que a criatura seja revelada. Meu coração está na boca enquanto vejo Ennis se inclinar e cuidadosamente desemaranhar as nadadeiras e a cabeça da tartaruga. Ela se irrita com ele, mas ele é tão gentil, tão receoso em machucá-la. Vejo a mão dele pousar uma vez no enorme casco, acariciando-a com ternura.

— O que você está fazendo tão ao norte, garota? — pergunta baixinho.

A criatura abre e fecha sua boca curva, levanta a cabeça o máximo que consegue. Assim que Ennis a desvencilha, arrastamos a rede para longe, abrindo caminho até a balaustrada. Ela é enorme, e é preciso Ennis, Basil, Mal e Dae para levantá-la.

Rio de alívio quando ela é libertada no mar, mergulhando na água com um enorme respingo. Com as costas da mão, enxugo as lágrimas do meu rosto e a vejo desaparecer nas profundezas. Eu me imagino submergindo com ela na profundeza escura.

Os homens estão soltando os peixes remanescentes da rede e os jogando de volta para o mar.

Ennis observa o oceano em silêncio. Anik pousa a mão em seu ombro. É o primeiro gesto terno que o vejo expressar.

— Fazer o quê? — diz Ennis com um encolher de ombros, e Anik aquiesce. — Vamos preparar a rede — ordena aos demais, que voltam, incansáveis, à tarefa de desembaraçar e enrolar a enorme rede.

Ennis olha para mim.

— Por que a surpresa?

Abro a boca, mas as palavras não saem. *Porque você é um pescador*, quero dizer. Não sabia que há limites para sua gana.

— Descanse um pouco — responde Ennis ao meu silêncio.

— Posso ajudar. Tenho praticado.

— Você está atrapalhando, querida. Descanse um pouco. — Ele mal me olha enquanto me dispensa.

Estou no convés, envergonhada. Mas também sinto alívio; estou aliviada pelos peixes, que nadaram para longe do nosso alcance, e pelos pássaros, que já partiram para caçar o próximo cardume. E pela tartaruga. Penso nela enquanto ignoro o capitão e me junto ao resto da tripulação. É nos olhos dela que penso enquanto enrolo as cortiças, girando e girando. Seu olhar enquanto estava pendurada lá, presa na rede, presumindo que seu fim havia chegado.

Há graxa debaixo da pele solta de minhas bolhas e nada posso fazer a respeito, pois hoje o motor precisa das minhas mãos. Léa está fazendo alguma coisa com a bomba de porão, seja lá o que for isso.

— Ela bombeia qualquer excesso de água para fora do barco — resmunga ela, curvada sobre algo oleoso, como ela mesma sempre parece estar.

— E o que você está fazendo? — pergunto, levantando minha voz além do rugido baixo do motor.

— Desentupindo. Todo tipo de lixo fica preso no rotor. Me passa a chave-inglesa.

Obedeço e a vejo abrir a bomba e enfiar a mão bem no fundo. Ela puxa uma maçaroca de detritos besuntados de graxa que cheira podre e a joga direto no meu colo.

— Ah. Legal.

— Coloque no balde e jogue no mar.

O balde está bem ao lado dela; ela poderia ter jogado direto lá em vez de em cima de mim, mas, claro, sem problemas. Flagro seu sorriso malicioso quando saio para cumprir sua ordem. Tenho que carregar vários outros baldes de gosma podre fedendo a peixe até o convés principal antes de terminarmos e a cada inspiração meu estômago revira. Enquanto Léa limpa os mecanismos da bomba, vejo seus braços musculosos trabalharem e invejo sua força.

— Você sempre foi marinheira? — pergunto.

Ela dá de ombros.

— Conserto barcos há uma década. Sou mecânica há mais tempo.

— O que te atraiu?

Outro encolher de ombros.

— De que parte da França você é?

— Les Ulis, em Paris. Minha família se mudou para lá por causa da carreira do meu irmão no futebol — acrescenta.

— Ele é um jogador de futebol? Legal.

Ela acena com a cabeça, mas não dá mais detalhes.

— Onde morava antes?

— Guadalupe.

— Como era?

Léa dá de ombros novamente.

— Como você está tagarela — retruco. Dou um suspiro, mas na verdade é até agradável. Malachai passou os últimos dias falando na minha orelha, sem parar.

Ele cresceu em Brixton com três irmãs depois que sua mãe solo se mudou com eles da Jamaica para Londres. Ele era obcecado por garotas e foi parar em barcos de pesca atrás de uma em especial, que era dez anos mais velha e totalmente inatingível, mas ele se gaba de nunca ter recusado um desafio. Obviamente isso foi muito antes de se apaixonar por Dae e serem expulsos de seu último barco por quererem ficar juntos. Os pais de Dae-shim se mudaram de uma pequena vila na Coreia do Sul para o lugar mais movimentado e liberal que podiam imaginar: São Francisco. Dae diz que eles não tinham ideia no que estavam se metendo, mas se adaptaram e logo passaram a incentivá-lo a se tornar um artista performático experimental ou um filósofo feminista, se quisesse. Não foi o que ele fez. Em um ato de rebeldia, ele se tornou engenheiro naval e embarcou na primeira traineira de camarão que encontrou, apesar de sofrer terríveis enjoos e, para seu desespero, seus pais ficaram em êxtase.

Malachai não é o único que gosta de conversar — se Samuel sentir sequer o cheiro de bebida, ninguém consegue fazê-lo parar de falar, e ele chora *o tempo todo*. Ele é de Terra Nova e não, não tem filhos em todos os portos, mas tem uma prole gigantesca em uma casa. Segundo as próprias palavras, ele tem muito amor para dar. A história de Basil é menos excitante: ele passou a infância em barcos e estava determinado a não acabar marinheiro como o pai. Suspeito que o pai era um homem muito rígido. Basil realmente participou de um programa de culinária em Sydney, mas, depois que perdeu a paciência, foi demitido e praticamente fugiu do país para evitar o escândalo, retornando ao curso inevitável a que sua vida sempre esteve predestinada. O povo do mar é sempre atraído de volta ao mar, querendo ou não. Quanto a Anik, os outros me contaram fragmentos de informações aqui e ali — ele é o que está há mais tempo com Ennis no *Saghani*, e definitivamente há algo misterioso sobre como começaram a trabalhar juntos, só que ninguém me diz o que é. Segundo contam, a mãe de Anik costumava dar aulas de física em Anchorage, enquanto seu pai idoso, por incrível que pareça, ainda leva pessoas em passeios de trenós puxados por cães e ama huskies mais do que qualquer ser humano.

Embora o grupo seja tão diverso quanto poderia, percebo que são todos iguais, esses marinheiros. Algo estava faltando em suas vidas em terra, e eles foram buscar a resposta. Seja o que for, não duvido nem por um segundo que cada um deles tenha encontrado. São migrantes da terra e adoram o oceano, que lhes proporcionou um modo de vida diferente, amam este barco e, por mais que briguem e discutam, eles se amam.

Cada um à sua maneira, todos estão de luto pelo fim desta vida, cientes de que o fim está próximo e sem saber como sobreviverão a isso.

Não posso mais ignorar meu enjoo. Os cheiros e os sons da sala de máquinas acabaram comigo. Léa bufa enquanto eu vou ao banheiro para vomitar. O balanço crescente me joga de lado na parede do cubículo e tenho que agarrar o vaso sanitário. Ao longo da noite as ondas ficam mais cruéis e eu me vejo disputando o banheiro com Dae, para a alegria da tripulação. Tudo dentro de mim é expelido dolorosamente repetidas vezes; vomitar é um inferno singular. Acho que Ennis estava certo sobre a tempestade que se aproximava, afinal.

Samuel se apieda de meu estado e me dá um comprimido para enjoo que me deixa apagada por algumas horas, e quando acordo ainda é noite, mas o mar está mais calmo. Eu me levanto e caminho até o convés. Anik está de pé na proa, mas acho que não ficaria feliz com minha presença.

— Ele não gosta de vir para o Sul — diz Basil, e eu o noto sentado no escuro, enrolando um baseado. — Nunca gostou.

Não estou com disposição para Basil, mas nunca estou, e talvez a irritação me sirva de companhia. Sento-me ao lado dele e ouvimos o oceano.

— Por quê?

— O Norte é a casa dele.

Basil me oferece o baseado e eu dou uma tragada. O torpor me atinge rapidamente, me deixando enevoada.

— Então por que ele veio? — pergunto.

— Não sei, realmente, só que tem a ver com Ennis. Eles têm algum tipo de acordo ou pacto que remonta há muito tempo, e é por isso que Anik navega com o capitão, não importa o que aconteça.

Que curioso.

— Eu dormi durante a tempestade? — pergunto, tentando sentir o aroma da chuva no ar, mas o cheiro ainda é de sal e graxa.

— Ainda nem começou — diz Basil.

Olho para o céu claro. Há uma profusão de estrelas.

— Ela está se formando — continua Basil, reconhecendo meu ceticismo.

— Será que devo me preocupar?

— Dê mais uma tragada em vez disso. — Depois de um tempo, ele acrescenta: — Sou descendente de irlandeses.

— Condenados?

Ele sorri.

— Algumas gerações depois disso. Eles eram apenas pessoas em busca de uma vida melhor.

— Melhor do que o quê?

— Do que a pobreza. Não é assim em todas as migrações? Pobreza ou guerra. Que parte de sua família é australiana? — pergunta ele.

— O lado do meu pai.

— Como seus pais se conheceram?

— Não faço ideia.

— Você nunca perguntou?

Balanço a cabeça.

— Mas sua mãe é irlandesa, certo? — insiste Basil.

— Positivo.

Eu o vejo exalar uma densa nuvem de fumaça. Ele parece bem chapado.

— Conheci uma mulher que viveu e morreu cercada pelas ardósias cinzentas do condado de Clare. Você poderia carregar seu corpo além do oceano, mas nunca seria capaz de tirar sua alma daquele pedaço da costa. — Basil olha para a palma das mãos, traçando as linhas da vida como se procurasse algo. — Nunca senti isso. Eu amo a Austrália e é minha casa, mas nunca senti que poderia morrer por aquele lugar, sabe?

— É porque não é o seu lugar.

Ele franze a testa, ofendido com o comentário.

— Não é o meu também — acrescento. — Nós não pertencemos àquele lugar, viemos de outros cantos, fincamos nossa impiedosa bandeira no chão, matamos e roubamos e o chamamos de nosso.

— Meu Deus, temos outro coração sangrando aqui, pessoal — diz ele com um suspiro. — Então, por que também não me senti em casa na Irlanda? — pergunta como se fosse minha culpa. — Fui para lá quando tinha dezoito anos pensando que encontraria um lar. — Ele encolhe os ombros, dá outra tragada. — Não consigo encontrar em lugar algum.

Não consigo mais evitar a pergunta.

— Por quanto tempo você vai continuar fazendo isso, Basil?

Ele olha para mim e a fumaça ondula de sua boca até o meu rosto.

— Não sei — admite. — Samuel tem tanta certeza de tudo. Ele diz que Deus proverá para nós, os peixes voltarão. Aquele homem pesca há mais tempo do que respiramos. Eu costumava acreditar nele. Mas há muita conversa agora sobre sanções.

— Acha que é provável?

— Vai saber.

— Você não... Por que nenhum de vocês parece se importar com o que está fazendo?

— Claro que nos importamos. Costumava ser uma boa forma de ganhar dinheiro. — Ele cruza os braços, reflete sobre suas palavras, e então termina dizendo: — E não somos nós, você sabe. É o aquecimento global que está matando os peixes.

Eu o encaro.

— Além de pescar em excesso e envenenar as águas, quem você acha que causou o aquecimento global?

— Qual é, Franny, que papo chato. Não vamos falar de política.

Não posso acreditar, é impossível, é como estar aos pés de uma montanha que eu não tenho como escalar, e estou exausta, estou exausta de Basil e seu pequeno mundo egoísta, e estou exausta da minha própria hipocrisia porque sou tão humana e tão responsável quanto ele, então apenas afundo no meu assento e me calo.

Você escolheu isso. Você decidiu que o destino valia a viagem em um navio de pesca. Então aguenta.

— E você? — pergunta ele.

— E eu o quê?

— Onde é o seu lugar?

Se existir um lugar, eu o abandonei há muito tempo, penso.

Basil me entrega o baseado e nossos dedos se tocam. Ah, as memórias afloram. Pele. Uma sensação dolorosa desperta dentro de mim. O som impetuoso do oceano aumenta.

— Onde é a sua casa, Franny? — pergunta Basil novamente, e eu penso: *por que eu te contaria isso*, e então eu o beijo. Ele não me atrai nem um pouco e a sensação é degradante. Ele tem gosto de tabaco, maconha e fumaça, mas eu devo ter o mesmo gosto, talvez até pior depois de vomitar tanto. Sua mão livre agarra meu braço, um movimento desajeitado e surpreso que parece refletir uma grande necessidade dentro dele, uma que talvez nem sequer soubesse que guardava.

Interrompo o beijo e me sento.

— Desculpa.

Ele engole em seco, passando a mão sobre os cabelos compridos.

— Sem problemas.

— Boa noite.

— Boa noite, Franny.

Meu sono é interrompido novamente, primeiro por pesadelos com minha mãe e depois pelo líquido quente deslizando pelo meu pulso. Eu me sento na cama, sonolenta e desorientada. Sinto dor ao me mover e a umidade é familiar, o cheiro da ferrugem no meio da noite evoca uma lembrança.

Respiro fundo e deixo minha cabeça se acalmar. *Você não está na prisão. Está no barco.*

O balanço do mar está mais intenso. O barco se inclina para um lado e para o outro, em grandes mergulhos vertiginosos, puxando meu pulso com tanta força contra a corda de segurança que o sangue escorre pelo meu braço.

Com uma das mãos desamarro o nó constritor que afrouxou. Estou bastante orgulhosa desse nó porque não foi fácil de aprender. Decidi começar a me prender à cama à noite, porque obviamente há uma versão minha que quer fugir deste camarote e sair em busca do oceano, e o mínimo que posso fazer é dificultar as coisas para ela.

Livre, despenco da cama como uma boneca de pano.

— Você tá bem? — pergunta Léa. — Está acordada?

— Espero que sim. — Eu me desvencilho do lençol e saio correndo, destrancando a porta do camarote, batendo nas paredes como uma bola de fliperama, escorregando nas escadas e cortando minhas duas canelas no degrau inferior.

— Franny? O que está fazendo? Não faça isso!

Subo para o convés e me lanço sob a chuva fustigante, o lamento do vento e o céu negro apesar de já ser de manhã. Mal consigo ficar de pé, sou quase arrancada do chão e levada pela tempestade, quase despida de minha própria pele pela selvageria repentina do mundo. Paro por um momento, atordoada. Então meus pés escorregam e quase despenco no mar, quase fui, são apenas meus dedos agarrando a balaustrada que me prendem ao mundo. Encontro um apoio e me impulsiono para a segunda escada. Tenho que chegar até Ennis, até o mapa, até meus pontinhos na tela de rastreamento, até meus pássaros. A escalada é arriscada; minhas unhas quebram ao tentar agarrar os degraus, meus ombros se ferem contra o metal e meus pés continuam escorregando, de novo e de novo, raspando minhas canelas já doloridas, mas logo estou no passadiço, escancaro a porta e luto para conseguir chegar à escuridão e ao silêncio. A porta bate atrás de mim e por um momento estou em estado de choque, o grito do lado de fora ecoando em meus ouvidos.

— Que porra você está fazendo? — pergunta ele.

Eu desvio o olhar da expressão furiosa de Ennis.

— Isso é... Isso é ruim, não é?

Lá vai o barco de novo, *balançando,* e nós dois somos jogados contra a parede. Agora consigo ver o que está acontecendo. A tempestade está nos lançando para cima e para baixo das ondas poderosas. Subimos uma grande muralha de água salgada e então — *vuff* — descemos do outro lado.

— Baixei as duas âncoras, o motor está a todo vapor, mas ainda estamos sendo puxados para trás. Teremos sorte se perdermos apenas algumas milhas.

— E se piorar?

— Vamos beber muita água. — Ele me encara, franzindo a testa. — Você merece ser jogada ao mar, perambulando assim pelo barco.

— Eu não estava perambulando, estava vindo até aqui, encontrar você.

Algo irreconhecível espreita seus olhos azuis.

— Por quê?

Meu estômago gela quando passamos por uma onda gigantesca e tenho que me segurar no encosto da cadeira dele.

— Os pássaros — digo.

Ennis pega um colete salva-vidas e o coloca sobre minha cabeça, em um gesto piedoso.

— Ennis, onde estão os pássaros?

Ele aponta para meus pés.

— Tire suas botas, querida.

— Por quê?

— Caso tenhamos que nadar.

E lá está ela, mesmo agora, mesmo depois de tudo. Aquela emoção selvagem de novo, a que eu procuro ao longo de toda minha vida. Não parece apropriado me sentir empolgada diante do perigo, mas estou. Mesmo assim, estou. A única diferença é que da primeira vez fiquei orgulhosa, agora estou envergonhada.

9

GALWAY, IRLANDA
DOZE ANOS ATRÁS

Passei a tarde no computador da biblioteca da universidade, tentando encontrar Maire Stone e John Torpey. Maire é quase inexistente online — ou pelo menos a Maire Stone certa é —, mas encontrei vários John Torpeys na região e faixa etária corretas. Estou anotando os endereços quando Niall Lynch passa pela fileira de computadores com uma pilha de livros nos braços. Ele não olha para mim, mas meus olhos são atraídos para ele como uma força da gravidade, ou talvez algo menos científico, algo para o qual ainda não tenho um nome. Não nos falamos desde a noite em que ele foi à minha casa há quase um mês e falou aquele absurdo. Frequentei suas aulas, mas ele não olhou para mim uma vez sequer e talvez tudo isso seja parte de seu plano, pois conseguiu me transformar, sem qualquer esforço, em uma criatura obcecada.

Levanto-me da cadeira com um salto, a busca no computador esquecida. O pedaço de papel está amassado no bolso do meu jeans, relegado a segundo plano, e, sem uma decisão consciente, estou seguindo o professor para fora da biblioteca. Seu caminho sinuoso o leva por vários prédios, e eu me sinto refazendo seus passos, fazendo as mesmas escolhas, vestindo-me com sua vida nesses preciosos minutos. Quem é ele? De onde veio? O que está pensando neste exato momento? *Por que* ele disse aquilo, aquela bomba, será que estava sendo sincero? Será que sabia, de alguma forma, que eu esperava por alguém para me destroçar em pedaços, para me destruir, para que eu mesma não precise? Eu me visto com sua pele e me aninho em seu eu. E me pergunto se ele já quis se livrar dela, como eu quero da minha, e se ele já imaginou trocar sua vida por outra. Quem sentiria falta dele? Quem são as pessoas que o amam?

Ele não me vê pelos corredores ou pelas esquinas arredondadas, nem à espreita atrás de uma árvore à luz do sol da tarde. Ele destranca a bicicleta, despende um momento para conversar com um aluno, depois monta e sai pedalando.

Desbloqueio minha bicicleta e o sigo.

O professor pedala em um ritmo bom, mas não tenho dificuldade em acompanhá-lo. Pelo contrário, várias vezes sou forçada a desacelerar para não me aproximar demais. Ele me leva pela cidade, parando nos semáforos e depois desmontando para empurrar a bicicleta pelos paralelepípedos do shopping ao ar livre, captando as melodias vibrantes dos músicos que aproveitavam o momento de sol. Então ele pedala além dos limites da cidade, onde a relva é alta e o céu, amplo. É mais distante do mar, mas ainda há beleza no verde dourado dos campos. Ele diminui a velocidade, serpenteando pela colina sinuosa, e cada vez que eu o perco de vista, recobro a razão e decido voltar, mas cada vez que eu o vejo novamente, não consigo resistir. Sendo sincera, quem mais teve esse efeito sobre mim? Quem? É a fantasia que ele criou, nada mais. Sei disso, e ainda assim o sigo. Árvores enormes parecem se alinhar à estrada estreita, bloqueando os pastos de ambos os lados. Elas deixam o mundo mais sombrio. Um túnel sem fim à vista.

Niall chega a um portão em arco, destrancado, e entra em uma garagem. Eu paro e apoio um dos pés para observá-lo. Diante de nós há uma espécie de casarão de tijolos, quase um castelo, com vários andares em um terreno enorme, e um Lexus estacionado na frente.

Se ele se virasse me veria, clara como o dia, emoldurada pelo ferro adornado e pela hera. E penso em que explicação lhe daria, se é que conseguiria ao menos tentar explicar. Mas ele não se vira, e a curiosidade me vence. Atravesso o portão, mergulhando em minha insanidade e garantindo a humilhação. Subo o caminho sinuoso e contorno a fonte de pedra, até a trilha lateral pela qual vi Niall desaparecer. Deixo minha bicicleta escondida atrás de uma cerca viva, frondosa e bem cuidada, e rastejo ao longo do perímetro da casa.

A parte de trás da propriedade é diferente da fachada. Aqui fora é vasto, incontido. Há árvores altas, plantas rebeldes e uma grama alta. A superfície do lago reflete um tom prateado, em sua margem um bote balança suavemente. Niall desaparece em um pequeno prédio ao longe, escondido por trepadeiras. De perto, vejo o telhado de vidro coberto de teias de aranha, e as janelas de todos os lados estão quase totalmente opacas pela poeira. Se eu forçar a vista, posso vê-lo se movendo entre plantas e bancadas de trabalho. Lá está ele agora, entre suculentas dependuradas, agora sumiu, agora está lá novamente, aparecendo e desaparecendo. Meu olhar o acompanha até os fundos da estufa; estou tão hipnotizada por seus movimentos que caio em uma vala e torço o tornozelo. Mordendo o lábio para não xingar, agarro o peitoril da janela e o vejo de novo, esqueço a dor ao avistar um enorme viveiro nos fundos da estufa, cheio de pássaros.

Todo o sangue corre para minhas bochechas e me afasto da janela, tentando recuperar o fôlego, só que não consigo, então caminho até a entrada da estufa e depois para dentro, mergulhando nas cores vibrantes como se adentrasse em um sonho. O som dos pássaros, deve haver dezenas deles, ecoa dentro de mim e posso sentir o bater de suas penas contra minhas costelas. Niall não me ouve em virtude do barulho de gorjeios e grasnados. Há tentilhões, tordos, melros-pretos e carriças e esses são apenas os que consigo identificar de relance. Ele está dentro do viveiro, alimentando-os com grãos, e o bater de suas asas coloridas forma um redemoinho ao redor dele. De repente, sem uma decisão consciente, também estou dentro do viveiro. Ele me olha com uma expressão surpresa e, ao mesmo tempo, é como se me esperasse, e então estou beijando-o em meio ao rufar de penas.

Nós nos agarramos com ardor. Talvez seja o reconhecimento de outra determinação, capaz de rivalizar com a minha, mas em sua certeza vejo a minha própria se acender; encontro, enfim, a verdadeira aventura, uma que talvez seja o suficiente para me prender.

Ele se afasta para dizer:

— Vamos nos casar.

Caio na gargalhada e ele também, mas logo estamos nos beijando de novo e de novo e acho que enlouquecemos, que isso é ridículo, tolo, absurdo, mas também penso que finalmente deve ser aquilo que eu tanto esperava: o fim da solidão.

O *Saghani*, OCEANO ATLÂNTICO NORTE
TEMPORADA DE MIGRAÇÃO

— Fique calma — diz Ennis um pouco depois, quando a tempestade nos envolve em um estupor inquieto. — Não chegaremos a isso.

— Ter que nadar?

Ele aquiesce.

— Ficaremos bem.

Ele está sentado na cadeira de capitão, pois ela é aparafusada ao chão. A cada poucos segundos, ele se prepara para amortecer o chacoalhar e a oscilação. Eu não conseguia me manter em meu assento, então agora estou deitada no chão para evitar me machucar. Meus pés absorvem o impacto frontal, e Ennis colocou um colete salva-vidas atrás da minha cabeça para protegê-la quando eu deslizasse para trás. Ele não me quer aqui, mas não arriscaria me mandar descer para o convés.

A cabine parece pequena com a chuva escura batendo nas janelas e nós dois presos aqui até a tempestade passar. Há uma fera do céu lá fora, com a intenção de nos destruir. Ou talvez nem sequer nos perceba, insignificantes que somos.

Meus olhos estão fixos na tela do notebook, no ponto vermelho bem na rota da tempestade. Como as andorinhas-do-mar sobreviverão a isso está além de minha compreensão, mas sei que conseguirão. Posso sentir. Nunca tive tanta certeza.

Ennis pega o computador, movendo-o para que ele também possa observar o ponto.

— Como você perdeu seus filhos? — pergunto.

Ele não responde.

— O que aconteceu entre você e a mãe deles?

Ennis não dá nenhum sinal de que me ouviu, até... um leve encolher de ombros. É um progresso.

— Quem terminou?

Ele me olha como se quisesse que eu calasse a boca.

— Ela.

— Porque você foi para o mar?

— Não.

— Anik disse que você não gosta de mim porque não tenho treinamento para estar aqui. Ele disse que é perigoso.

Ennis resmunga.

— É só por isso?

Silêncio.

Umedeço meus lábios, secos e rachados.

— Certo. Podemos fazer isso, você e eu, podemos fazer tudo isso com você me odiando por algum motivo e tudo bem, posso lidar com isso. Ou podemos conversar e talvez facilitar as coisas para nós dois.

Longos segundos se passam e acho que isso significa que ele escolheu a primeira opção. Não sei por que me incomoda. De todas as coisas que importam, a consideração de Ennis não é uma delas. Não no âmbito geral. E, no entanto, a cada dia que passa, sua antipatia por mim crava mais fundo em minha pele. Talvez seja porque eu tenho trabalhado com afinco no barco dele e esperava que ele respeitasse isso.

— Não é só isso — admite Ennis finalmente.

Espero. Ele não olha para mim quando diz:

— Eu conheço o seu tipo.

— Meu tipo?

— Ambientalistas.

— Ah, Jesus, agora você parece a porra do Basil.

— Eu não me importo com o que você acredita. Isso é problema seu. Mas por que entrar no meu barco com esse viés e olhar para nós desse jeito?

— De que jeito?

— Como se fôssemos escória. Como se eu fosse escória.

Faço uma pausa, espantada.

— Eu não acho que você é escória.

Ele não responde.

— Ennis, eu não acho isso.

Novamente, nada, e está óbvio que ele não acredita em mim. Minha mente fervilha, tentando descobrir se ele tem razão. Não disse uma palavra a nenhum deles sobre o que penso, exceto a Basil na noite passada. Mas acho que não precisei. Não acho que eles sejam a escória, contra todo o meu bom senso, estou realmente começando a gostar dessas pessoas, mas sempre haverá uma parte de mim que sentirá repulsa do que eles fazem. Talvez tenha havido um momento em que o mundo pudesse suportar a agressividade da caça, a destruição, mas agora não mais.

Engulo em seco, me sentando e segurando a perna da mesa.

— Não era minha intenção — digo. — Sinto muito. Eu só não entendo.

— Você tem o luxo de não entender.

Minha mão escorrega e esqueço de proteger minha cabeça ao deslizar, batendo forte na parede. A dor queima em meus olhos e minha visão embaça.

— Eu pensei que você fosse um velho marinheiro durão que não se magoa por nada — admito. — Achei que não dava a mínima para o que eu penso. Não sou ninguém, Ennis. Não sou ninguém.

Ele olha para mim e um relâmpago risca seus olhos, mas não diz nada, porque é o que ele mais faz, não dizer nada.

A exaustão atinge meus ossos. Eu poderia dormir sem sonhar, tenho certeza disso, embalada até um estado de relaxamento interrompido apenas pelo chacoalhar das ondas. Se eu fosse uma criatura do fundo do mar, a tempestade não seria nada além de uma paisagem, uma imagem pintada no teto do meu mundo.

— É sempre assim? — pergunto, cansada.

— É só um dia ruim — diz ele, sem entender. — Haverá piores e muitos dias bons.

Concordo com um leve aceno de cabeça e a emoção me atinge como uma onda, como sempre, a força dilacerante da ausência do meu marido. Ele também adora tempestades.

— Eu estive lendo — digo. — Posso te contar o que aprendi sobre o oceano?

Ennis fica em silêncio novamente, e acho que isso significa não, então fecho os olhos e apenas imagino as palavras.

Mas ele diz:

— Vá em frente. — E sinto a tensão em mim se dissipar.

— Ele nunca para de se mover pelo mundo. Desce lentamente da região polar, e parte dele se transforma em gelo. Parte fica mais salgada e fria e começa a afundar. A água que afunda no frio profundo segue para o sul ao longo do fundo do oceano, atravessando pela escuridão a mais de três mil metros de profundidade. Atinge o Oceano Antártico e encontra a água gelada da Antártida, depois é lançada para o Pacífico e o Índico. Lentamente degela e, cada vez mais quente, sobe para a superfície. E então, finalmente, toma o rumo de casa. Para o Norte novamente, percorrendo todo o caminho até o poderoso Atlântico. Você sabe quanto tempo leva para o mar fazer essa viagem ao redor do mundo?

— Quanto? — Seu tom é condescendente, mas gentil, então eu sorrio.

— Mil anos.

Ennis compartilha meu sorriso. Como não se impressionar? Quem foi que descobriu essa curiosidade? Alguém como meu marido, que dedicou sua vida às questões que nos apequenam.

— Este oceano que está nos chacoalhando não estava aqui sessenta milhões de anos atrás, mas a terra se moveu o suficiente para o criar e agora ele é mais turbulento do que os outros. Mais obstinado. Essa última parte não tirei de um livro. Foi Samuel quem me disse. — Fecho os olhos e me deixo levar pelas palavras. — Nós não o conhecemos de verdade, ou o que ele guarda em suas profundezas. Somos o único planeta que tem oceanos. Em todo o universo conhecido, somos o único com as condições perfeitas para existirem, nem muito quente nem muito frio, e essa é a única razão pela qual estamos vivos, porque é o oceano que cria o oxigênio que precisamos para respirar. Se pararmos para pensar, é um milagre até mesmo estarmos aqui.

— Seus pais te ensinaram a contar histórias? — pergunta Ennis, me assustando.

— Eu... Sim. Minha mãe.

— O que ela acha de você estar aqui?

— Ela não sabe.

— E seu pai?

— Também não. Mas ele não sabe muito. Ficaria surpresa se ele soubesse meu nome.

Silêncio. O vento uiva.

— Você tem filhos? — pergunta Ennis.

Balanço a cabeça.

— Você é jovem. Ainda tem muito tempo para isso.

— Eu nunca quis. Nós brigamos por causa disso por anos.

— E agora?

Reflito por um longo tempo. A verdade é uma ferida sobre a qual não consigo falar.

— Você conhece o oceano, Ennis? — pergunto, mudando de assunto.

Ele resmunga evasivamente, seus olhos se fecham.

— Eu conheço um pouco — digo. — Eu o amei por toda a minha vida. Para mim, sempre pareceu que eu nunca estava perto, ou fundo, o bastante. Nasci no corpo errado.

Algo muda na atitude de Ennis, eu sinto. Sinto o ar pinicar. Como se algo descongelasse.

Chacoalhamos de um lado para o outro, e eu não estou mais preocupada com os pássaros, talvez seja porque a tempestade está diminuindo ou talvez seja porque estou falando. Niall sempre quis que eu estudasse as coisas que amo, que as aprendesse de uma maneira que ele entendesse, dessa forma, em fatos. Mas sempre me contentei em conhecê-las de outras maneiras, pelo tato e pelas sensações.

— Há um ponto — Ennis diz, lentamente, como se pronunciasse cada letra — no mar. No Pacífico. Chama-se Ponto Nemo.

— Por causa de Vinte Mil Léguas Submarinas?

Ele dá de ombros.

— É o lugar mais remoto do mundo, mais distante da terra do que qualquer outro. — Sua voz era grave e constante. Acho que, de uma forma abstrata, se Ennis conseguisse quebrar todo esse gelo, essa deveria ser a sensação de ter um pai. O que todas as crianças deveriam ter em meio a uma tempestade.

— Esse lugar fica a milhares de quilômetros da segurança — continua ele. — Não há lugar mais cruel ou solitário.

Eu tremo.

— Você já esteve lá?

Ennis assente.

— E como é?

— É silencioso.

Eu abaixo e me enrolo em uma bola.

— Eu gostaria de conhecer.

Talvez seja minha imaginação, mas acho que o ouço dizer:

— Um dia eu te levo.

— Está bem.

Mas não haverá mais viagens depois desta, não haverá mais oceanos a explorar. E talvez por isso eu esteja mergulhada em calma. Minha vida tem sido uma migração sem destino, e isso em si não tem sentido. Eu parto sem motivo, apenas para estar em movimento, e isso quebra meu coração em mil pedaços, talvez em um milhão. É um alívio finalmente ter um propósito. E eu penso como será parar, imagino para onde vamos, depois, e se alguém vai nos encontrar. Desconfio de que não vamos a lugar nenhum, nos tornamos nada, e a única coisa que me entristece sobre isso é a ideia de nunca mais ver Niall. Recebemos, todos nós, um período breve demais para desfrutar, não parece justo. Mas é preciso, e talvez seja suficiente, e talvez seja certo que nossos corpos se dissolvam na terra, devolvendo nossa energia a ela, alimentando as pequenas criaturas e fornecendo nutrientes ao solo, e talvez seja certo que nossa consciência descanse. O pensamento me traz paz.

Quando eu partir, não haverá nada de mim para trás. Nenhum filho para carregar meus genes. Nenhuma arte para celebrar meu nome, nada por escrito, nenhum grande ato. Penso no impacto de uma vida assim. Parece apático e tão pequeno que se torna invisível. Parece o inexplorado e ignorado Ponto Nemo.

Mas eu sei que não é assim. O impacto de uma vida pode ser medido pelo que ela oferece e pelo que deixa para trás, mas também pode ser medido pelo que ela leva do mundo.

10

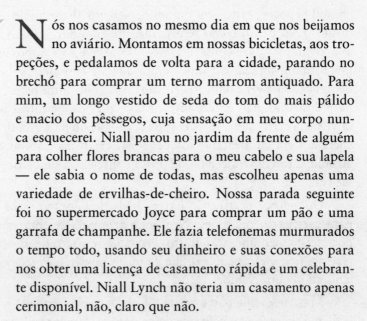

Nós nos casamos no mesmo dia em que nos beijamos no aviário. Montamos em nossas bicicletas, aos tropeções, e pedalamos de volta para a cidade, parando no brechó para comprar um terno marrom antiquado. Para mim, um longo vestido de seda do tom do mais pálido e macio dos pêssegos, cuja sensação em meu corpo nunca esquecerei. Niall parou no jardim da frente de alguém para colher flores brancas para o meu cabelo e sua lapela — ele sabia o nome de todas, mas escolheu apenas uma variedade de ervilhas-de-cheiro. Nossa parada seguinte foi no supermercado Joyce para comprar um pão e uma garrafa de champanhe. Ele fazia telefonemas murmurados o tempo todo, usando seu dinheiro e suas conexões para nos obter uma licença de casamento rápida e um celebrante disponível. Niall Lynch não teria um casamento apenas cerimonial, não, claro que não.

No píer, tirei meus sapatos e caminhamos descalços até o fim, ao encontro do mar. Ele me perguntou onde eu gostaria de me casar e eu disse aqui, neste local, exatamente onde uma vez me contaram sobre uma mulher que se tornou um pássaro. Uma parte minha fora deixada aqui naquele dia. Eu não sabia se agora a encontraria ou se deixaria outro pedaço. O azul nos envolveu, saturando o mundo e nossa pele com seus tons. A celebrante chegou e nos casou legalmente e até declamamos votos improvisados, votos que mais tarde achamos vexatórios e reescrevemos, aos risos. Pelo canto do olho notei a curva elegante dos pescoços dos cisnes brancos deslizando pela água, à espera do pão que havíamos trazido para alimentá-los, e vi a pinta ao lado da orelha de Niall, a covinha em sua bochecha e os pontinhos dourados em seus olhos castanhos-escuros, que eu não tinha notado. Agradecemos à celebrante e a dispensamos para que pudéssemos nos sentar com os pés pendurados na beira do cais, beber champanhe e alimentar os cisnes. As aves grasnavam baixinho. Não falamos de nada em especial. Rimos de nós mesmos e bebemos direto da garrafa. Vivenciamos momentos de silêncio incompreensível. Ele segurou minha mão. O sol se pôs, os cisnes nadaram para longe. Lágrimas deslizaram por minhas bochechas e tocaram os lábios dele no escuro.

Foi totalmente insano. E sereno. Eu não tinha uma dúvida sequer, nenhuma pergunta, nada além de uma sensação de inevitabilidade. Era algo predestinado e, um dia, eu arruinaria tudo, mas por enquanto era meu, dele e nosso. Niall não via dessa forma, mas, sim, como uma escolha minha. Ele disse que Franny Stone faz escolhas e o Universo se curva. Ela cria os próprios desígnios, sempre foi assim; ela é uma força da natureza e ele, a criatura silenciosa que a observa e a ama por isso, antes e agora. É engraçado. Para mim, sempre pareceu que era eu a segui-lo.

Em nossa noite de núpcias, enquanto admirávamos o Atlântico selvagem, Niall me contou que sabia que seria assim, pois sonhara comigo antes de nos conhecermos.

— Não com você, exatamente. Claro. Mas com o sentimento que despertou em mim naquela noite no meu laboratório, quando tocamos a gaivota. E então, novamente, quando a vi salvar os meninos do afogamento. Era tão familiar. Eu te reconheci.

— Qual foi a sensação?

Ele pensou por um tempo e então disse:

— Algo científico.

Um pouco desapontada, atribuí suas palavras ao seu cinismo. Mas me enganei. Até hoje continua sendo a coisa mais romântica que ele já me disse, só percebi isso muito tempo depois.

HOSPITAL UNIVERSITÁRIO, GALWAY, IRLANDA
QUATRO ANOS ATRÁS

Eles pensam que estou dormindo, mas, envolta na escuridão, ouço suas vozes sussurradas.

— Não sabemos o que realmente aconteceu.

— Ela confessou. Disse que queria fazer isso.

— Ela estava em choque. Pode não ser relevante.

— É melhor que seja, porra.

— Você se dá conta do tanto que ela teve que caminhar?

— Não vire uma manteiga derretida só porque você foi pra escola com aquela vadia. Ela vai pra trás das grades, e ficar emotiva não vai nos ajudar.

— Eu não estou emotiva. Só não entendo.

— Sim, e isso é uma coisa boa, Lara, você não é uma assassina.

Eu rolo na cama, aflita para dormir, mas meu pulso está algemado à cama, o travesseiro é cheio de caroços e meus pés, oh, deus, meus pés queimam, e queimam, e queimam. Eles me disseram que eu poderia perder alguns dedos e ainda assim, isso parece insignificante diante do fervilhar voraz de minha mente.

O *Saghani*, OCEANO ATLÂNTICO NORTE
TEMPORADA DE MIGRAÇÃO

Um rangido alto.

Eu me sento com um sobressalto, acordada pelo ranger de metal contra metal. Ennis está falando rapidamente no interfone, com mais urgência do que nunca.

Consigo me levantar no pequeno escritório do capitão e descubro que a tempestade ainda não passou. Ela continua, tão violenta quanto esteve ao longo do dia. Leva um momento para que eu registre as palavras de Ennis.

— ... redes na água, preparem as estações. Repito, temos peixes, redes na água.

— *Agora?*

Ennis olha para mim e concorda com a expressão sombria. A âncora mal consegue segurar o *Saghani* sob os ventos fortes e posso ver ondas de três metros quebrando no convés. Vai estar escorregadio pra caramba lá embaixo, a coisa mais fácil do mundo é alguém ser jogado no mar. Nos monitores de Ennis vejo círculos de sonar que medem a profundidade do oceano e qualquer mudança de volume. Há um pico vermelho para o qual ele aponta, que eu suponho indicar um grande corpo de vida marinha duzentos metros abaixo da superfície, embora eu possa estar errada, pois ele não me explica nada.

Através da cortina de chuva, mal posso ver os membros da tripulação se aventurando no convés, apenas seus macacões e parcas laranja brilhantes. Eles estão usando capacetes brancos hoje e entram rapidamente em ação, puxando os cabos e conectando-os às redes. É Anik que parece estar em maior perigo ao ser baixado para o mar agitado em seu esquife.

— Ele vai morrer — digo.

Pelo rádio, Ennis está em constante comunicação com Daeshim no convés, que transmite tudo o que está acontecendo e recebe ordens de seu capitão.

— Ele já desceu — relata Dae. — Estou verificando os cabos do guincho agora. Soltando as cordas. Liberem a área! Bas...

O rádio fica mudo. Eu vi: Basil escorregou. Eu o perco de vista por um momento e então o vejo novamente, agarrado a um pedaço de cordame.

— Reporte, Dae — diz Ennis calmamente.

— Ele está bem, capitão. Já se levantou.

Ennis analisa um monitor diferente.

— O que é isso? — pergunto.

— Os sensores das redes para que eu possa ver onde elas estão.

Ele pega o rádio novamente, mas desta vez está conectado ao fone de ouvido de Anik.

— Você consegue fazer um círculo maior, Anik?

— Positivo, capitão. Está... complicado aqui... meu melhor.

— Porra! — Prendo a respiração, fechando os olhos. Não consigo ver o esquife de Anik em meio à tempestade. Ele está lá embaixo em algum lugar, sendo jogado de um lado para o outro, tentando manobrar sozinho a enorme rede de uma tonelada.

— Ele está bem — diz Ennis. — Conseguiu. Estamos em posição. Dae, traga ele de volta. — Os homens trabalham rapidamente para içar Anik de volta ao barco e então correm para lidar com a pesca, açoitados pela chuva, pelo vento e pelas ondas. É um pesadelo e parece surreal estar aqui em segurança, só assistindo. Parece *errado*.

— Fechando — avisa Ennis e começa a trabalhar nas alavancas de controle. — Levantando redes. — Ele a move bem devagar e eu sinto o barco se inclinar de forma alarmante. — Caralho — diz ele, tão baixinho que quase não ouço. — Grande captura.

— Capitão, o bloco está com muita pressão — relata Dae. — Os cabos estão no limite.

— Aguente firme!

— Quanto de peso tem aí? — pergunta Dae, incrédulo.

— Cerca de cem toneladas.

Gritos ecoam do convés e pressiono o nariz no vidro para tentar ver o que está acontecendo lá embaixo. A rede está quase fora da água quando um dos cabos se rompe.

— Cuidado!

Ouço alguém gritar e toda a tripulação corre para o convés. Tarde demais para um deles: o cabo chicoteia e atinge alguém, arremessando-o contra a amurada. Parece um boneco, um brinquedo, algo sem peso, sem vida e frágil. Suspiro de horror e escuto os gritos de pânico lá embaixo. Quem quer que seja, não está se mexendo.

A rede ainda resiste, mas por pouco. Mais tensão é aplicada no bloco de força e em todas as polias, e sinto o barco se inclinar mais. Alguém está subindo no mastro do guindaste para alcançar o topo do bloco de força, e eu reconheço o corpo alto e atlético de Malachai quando ele se aproxima da ponta, balançando precariamente com as ondas. Ele pode cair a qualquer momento, e a água gelada assim pode matar.

— O que ele está fazendo? — pergunto.

— Conectando o cabo reserva.

— Você não pode simplesmente soltar os peixes e acabar logo com isso?

— A captura é boa demais.

— Você tá de sacanagem?

Ennis me ignora, então eu corro para o vendaval.

— Franny! — Eu o ouço berrar, mas já estou agachada, correndo pelos degraus de metal, me segurando para não morrer. Estou encharcada até os ossos, minha parca não parece ajudar contra a tempestade, e o frio é terrível. É pior do que quando mergulhei no fiorde para salvar Ennis. É pior do que as manhãs de inverno em nossa gélida casinha de madeira na praia, com o vento uivando pelas ripas da parede, um frio tão intenso que você realmente achava que seria o fim, que morreria, ah, é muito pior do que isso. A água escorre dentro da minha parca, desce pela minha espinha e entra nas minhas luvas, transformando meus dedos em blocos de gelo. Acho que minhas orelhas caíram. Tenho a lucidez de pensar naquelas pobres pessoas que trabalham nesta loucura, que em meio a todo esse caos precisam estar no seu melhor. No convés, o rugido da tempestade é ensurdecedor. Eu me esforço para chegar até Anik, debruçado sobre o corpo inerte de Samuel. Léa, Basil e Dae ainda estão lutando heroicamente com o guincho, segurando-o no lugar com nada além de pura força, um fluxo constante de palavrões saindo de suas bocas o tempo todo, enquanto Mal tenta reconectar os cabos.

Concentro-me em Samuel, que está inconsciente.

— Me ajuda a levar ele pra dentro! — grita Anik, então o suspendemos pelas axilas, um de cada lado, e arrastamos o grandalhão pelo convés oscilante. Meus pés escorregam sob meu corpo e atinjo o chão com força. Perco o ar. Eu me lembro dessa sensação. É o afogamento. Eu suspiro, em pânico, tentando puxar o ar, mas não consigo. O céu gira e desaba sobre meu rosto. Anik pousa a mão entre minhas costelas e diz "Calma, calma, devagar", até que eu consiga respirar de novo e não esteja mais me afogando, e logo estamos nos movendo de novo, arrastando, escorregando e, finalmente, chegando ao topo da escada.

— Como vamos levá-lo lá pra baixo? — digo, ofegante.

Anik desce a escada e desaparece, e parece levar um tempo absurdamente longo para sair com uma maca de primeiros socorros. Juntos, rolamos Samuel sobre ela e o amarramos, estou preocupada com sua coluna, mas não temos equipamento para isso. Anik desce alguns degraus e pega os pés de Samuel, e então deslizamos a maca escada abaixo. A próxima tarefa é levantá-lo, ele parece pesar mil toneladas, um milhão, é muito pesado para mim, não consigo...

— Franny — diz Anik calmamente. — Ninguém vai vir nos ajudar, estão muito ocupados. Você precisa me ajudar a levantá-lo.

Respondo com um aceno de cabeça e flexiono meus joelhos. Estou mais forte do que antes, mais forte até do que nos dias em que era nadadora, a prisão faz isso conosco, nos deixa mais tenaz. Nós o puxamos para cima e cambaleamos pelo corredor. Quando o barco inclina, a parede nos atinge e lá se vai o ar dos meus pulmões novamente.

— Não pare — pede Anik, ofegante, e continuamos, cambaleando até a cozinha e soltando Samuel no banco.

— Ele não está respirando — aviso, arfando. — Acho que não tem pulso.

— Vou pegar o desfibrilador.

Mas ele está demorando muito, vasculhando o armário, então eu me abaixo para soprar ar na boca de Samuel e então, porque ele é muito alto e grande, subo no banco da cozinha e monto em sua cintura gigantesca, e começo a bombear seu peito o mais forte que consigo. Não sinto que estou fazendo diferença. Ele é muito musculoso, os ossos e músculos criam um escudo protetor em seu coração que me impede de chegar até ele. Sopro novamente em sua boca, dessa vez um sopro mais longo, sentindo seu corpo inflar debaixo de mim de uma forma que me enerva profundamente.

— Saia, depressa.

Desço e Anik abre o zíper da parca de Samuel e desabotoa sua camisa. Em seguida, ele coloca os pequenos discos sobre onde deveria estar o coração. Eles se conectam com fios a uma pequena caixa preta com um monitor.

— Você sabe o que tá fazendo? — pergunto.

— Não.

— Acho que você tem que colocar um perto do ombro e outro mais embaixo, na lateral.

— Como você sabe disso?

Encolho os ombros, sem ação.

Ele hesita, inseguro, então faz o que eu disse. A caixa está carregando, e observamos o indicador subir cada vez mais alto até que a luz fique verde.

Os olhos de Anik estão frenéticos. Ele estica a mão até o botão, mas não precisa pressioná-lo, o dispositivo dá choques automaticamente quando não detecta batimentos cardíacos. A eletricidade percorre o enorme corpo de Samuel. Ele agora é um corpo inerte de carne e sangue. Mas Samuel não está morto — não pode ser, não está —, ele tosse e recobra a consciência, mais rápido do que eu imaginava ser possível. Ele geme e vomita em si mesmo, e temos que colocá-lo de lado para não se engasgar.

— O que diabos aconteceu? — pergunta ele.

— Não faço ideia — respondo. — Você foi atingido e todo o seu corpo entrou em colapso. Seu *coração* parou, Sam.

Ele apoia as costas no chão de novo e olha para o teto. Nós o observamos, assustados. Não sei que tipo de lesão poderia fazer com que seu corpo inteiro parasse assim, e eu me imagino pulando de volta em seu peito e bombeando mais uma vez, soprando ar entre seus lábios frios mais uma vez. Se ele apagar de novo, terei que fazer tudo de novo.

Mas, em vez disso, Samuel diz:

— *Como um naufrágio, morremos ao afundar em nós mesmos...*

E eu rio, surpresa, é o Samuel de sempre, e respondo:

— *Como se estivéssemos nos afogando dentro de nossos corações.*

Samuel diz, com a voz fraca:

— Vocês, irlandeses. — E então ele fecha os olhos e continua a respirar.

A pesca é perdida para a tempestade e o cabo quebrado. Samuel tem uma laceração de um extremo a outro de suas costas. A tripulação está exausta, triste com a pesca perdida e preocupada com Samuel. Ennis está tão furioso consigo mesmo que parou de falar completamente.

E eu?

Não sou mais a criatura de penas.

A luz de rastreamento da minha andorinha do Ártico se apagou, soprada pela tempestade, arrastada para as profundezas onde a luz do sol jamais a encontrará. Junto com ela.

11

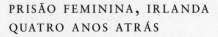

PRISÃO FEMININA, IRLANDA
QUATRO ANOS ATRÁS

Eu me encolho a cada som. Meus nervos disparam. A dormência passou e agora sinto tudo como facas afiadas espetando minha pele.

Como estou em prisão preventiva, minha advogada pode me visitar qualquer dia da semana. Sou conduzida por um guarda até a sala de reuniões e levada até uma mesa. As janelas de vidro são altas, bem perto do teto, e só há uma fresta aberta. Mas é melhor do que a minha cela.

Espero por Mara Gupta pelo que parece uma eternidade. Ela é uma advogada obstinada de cinquenta e poucos anos, e trouxe seu assistente jovem, bonito e extremamente inteligente, Donal Lincoln, que tenho quase certeza de que deve ser pelo menos trinta anos mais novo do que ela. Das reuniões anteriores com eles, tenho a impressão de que podem estar dormindo juntos. Uma parte distante de mim os ama por isso, ama *Mara* por isso. Mas a parte de mim capaz de amar qualquer coisa está agora sendo silenciada de forma retumbante. Meu coração congelou.

É o mundo do medo. Minha nova casa. O medo de não sobreviver a isso, o medo de sobreviver.

— Como você está? — pergunta Mara.

Encolho os ombros. Não há palavras para como estou.

— Você tem dinheiro suficiente?

Assinto, sem expressão.

— Franny, precisamos conversar sobre as novas evidências que chegaram da perícia.

Eu espero, notando seu delicado relógio de ouro. E fico pensando quanto deve custar. Tendo passado oito anos dolorosos convivendo com os pais de Niall, posso dizer com certeza que deve ser bem caro. O pensamento de demiti-la me ocorre novamente. Já fiz isso duas vezes. Ela foi recontratada. A família Lynch sempre consegue o que deseja, e me quer fora daqui.

Eu também costumava ter desejos grandiosos e irreais. Agora só quero meu marido.

— Franny?

Percebo que não ouvi o que Mara disse.

— Desculpa.

— Concentre-se no que estou lhe dizendo, porque isso é sério.

Sério. Rá.

— Consegue que me deixem ir lá fora? Eles não me deixam sair.

— Estamos trabalhando nisso, mas, como eu disse, você precisa conversar abertamente com a psicóloga sobre sua claustrofobia.

— Eu falei.

— Franny, ela disse que você ficou em silêncio por trinta minutos e ela não conseguiu te diagnosticar.

Eu não me lembro disso.

— Vou marcar outra sessão e desta vez tente falar, ok? Agora vamos conversar sobre as evidências. — Os olhos de Mara são enormes. Alguém tosse e dou um pulo, destroçada, exausta, tão apavorada que mal consigo funcionar direito. Mara pega minha mão e me traz de volta, me obriga a me concentrar em suas próximas palavras.

— Há novas provas periciais e a promotoria está alegando que significam que não foi um acidente. Você e eu sabemos que foi, mas agora *parece* premeditado, e vou precisar do seu testemunho para me ajudar a argumentar contra isso. Então quero que me conte novamente o que realmente aconteceu...

— Premeditado?

— Que você queria fazer isso — responde Donal. — Que você planejou tudo e executou.

— Eu sei o que significa premeditado — retruco e o vejo corar. — Que provas?

— Já, já falamos disso, Franny, apenas ouça por um segundo. Isso muda as coisas — diz Mara. — Eles não querem acusá-la de homicídio culposo. Querem que responda por duas acusações de homicídio doloso.

Eu a encaro, impassível. Nenhum dos advogados diz nada, talvez esperando que eu processe a informação. Mas já processei tudo isso mil vezes. Estava esperando por isso. Aperto a mão de Mara e digo:

— Você não deveria ter aceitado este caso. Eu tentei te avisar. Me desculpe.

O *Saghani*, OCEANO ATLÂNTICO NORTE
TEMPORADA DE MIGRAÇÃO

— Sinto muito — diz Léa quando lhe conto sobre as andorinhas do Ártico afogadas. Se a minha não conseguiu sobreviver à tempestade, então é improvável que as outras do grupo tenham conseguido. — Eu sinto muito — repete ela, e posso ver que ela também está chocada com o que aconteceu.

Meneio a cabeça em resposta, mas não consigo pensar em algo para dizer. Só peço a ela que informe a tripulação por mim. Meu peito está dilacerado. Quando fecho os olhos, vejo os pássaros, um após o outro, afundando em sua sepultura de água.

⁓

Esta noite o jantar está silencioso. O pobre Samuel não consegue se levantar da cama, então estamos sem sua presença reconfortante. O enorme joelho de Basil está pressionando minha perna e eu odeio isso, odeio seu toque, mas não há espaço para me mover.

A rota foi decidida. Vamos para St. John's, em Terra Nova e Labrador. É onde a família de Samuel espera por ele, onde podemos conseguir atendimento médico e consertar o cabo rompido. De lá, já não sei. Ennis disse que não queria cruzar o Atlântico — é um longo caminho e um mar desconhecido —, mas aqueles são os únicos pássaros que nos restam para seguir.

Talvez ele esteja cansado de seguir pássaros.

Não sei se consigo convencê-lo de novo, mas mesmo assim deixei que meus pés me levassem até o passadiço.

É a primeira vez que Ennis não está no leme. Anik está em seu lugar, com os olhos fixos no horizonte.

— Onde está ele?

— Descansando. Ele não dorme há dias. Deixe-o em paz, Franny.

Eu me jogo em uma cadeira e não abro a tela do notebook para verificar os pontos. O olhar de Anik me inquieta um pouco. Tem algo de sombrio.

— Você vai me mandar voltar ao trabalho? — pergunto.

— E você obedeceria?

— Provavelmente não.

A boca larga de Anik se curva em um sorriso, o primeiro sorriso de verdade que o vejo esboçar. Ele diz algo em outra língua. Espero que ele explique, mas ele se vira para o leme.

— Que idioma era esse? — pergunto.

— Inupiaque.

— É inuíte?

Ele aquiesce.

— Do Norte do Alasca.

— Foi lá que você conheceu Ennis?

Ele aquiesce novamente.

— Como vocês se conheceram?

— Em um barco. Onde mais?

— Como é lá em cima?

— Quantas perguntas.

— Tenho milhões delas.

Sua eterna carranca está de volta. Mas ele me surpreende dizendo:

— É a morte, lá em cima. E a vida. A versão mais verdadeira de cada.

Observo a extensão do oceano à nossa frente, esperando a qualquer momento avistar terra no horizonte.

— Quanto tempo vamos demorar para chegar? — pergunto.

— Dois dias, talvez. O que você vai fazer, agora que os pássaros...

— Não estão todos mortos — digo. Mas... — Eu não sei. — Não consigo parar de cutucar as cascas das minhas feridas, fazendo minhas mãos sangrarem. — Se Ennis não quiser continuar...

— Você vai encontrar outra maneira — diz Anik, impassível.

Mas ele não entende. Tentei por meses antes de encontrar um capitão que concordasse em fazer a viagem.

— Não estão todos mortos — ecoa Anik.

Respiro fundo. Ele está certo, mas não consigo tirar da cabeça a imagem dos corpos afundando na escuridão, nem a visão do peito murcho de Samuel enquanto eu soprava o ar em seus pulmões. Sinto um arrepio percorrer meu corpo.

— Aquele momento antes de ele acordar. Antes do choque...

Anik me olha de lado.

— Foi assustador.

— Sim.

— Ele se foi por um segundo. Não parecia mais em seu corpo. Soprei em sua boca e foi como inflar um balão. Ele era apenas isso... apenas um corpo vazio.

Anik concorda com um gesto de cabeça.

— Minha avó diria que por um momento ele visitou o mundo espiritual. Nós o chamamos de volta e talvez ele nos agradeça por isso, talvez não. Alguns acham cruel ser forçado a deixar um lugar dessa forma.

— Você já falou com pessoas que voltaram de lá?

— Elas dizem que sim.

— Você acredita nelas?

Quero que ele diga sim, quero tanto, mas ele apenas dá de ombros.

— Como elas descrevem o mundo espiritual?

Anik pensa por um tempo e percebo que me inclinei tanto para a frente que corro o risco de escorregar do assento.

— Dizem que é livre de regras ou punições — responde ele. — Descrevem uma sensação de leveza em um lugar muito bonito.

E de repente estou chorando.

— Todo mundo vai pra lá?

— É o que dizem.

— Até a gente. Até eu.

— Sim.

— E aqueles que amamos?

— Claro.

Eu fecho os olhos e lágrimas escorrem pelo meu rosto, e o espírito a que ele se refere, o meu espírito, posso senti-lo tentando se libertar, tentando encontrar seu caminho até lá, só que meu corpo não deixa, ainda não.

— Ela está esperando por mim, então.

— Quem?

Abro os olhos e encontro seus olhos castanhos.

— Minha filha.

Seus ombros caem quando ele expira. Seus olhos estão marejados.

— Franny — diz Anik, estendendo a mão para acariciar meus cabelos. Nós observamos o mar, ansiosos pela terra e desejando nunca ter que alcançá-la.

12

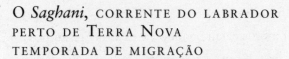

O *Saghani*, CORRENTE DO LABRADOR
PERTO DE TERRA NOVA
TEMPORADA DE MIGRAÇÃO

Esta manhã, o clima está sombrio enquanto nos aproximamos da costa de Terra Nova. Abandonamos a busca pelos peixes, e eu não esperava tamanho desalento entre a tripulação. É mais fácil perceber o quanto eles são movidos pelo mar, o quanto pertencem a essa caçada, quando não estão mais nela.

Samuel me avisara sobre a Corrente do Labrador e como seria chegar no ponto em que ela encontra a Corrente do Golfo. Ainda assim, eu jamais conseguiria imaginar que fosse assim. Fomos impulsionados a tamanha velocidade que acho que nada poderia nos deter. Além disso, as duas correntes que correm lado a lado, uma fria e outra quente, criaram uma mortalha de neblina pesada à medida que nos aproximamos da terra. Estou na proa, incapaz de ver minha mão diante do meu rosto e muito menos as rochas para as quais estamos sendo levados.

O sino soa no alto. Imagino o guincho estridente de uma gaivota e o som de suas asas mergulhando na neblina. Deveria haver centenas de gaivotas em uma praia como esta.

Estamos desacelerando. Os membros da tripulação no convés gritam uns para os outros agora, e a varredura do facho de luz do farol abre caminho através da neblina. O sino toca em um ritmo constante ao qual sincronizo minha respiração. Ennis nos guia até o porto de St. John com aparente facilidade. Mas eu sei o estresse que a atracação causou à tripulação. Eles estiveram tensos a manhã toda, o clima e a habilidade de seu capitão são elementos que estão além de seu controle.

Estou nervosa por um motivo diferente: meu passaporte é falso.

Bem, isso não é exatamente verdade. Não é falso, só não é meu.

Os sons me atingem primeiro. Começo a notar mais vozes acrescentando seus gritos ao vento. Silhuetas se formam em meio ao nevoeiro. Corpos segurando cartazes. *Parem os massacres! Os oceanos pertencem aos peixes, não às pessoas! Acabem com a matança!*

Respiro e ofego, sem ar; sinto um aperto no peito. Os gritos são quase violentos, cheios de uma fúria que conheço bem: eles personificam a mesma raiva que meu marido sente, enquanto gritam e entoam, enquanto tentam fazer o mínimo que podem para impedir a inevitável desgraça insana que criamos.

Léa para ao meu lado. Seu olhar é frio, sua mandíbula está tensa.

— Não olhe pra eles — diz ela, impassível.

Um cartaz se destaca do resto — *O que mais precisamos destruir?* —, e uma vergonha abismal se abre dentro de mim. Estou do lado errado daquele cartaz.

É estranho estar em terra novamente, mesmo depois de apenas algumas semanas no mar. Já parece antinatural. A terra parece dura demais sob meus pés, como se me comprimisse um pouco a cada passo. Desço a passarela até o terminal da alfândega, certificando-me de me camuflar entre os membros da tripulação do *Saghani*. Recebo um formulário para preencher e o faço usando as informações de Riley Loach, de Dublin. Um agente da alfândega superzeloso me observa com olhos de águia o tempo todo. Mas o homem atrás do balcão só me olha de relance — e faço questão de lhe dar um amplo sorriso, para disfarçar um pouco meus traços faciais — e então ele carimba o passaporte e me deixa passar.

Há uma barreira de metal nos separando dos manifestantes, mas posso ouvi-los de forma muito clara, posso distinguir cada um dos rostos, suas caras de desprezo, o mesmo sentimento de incredulidade que me corroía. Um homem na frente do grupo usa um gorro listrado e brande uma placa com os dizeres: *Justiça para os peixes, morte aos pescadores*. Um calafrio percorre meu corpo e então nossos olhos se encontram, apenas por um momento, e é como se ele pudesse enxergar dentro de mim e concluísse que sou um monstro.

— Vamos — diz Basil, me puxando pelo cotovelo. — Não dê esse gostinho a eles.

Caminhamos até a rua estar livre e depois esperamos uma ambulância para transportar Samuel para o hospital.

— Você tá bem? — pergunta Léa baixinho, nós duas um pouco afastadas dos demais.

Eu a olho de soslaio.

— Por que não estaria?

— Parece nervosa.

A mecânica francesa passa a me observar. Sinto seus olhos escuros me fitando com frequência e, às vezes, quando a flagro, ela os desvia rapidamente. Até este momento, não tenho certeza se está preocupada com a minha sanidade ou se é algo mais íntimo, mais doloroso.

Ennis parte na ambulância com Samuel enquanto o resto de nós se divide em táxis. Passo o caminho observando a cidade sinuosa pela janela, casas coloridas construídas em colinas escarpadas. Tudo ainda está coberto de uma densa neblina, dando ao dia uma sensação de irrealidade.

Encontramos Ennis esparramado na sala de espera e nos acomodamos nas cadeiras ao seu redor.

— Ele está sendo examinado. Liguei para Gammy, ela está a caminho.

Quarenta minutos se passam antes que a esposa de Samuel, Gammy, chegue. Ela atravessa as portas com grossas botas de couro, leggings de montaria e um suéter de lã felpudo cobrindo suas formas robustas. Seus cabelos — tão vermelhos quanto os de Samuel — estão colados na testa pelo suor e suas bochechas, coradas. Olhos azuis se movem preocupados enquanto ela envolve Ennis em um abraço apertado e afaga suas costas.

— Onde ele está?

Ennis lhe mostra o caminho e então ficamos quietos mais uma vez, esperando. Eu não sou boa em esperar.

— Há quanto tempo eles são casados? — pergunto a Dae.

— Uns trinta anos. Acho que eles têm cerca de uma dúzia de filhos agora.

— Como assim?

— Sim. Samuel tem muito amor para dar. É só perguntar a ele.

— Já perguntei e ele já me disse a mesma coisa várias vezes.

Matamos o tempo nos mantendo ocupados com um baralho que Dae se lembrou de trazer. Léa e eu saímos para buscar comida e voltamos com rolinhos primavera e café. No meio da tarde, Gammy finalmente reaparece, com o rosto pálido.

— Eles vão manter o idiota em observação por esta noite. Ele está tomando antibióticos fortes para a infecção, e querem monitorar o coração. Acham que pode haver algum problema.

— Foi o desfibrilador? — pergunto.

Os olhos de Gammy se viram na minha direção e se suavizam.

— Não, querida. O problema cardíaco já existia antes de ele se machucar. Você salvou a vida dele. — Gammy olha para Ennis. — O maldito cabo que o atingiu provavelmente o salvou também. Caso contrário, não saberíamos sobre o problema cardíaco até que fosse tarde demais. Nunca pensei que teria que te agradecer, Ennis Malone.

Espero que seja uma piada, mas ninguém sorri. Ennis inclina levemente a cabeça, acatando suas palavras. Gammy o observa por um longo tempo, com uma expressão indecifrável. Então faz um gesto com as mãos.

— Certo. Vamos embora, então. Tenho feras famintas em casa que precisam ser alimentadas e tenho certeza de que vocês precisam de um bom banho e um bom prato de comida.

Acabo no carro de Gammy com Ennis e Léa, enquanto os outros partem para alugar um carro. A casa de Gammy e Samuel fica em algum lugar fora da cidade.

— Espero que agora você esteja satisfeito, Ennis Malone — diz Gammy.

Talvez ela seja uma daquelas pessoas que acham que usar nomes completos acrescenta um toque de autoridade. Seu sotaque é igual ao de Samuel, a distinta mistura irlandesa e canadense dos moradores de Terra Nova.

— Embora perder seus homens para as ondas nunca tenha te impedido antes — ela acrescenta com frieza. — Qualquer um pensaria que você mesmo começou a jogá-los no mar.

É algo imensamente cruel de se dizer, me pergunto quem seriam as pobres pessoas de quem ela está falando, qual o envolvimento de Ennis em suas mortes, e imagino seu pesar. Não deveria me surpreender. Ele não enviou Anik para uma tempestade? Não foi sua determinação em pescar que quase matou Samuel? E quase levou a todos nós?

Eu me vejo chegando a uma compreensão inquietante da determinação do capitão. Duas vezes antes reconheci algo semelhante — em mim e depois em meu marido — e sei que é destrutiva. Até onde Ennis irá para conseguir o que quer, a sua mítica Moby Dick? O que ele está disposto a sacrificar?

— Ele está em casa agora, Gam — diz Ennis baixinho do banco de trás. Eu lanço um olhar para ele pelo espelho lateral. Sua cabeça repousa na janela e ele observa o oceano à nossa esquerda. O fardo de sua gana pesa sobre ele.

— Tarde demais, Ennis Malone. Tarde demais. E se trouxe algum problema com você, vou te dar uma surra.

— Nós ficaremos na cidade se isso te deixar mais confortável.

— Não seja ridículo.

— Não foi culpa do capitão — argumenta Léa, obstinada. — Todos nós conhecemos os riscos. É um tolo quem pisa em uma embarcação e presume que vai sair de lá vivo. Você sabe disso, Samuel sabe disso.

Gammy olha pelo espelho para a mulher muito mais jovem.

— E você acha justo usar a devoção das pessoas contra elas? Manipular suas emoções até que elas façam o que você quer e arrisquem a própria vida pela sua?

Ninguém fala.

Gammy olha para mim e eu me preparo para o próximo golpe.

— E quem é ela? Como ele a enfiou nessa confusão, querida?

— Fui eu que me enfiei.

— Boa sorte para você, então. Deus sabe que vai precisar. Agora, se observar as colinas à frente, verá nossa casa surgir ao longe.

Ao fazermos uma curva na estrada, um farol aparece no promontório, erguendo-se em direção ao céu.

— Não — digo. — Vocês realmente...?

Gammy ri da expressão em meu rosto.

O farol é remoto o suficiente para não ser automático, ainda está em operação, e enquanto Gammy me conta a história de sua família e de como o farol sempre esteve sob encargo dela, passado de geração em geração, sinto seu profundo senso de lar. Também posso senti-lo na terra, quando saio do carro e ando sobre as rochas. Está no céu e no oceano rugindo e no lamento do vento, está na maneira como ela caminha sobre sua terra e adentra em seu farol; ela é dona deste lugar e ele a possui, de forma tangível e indiscutível. Como deve ser estar ligado a um lugar de modo tão profundo e passional?

— Você está bem, querida? — pergunta Ennis, me entregando minha mochila do porta-malas. Meneio a cabeça e o sigo para dentro. A casa ao lado do farol é normal, na verdade, não uma relíquia do passado, só uma casa comum, de teto baixo, lareira, bagunçada o suficiente para abrigar crianças.

E que lindas crianças elas são.

Por um instante, tento não ficar encarando, e então desisto e fico encantada ao vê-las saindo de seus quartos compartilhados ou vindo das colinas lá fora. São, não uma dúzia, mas seis meninas idênticas, a mais nova tem seis anos e a mais velha, dezesseis, todas com o mesmo cabelo ruivo rebelde e a pele pálida e sardenta. Nenhuma delas usa sapatos. Elas parecem fortes, um pouco sujas, muito livres. E elas me olham com as mesmas expressões de interesse, exalando inteligência e astúcia. Eu as amo antes mesmo de saber seus nomes. Talvez seja seus ares irlandeses, sua familiaridade. Talvez seja o fascínio, ou a estranheza, de sua semelhança.

Cada uma delas abraça Ennis com entusiasmo, depois Léa, e então o resto da tripulação que desembarca do carro alugado. Quanto a mim, elas só observam.

— Hally — se apresenta a mais velha enquanto aperta minha mão. Ela tem os cabelos mais revoltos de todos e olhos de um azul mais profundo do que o mar em um dia claro. — E estas são Blue, Sam, Coll, Brin e Ferd.

Digo olá para cada uma delas, tentando memorizar seus nomes exóticos.

— Não se preocupe, ninguém nunca se lembra de todos os nomes — diz a que acho se chamar Brin.

— Prometo que vou tentar.

— Às vezes eu as faço usar crachás — admite Gammy.

— Você é irlandesa? — pergunta Hally.

Aquiesço.

— Nós somos irlandeses! — diz Fer.

— Nossos parentes distantes é que são — acrescenta Blue. — De que parte você é?

— Galway.

— A república — diz Hally. — Então você apoiou o fim da Guerra da Independência e a colonização britânica da Irlanda do Norte?

Pisco, atordoada com a pergunta.

— Quantos anos parece que eu tenho, exatamente?

Hally faz um som impaciente e decide que não vale a pena questionar mais sobre o assunto.

O resto dos adultos estão todos reunidos ao redor da grande mesa da cozinha, enquanto eu estou cercada pelas crianças na sala. O fogo está intenso, mesmo agora com o sol alto — o vento invade a casa, tornando o ar gélido.

— Vocês deveriam visitar a Irlanda um dia — digo às meninas, afundando em uma das poltronas de couro. — Vão se sentir em casa.

— Podemos ficar com você? — pergunta Hally.

— Claro — respondo, surpresa.

A menor, Ferd, sobe no meu colo e se aninha.

— Olá.

— Oi — diz ela, enrolando meu cabelo em torno de seus dedos minúsculos e cantarolando satisfeita.

— Você gosta de história? — pergunto a Hally.

Ela assente.

— Mamãe quer que ela estude isso na faculdade — diz Blue.

— Deixem a Franny em paz, parecem perdigueiros — Gammy chama da cozinha. Ela tirou seu enorme suéter de lã e posso ver que seus braços e ombros são fortes e musculosos.

As garotas começam a se afastar com relutância quando digo rapidamente:

— Não, podem ficar.

A partir daí tenho seis sombras. Hally me bombardeia com perguntas. Ferd parece só querer abraçar. Coll não fala uma palavra, mas fita meu rosto como se ele guardasse os segredos do Universo. Blue e Brin parecem mais interessadas em brincar, mas ficam por perto, e Sam ri com doçura de qualquer coisa que alguém diga.

— Você gostaria de ver nossa horta? — pergunta Fer.

Na cozinha, vejo Basil e Gammy discutindo sobre a comida que estão preparando para o jantar. Parece que Basil é rude o suficiente para dar ordens às pessoas em suas próprias casas, e Gammy é a primeira com coragem suficiente para enfrentá-lo. Dae e Mal estão jogando cartas novamente e provocando um ao outro. Léa está com os carros — posso ouvi-la mexendo no motor de Gammy. Anik desapareceu em algum lugar e não sei onde está Ennis.

Sorrio porque não há nada que eu gostaria mais do que ver a horta. Ferd decide que vai de cavalinho, então eu a levanto e troto para fora. Suas pequenas mãos envolvem gentilmente meu pescoço.

— Estamos colhendo há meses — explica Sam, enquanto subimos por uma colina coberta por uma maravilhosa e extensa horta. — Durante o verão.

— E quais vegetais vocês cultivam? — pergunto, escolhendo onde pisar nos sinuosos caminhos de pedra entre os canteiros.

— Aqui tinha cebola — conta Blue, apontando. — As batatas estavam naquelas lá, mas já colhemos tudo. Ali tem beterrabas, cenouras, couve-flor, hum... o que é essa aí, Coll?

— Couve-de-folhas — diz Coll em um sussurro, deslizando os dedos sobre as folhas roxas e verdes brilhantes.

— É a favorita de Coll — diz Blue. — Vê como elas se parecem com grandes rosas?

— Há muito mais — acrescenta Sam. — Ervas por toda parte. Hortelã e outras coisas.

— Hortelã, credo — resmunga Brin, apertando o nariz em desgosto.

— Você entende de hortas? — me pergunta Hally.

— Um pouco. Não como você.

— Como você espera viver de forma sustentável se não sabe cuidar de uma horta?

Sufoco uma risada.

— Você está certa, eu deveria. É difícil quando você mora em um barco.

— Ah, é — concorda ela. — Então quando voltar para casa.

Concordo.

— Não comemos nada além do que cultivamos, dos ovos de nossas galinhas e do que pescamos no mar.

— Mas não comemos peixes há *séculos* — suspira Brin.

— E outras carnes? — pergunto. — Vocês criam gado?

— Nada de carne — diz Hally. Ela estufa um pouco o peito e parece realmente assustadora. — Papai diz que não precisamos disso.

Ah, ele acha, é? Samuel com certeza comeu carne no barco, não é de se admirar que ele tenha me lançado um olhar encabulado quando eu disse que era vegetariana.

— Estou impressionada e com inveja — digo a elas, e a desconfiança se dissipa no olhar impetuoso de Hally.

— Nós estamos retirando as redes. — Ela aponta para o fim da horta, onde há um esqueleto de metal com um pedaço de rede enrolada. — Ei, saiam daí — ela adverte a Blue e Brin, que pisotearam um canteiro de terra e agora estão imundas.

— Por quê? — pergunto a Hally.

Ela dá de ombros.

— Os pássaros não têm tentado comer nada ultimamente.

— Isso porque não tem mais nenhum — acrescenta Blue, como se disse algo óbvio.

Sinto um nó na garganta.

— Que triste.

Hally dá de ombros.

— Acho que sim.

— Mas é bom para os legumes! — fala Ferd alegremente, pendurada em meu cangote.

Em seguida, passamos um tempo no galinheiro, um grande espaço que mais parece um labirinto, com casas de madeira nas quais as aves dormem e trechos de capim para elas ciscarem. São vinte e três no total, e elas estão tão acostumadas com as pessoas que nos deixam segurá-las e acariciá-las. Suas penas pintadinhas são sedosas ao toque, seu cacarejar suave é quase maternal, e eu adoro tudo isso.

O anoitecer se aproxima enquanto descemos a colina até o longo trecho de praia de areia. A maioria das garotas vai na frente, mas Ferd continua agarrada em minhas costas. Ela fica mais pesada a cada momento, mas eu não me separaria dela por nada.

Duas das meninas correram para buscar seus enormes cavalos pretos e levá-los para a praia. Ambas acenam para mim e se lançam no dorso nu das magníficas criaturas, instigando-as em um galope ao longo da costa. Cascos poderosos trovejam e borrifam areia; as garotas parecem miniaturas, diminuídas por suas montarias, e, ainda assim, em perfeita harmonia.

Ferd se agacha para brincar com suas irmãs na areia, então eu me sento em uma pequena duna e observo as duas amazonas galopando para cima e para baixo ao longo da praia. Um pôr do sol dourado risca o céu de rosa, tingindo o oceano com um tom metálico. Enterro meus pés e mãos na areia, sentindo os grãos ásperos contra minha pele, e imploro a mim mesma para viver para sempre nesta noite, mas estou a um milhão de quilômetros de distância. Antes eu daria tudo por esse momento de ternura, eu o teria devorado e deixado que fizesse meu sangue pulsar, e agora não sinto nada. Estou indiferente, e isso poderia muito bem ser a morte de qualquer maneira.

Ennis aparece em silêncio e se senta ao meu lado. Ele me trouxe uma taça de vinho e uma cerveja para ele. Estou surpresa com sua presença, pois ele tem deliberadamente me evitado.

— Elas são demais, não são? — ele pergunta, os olhos nas meninas.
Concordo com a cabeça.
— Como são seus filhos?
Não espero uma resposta, mas ela vem mesmo assim.
— Não sei. Não os conheço mais.
— Quais são os nomes deles?
— Owen e Hazel.
Há algo tenso em sua voz, então paro de perguntar sobre seus filhos. Minha curiosidade se move em outra direção.
— Então, qual é esse grande segredo que ninguém me conta sobre como Anik se tornou seu imediato?
— Não é segredo — diz Ennis. — Não é a história deles para contar. Estávamos em outro barco juntos, antes do *Saghani*. Houve uma tempestade e ele afundou, e todos os homens a bordo se afogaram, exceto eu e Anik, e nós dois sobrevivemos porque nos agarramos a um pedaço do mastro e

um ao outro, e esperamos três dias na água para sermos encontrados. Agora não navegamos um sem o outro e é isso, só isso.

Fico em silêncio. É muito diferente do eu imaginava. Sinto frio, tentando imaginar como deve ter sido ficar naquela água por tanto tempo, sabendo que sobreviver a isso deve conectá-lo a alguém para sempre.

— Por que está falando comigo? — pergunto, depois de um tempo.

Ennis me encara.

— Estou com pena de você.

Reviro os olhos com desprezo.

Os cavalos passam trovejando, uma tempestade de sons. Duas mechas de cabelos ruivos esvoaçam atrás deles, emaranhadas com as crinas negras dos animais.

— Os peixes vão voltar — diz Ennis, de forma repentina.

— Não, eles não vão. Não enquanto os humanos estiverem aqui.

— Sempre há ciclos...

— Isso é extinção em massa, Ennis. Eles não vão voltar.

Seu rosto se contorce em negação. Fico perplexa.

— Por que você faz isso consigo mesmo? — pergunto a ele. — Parece que quer se punir. Por quê?

— Porque não há mais nada. Mais nada aqui para mim. Tenho a pesca e meus filhos, e eles não são mais meus, a menos que eu possa continuar, a menos que eu consiga ganhar dinheiro.

— Corrija-me se estiver errada, mas o que o dinheiro tem a ver com a guarda dos seus filhos?

— Eu nunca vou recuperá-los se estiver desempregado e sem dinheiro.

— Então volte, dirija táxis, limpe prédios, sirva cervejas, o que for. Você não pode ser o pai deles se não estiver lá.

Ele balança a cabeça. Acho que ele não consegue me ouvir, não de verdade. Olho para ele, e algo penetra lentamente pelos meus poros. Reconhecimento.

Ennis e eu somos iguais.

Ele me disse que eu o julguei, que eu o achava escória, e é verdade. Mas como posso julgar sua compulsão destrutiva quando a carrego dentro de mim?

— Merda, eu não consigo parar — admite Ennis. Ele engole sua cerveja, acho que na tentativa de se acalmar. — É uma doença.

Eu disse a mesma coisa para Niall sobre meus pés errantes, sobre deixá-lo e magoá-lo reiteradamente, mas ouvir as palavras agora, elas soam mais como uma desculpa. Parece egoísta.

Ennis continua a se justificar, talvez buscando algum tipo de absolvição, mas escolheu a pessoa errada, não tenho nada a lhe oferecer.

— A pesca está na minha família há centenas de anos. Geração após geração de pescadores. Não havia opção. A única coisa que me ensinaram foi que eu precisaria encontrar minha grande pescaria, minha Moby Dick, ser o primeiro a fazê-lo em uma longa linhagem de homens obcecados.

Ele fica quieto por um tempo e então acrescenta com a voz mais suave:

— É a única coisa em que sou *bom*. Tem que haver alguma maneira de ser um pai, um bom homem, e ainda ser eu mesmo.

Eu não tenho uma resposta para isso. Nunca descobri como ser livre e alguém com quem as pessoas pudessem contar.

A mão de Ennis treme segurando o copo.

— Se eu tiver que desistir de tudo para estar lá para eles, é o que farei, mas tenho que encerrar com uma grande vitória. Tenho que... *realizar* algo.

— Mesmo que coloque as pessoas em perigo.

— Sim. — A voz dele falha. — Mesmo assim.

Ficamos em silêncio enquanto as meninas sobem e descem, sobem e descem. Há um peso entre nós e é vergonha, mas também há uma nova compreensão.

— E se você liberar os outros? — pergunto.

— Não consigo fazer isso sozinho.

— Você poderia fazer isso comigo?

Ennis olha para mim.

— Só nós dois?

Confirmo.

Lentamente, ele balança a cabeça.

— Não. Acho que não.

Mas algo em seu olhar mudou; tenho a sensação de que uma centelha se acendeu.

— Jantar!

Nós dois nos viramos para ver Basil berrando da porta da casa. Ennis se levanta. Sob a luz, sua barba grisalha parece prateada.

— Vou esperar pelas meninas — digo, querendo ficar sozinha.

As patas dos cavalos são brancas, grossas e pesadas; amor pulsa pelos seus músculos e pelos pequenos corpos sobre eles. A menor, Ferd, tem seis anos. A idade que teria minha filha, mas ela teria cabelos negros como os meus e os do pai dela.

13

TERRA NOVA, CANADÁ
TEMPORADA DE MIGRAÇÃO

—Por que está chorando?
Abro os olhos e encontro Ferd sentada à minha frente na areia. As outras garotas estão subindo a colina com os cavalos. O sol mergulhou completamente no horizonte, as estrelas são um cobertor brilhante.

— Estou sempre chorando — digo, enxugando as lágrimas do meu rosto.

— Hally está sempre chorando também. Mamãe diz que é porque ela teve uma vida passada que continua voltando.

Sorrio.

— Isso é bom.

— E provavelmente é verdade, se mamãe diz.

— Aham, provavelmente.

— Vamos. Não está com fome, Franny Panny? — Ela ri do nome, me fazendo rir também.

— Sim, estou faminta. — Ela me leva pela mão até a casa. O facho de luz do farol circula o horizonte, inexorável como a maré, vem e vai, vem e vai.

Uma mesa de jogo é adicionada na ponta da grande mesa de jantar, mas ainda assim é difícil acomodar as quatorze pessoas sentadas. Gammy não manda as filhas para outra sala, e todas se comportam de modo impecável no jantar.

125

— Para o papai — diz Coll em seu sussurro sonhador. Todos erguem as taças para Samuel.

O jantar é servido, um delicioso ensopado de legumes de inverno. Basil se absteve de seu ridículo habitual, exceto por andar ao redor da mesa garantindo que todos tenham um talo de alecrim e uma fatia de limão em seus pratos e que os adultos tenham uma taça cheia de vinho. Estou surpresa ao me ver apreciando suas peculiaridades, sua paixão, sua atenção aos detalhes. Ele me pega olhando e me dá uma piscadinha, arruinando o momento.

— Eu ainda não entendi quem é essa garota — diz Gammy, e todos os olhos se voltam para mim.

— Ela é nossa ornitóloga — diz Mal. — Os pássaros dela nos levarão até os peixes.

— Não existem mais pássaros — protesta Ferd.

— Ainda há alguns — digo a ela. — Eles estão apenas se escondendo.

— Quais? — pergunta Hally.

— As andorinhas do Ártico — explico. E de repente estou de volta ao laboratório do meu marido, na primeira vez que ele me falou delas. Estou com ele enquanto derrama lágrimas de verdade, as primeiras que o vi derramar, descrevendo a jornada dessas aves, sua coragem. — Elas fazem a migração mais longa dentre todos os animais, vão do Ártico à Antártida e voltam.

— E você as segue, Franny? — pergunta Gammy. — Para estudá-las?

Confirmo com a cabeça.

— Tenho rastreadores em três delas. — Engulo em seco. — Desculpe, duas.

— Então por que você precisa fazer a viagem?

— Faz parte da metodologia.

— Você não tem uma equipe? Faz tudo sozinha, você as rastreia por todo o trajeto? — Ela balança a cabeça lentamente, sem tirar os olhos de mim. — O que levaria alguém a escolher uma vida tão solitária?

Há um silêncio enquanto todos aguardam minha resposta.

Entrelaço as mãos no colo e absorvo a pergunta.

— A vida é sempre solitária. Menos com os pássaros. Eles me levaram até meu marido.

Parece uma sandice.

O silêncio se prolonga.

— Que puta doideira — diz Basil abruptamente.

— Olha o palavreado, Bás — diz Dae enquanto as meninas caem na risada.

Depois do jantar, as meninas decidem cantar, desconfio que fazem isso sempre. Elas discutem por uns bons cinco minutos sobre qual será a primeira música, até que finalmente Hally declara que vão cantar apenas canções irlandesas para mim, para que eu mate as saudades de casa.

Mas é doloroso, e de repente tudo ao meu redor se transforma: é Kilfenora, com minha família reunida na cozinha tocando para mim; é a casa de campo da minha mãe à beira-mar e a sua ausência; é meu marido e a distância entre nossos corpos; e é minha filha, a criança que eu nunca quis, a criança que lutei para esquecer, aquela por quem me apaixonei profunda e devastadoramente, aquela que perdi. É a caçula, Ferd, com os dedos em volta do meu pescoço e seu hálito quente contra meu ouvido, ela escancarou meu coração e agora minha pequenina está em meus braços mais uma vez, um ser inerte, preciosa demais, sem respiração e sem calor, e não importa quantas vezes eu tente superar, nunca haverá um fim para esse sofrimento, essa dor, a sensação de sua insuportável leveza em meus braços.

Mal sinto meu corpo enquanto me aproximo da porta. Está frio lá fora e nem me dou conta, e antes de fechar a porta atrás de mim ouço Blue perguntar:

— Nós a chateamos?

— Foi algo mais sombrio que fez isso — responde Anik.

Ando pelas colinas em direção à praia e ao mar. Tiro minhas roupas e entro na água gelada e a dor é imensa e ao mesmo tempo não sinto nada, nada, nada.

Deito no mar e me sinto mais perdida do que nunca, porque não devo ter saudades de casa, não devo ansiar por algo que sempre me senti desesperada para abandonar.

Não é justo ser o tipo de criatura capaz de amar, mas incapaz de ficar.

Léa, Gammy e Hally finalmente vêm ao meu encontro. Elas me envolvem em um cobertor à beira-mar e ouço alguém dizendo "me deixe morrer" repetidamente, e, enquanto Gammy beija minha testa, Hally acaricia meu cabelo, e elas me abraçam tão forte que trememos juntas, percebo que sou eu.

— Fique aqui — Hally sussurra em meu ouvido.

Mas eu não posso.

TRONDHEIM, NORUEGA
OITO ANOS ATRÁS

— Alô?

— Oi. — Ouço a respiração dele por um longo tempo.

— Onde você está? — pergunta ele, parecendo exausto.

— Trondheim.

Aguardo uns instantes para ele absorver a informação, reajustar. Exijo tanto dele. Exauri todas suas forças.

— Por que em Trondheim?

— Eu estava em Oslo, mas as luzes da cidade me impediam de ver a Aurora Boreal.

— Conseguiu ver? Como é?

— Estou assistindo da varanda. É a coisa mais linda, Niall... Você teria adorado.

— De quem é a varanda?

— De uns amigos.

— Você está segura?

— Sim.

— De quem é a varanda? Você pode me enviar o nome e o endereço?

— De um casal que conheci no jantar, Ann e Kai, te mando uma mensagem daqui a pouco.

— Você tem dinheiro suficiente?

— Sim.

— Está voltando para casa?

— Em breve.

Ele faz uma pausa. Deslizo até o chão recostada na parede. Os tons de verde e roxo brilhantes dançam no céu. Posso senti-lo pelo telefone, é algo poderoso, é como se eu pudesse tocá-lo, sentir sua respiração na minha bochecha, sentir seu cheiro. Fico zonza, com sua proximidade e sua terrível ausência.

— É solitário aqui, querido — eu digo, lágrimas derramando em meu rosto.

— É solitário aqui, querida — responde Niall.

— Não desligue.

— Não vou.

E nós não desligamos, não por um longo tempo.

TERRA NOVA, CANADÁ
TEMPORADA DE MIGRAÇÃO

Elas me colocam na cama com garrafas de água quente empilhadas em volta dos meus pés. Uma parte distante de mim está envergonhada, mas a criatura que tomou conta de mim agora só quer sossego.

Mas o silêncio é uma fera diferente quando nos atinge. Uma criatura perfeita até que o encontre e se volte contra você.

Minhas articulações doem quando me levanto; gritos ecoam na minha cabeça e saio pelo corredor até as escadas e estou lá fora de novo. Apesar do frio, não sinto nada, caminho até o promontório e me sento onde posso observar o Atlântico selvagem e sou transportada de volta para aqueles primeiros dias com você, minha querida, como sempre acabo fazendo.

PARTE DOIS

14

GALWAY, IRLANDA
DOZE ANOS ATRÁS

Começa como cócegas bem no fundo de minha carne, depois é uma comichão, um arranhão, um sufocamento, até que tudo que consigo fazer é tossir pena após pena, nascidas do meu próprio corpo, estou sem fôlego, não consigo respirar...

— Franny!

Há algo em cima de mim, me pressionando contra o chão, oh, Deus, é um corpo...

Meu marido está me segurando à cama. Esperneio, angustiada com a contenção súbita de meus braços, a sensação de impotência.

Niall imediatamente recua, levantando as mãos.

— Calma. Está tudo bem.

— O que você está *fazendo*?

— Franny, eu acordei e você estava me estrangulando.

Eu o encaro, tentando recuperar o fôlego.

— Não... eu que estava sufocando...

Os olhos deles estão arregalados.

— Você estava me estrangulando.

Minhas entranhas se reviram de pavor. Nunca dormi uma noite ao lado de alguém, nunca acordei ao lado de outro corpo. Ontem à noite nos casamos. Esta manhã tentei matá-lo.

Levanto e tropeço, presa nos lençóis, então corro para o banheiro a tempo de vomitar.

Ele me segue, tenta segurar meu cabelo, mas eu me esquivo, não querendo ser tocada, envergonhada demais para ser tocada. Quando termino, lavo a boca. Mal consigo olhar para ele.

— Sinto muito. Sou sonâmbula. Ando dormindo e às vezes faço outras coisas. Eu deveria ter te contado.

Ele faz uma pausa, tentando absorver a informação.

— Certo, tudo bem. Porra. — Ele ri um pouco. — Estou até aliviado.

— Aliviado?

— Pensei que você poderia estar *muito* arrependida por ontem à noite.

Há um tom tão irônico em sua voz que uma risada um tanto descontrolada escapa de meus lábios.

— Eu estava dormindo.

— Deve ter sido um pesadelo e tanto.

— Nem consigo me lembrar agora.

— Você disse que estava sufocando.

Arranhando minha boca e pulmões, estremeço e bloqueio a memória o melhor que posso.

— Você costuma sonhar que está sufocando?

— Não — minto, passando por ele a caminho da cozinha. Depois de esvaziar meu estômago no vaso, estou morrendo de fome. O apartamento dele é simples e moderno demais para o meu gosto, mas, ontem à noite, conversamos sobre encontrar um novo lugar, que tenha mais a nossa cara.

Assalto a geladeira, mas tudo o que ele tem são grãos e sementes ultrassaudáveis e, neste momento, preciso de algo mais gorduroso para absorver todo o álcool que consumimos ontem à noite.

— Podemos sair pra tomar um café da manhã completo?

— Isso não te perturba mesmo? — pergunta ele. — Devo esperar ser estrangulado todas as noites? O que mais acontece? Você sai de casa? É perigoso?

Pela primeira vez desde que acordei, me obrigo a encará-lo. *Lá está ele de novo, me prendendo na cama, cada músculo mais forte do que os meus, um quê de choque e determinação em seus olhos, será que essa era minha aparência quando ele acordou e se deparou comigo?*

— Isso não vai acontecer de novo — digo. — Prometo. Tenho remédios que posso tomar. — Mais uma mentira. Não há remédios que funcionem. Mas eu não quero que ele tenha medo, nem por mim nem *de* mim. Não quero aquela expressão em seus olhos, que ele se sinta como eu me senti ao acordar com suas mãos me segurando.

Mais três noites iguais, não o estrangulando, exatamente, mas me debatendo, andando pelo apartamento ou remexendo nos armários da cozinha. Niall está apavorado que eu me machuque. Não admito que esteja acontecendo mais do que o normal porque nunca estive tão deslocada da realidade como estou neste apartamento estranho com esse homem desconhecido. Em vez disso, peço a ele que me ajude a remover todos os objetos afiados do quarto, qualquer mobília supérflua, e que coloque uma fechadura do lado de dentro, guardando a chave em algum lugar que eu não consiga encontrar.

Não digo a ele que isso me deixa muito nervosa.

Não digo a ele que, esta noite, enquanto tento dormir, as paredes se encolhem e o teto desaba sobre mim. E que quero chutar a porta ou quebrar a janela e dar o fora deste apartamento, desta cidade e até desse maldito país. Não lhe digo nada disso, apenas amarro meus pulsos na cabeceira da cama porque não quero estrangular meu pobre marido enquanto dormimos.

— O que vamos fazer hoje?

Niall desamarra meus pulsos para que eu possa me virar para encará-lo.

— Você não tem que trabalhar?

— Para quê? — pergunta ele. — Nada muda, nunca.

Estou surpresa com suas palavras, mas não deveria; afinal, o reverso da paixão é a melancolia. Em vez de lembrá-lo de que sempre há sentido em educar as pessoas, eu o beijo. Fazemos amor à luz da manhã, mas estou tensa com a lembrança das penas e meus pulsos estão doloridos. Não me sinto próxima dele, me sinto na cama com um homem que não conhece nada da monstruosidade que escondo.

Novamente ele me pergunta o que vamos fazer.

— O que você quiser — digo.

— Verdade? Você não tem nada planejado?

— Estou de folga hoje.

— Eu sei, mas você não tinha planos, além do trabalho?

Olho para ele, franzindo a testa. Ele ri.

— Ouvi você ao telefone ontem, marcando uma visita a alguém em Doolin.

— Estava me espionando? Que enxerido!

— O apartamento é pequeno.

Faço uma careta.

— Quem dirige? — pergunta ele.

— E se eu quiser ir sozinha?

— Então, vá sozinha.

Examino seu rosto, procurando uma armadilha. Ele parece sincero, então eu dou de ombros e finjo desinteresse.

— Venha se quiser, mas provavelmente ficará entediado.

Ele se dirige para o chuveiro.

— Tédio é para os chatos.

A maior parte da viagem a Doolin não tem música nem conversa, apenas trechos de silêncio que parecem confortáveis em um momento e estranhos no seguinte. O carro é sufocante, então abro as janelas, embora lá fora esteja congelando.

Quanto mais nos aproximamos, mais tudo ficava claro em minha mente. Estou convencida de que isso é errado e devo voltar atrás, que esta porta só me levará a algo ruim, por isso mamãe nunca me levou até lá.

— Me fale sobre esse seu sotaque — diz Niall, quebrando o silêncio, acho porque ele sente meu desconforto.

— O que tem ele? — pergunto, mantendo meus olhos fixos no trecho de mar à nossa direita.

— Não consigo descobrir o que é — admite ele. — Às vezes acho que pode ser britânico, outras, parece americano. Mas depois é puro irlandês.

— Você se casou comigo sem saber de onde eu venho.

— Sim — diz ele. — Você sabe?

— De onde eu vim? — Eu me viro para ele com a boca aberta para responder, mas paro. — Eu... acho que não.

— Então é por isso? — pergunta Niall, acenando para a estrada que se estende diante de nós.

Confirmo.

— Que bom, então. Magnífico!

A pequena casa fica no alto de uma encosta e de sua entrada dá para ver toda a colina verdejante que se desemboca no mar. Pastos rochosos e irregulares entrecortam toda sua extensão, com uma dispersão de cabras aqui e ali.

Niall bate na porta porque eu não consigo. O homem que nos atende tem mil anos de idade, o rosto carrancudo e castigado pelo vento. Ele aperta os olhos na tentativa de nos identificar.

— Boa tarde, senhor — cumprimenta Niall. — Estamos procurando por John Torpey?

— Sou eu. A não que seja sobre a terra, então o velho Jackey não está aqui.

Niall sorri.

— Não é sobre a terra.

Limpo minha garganta, Niall não pode fazer isso sozinho, pois ele não sabe detalhes sobre o motivo de minha visita.

— O senhor conheceu uma Iris Stone.

John olha para mim, apertando os olhos até parecer que estão fechados.

— Isso é alguma brincadeira?

— Não.

— Então, você deve ser a garotinha. Ouvi dizer que você andava pelo mundo. Olhe para você agora, já é uma mulher. — Ele suspira profundamente e nos convida a entrar.

Estou tensa, sem saber o que esperar, mas me sentindo mais perto da verdade do que nunca.

A casa é simples, com resquícios de uma presença feminina aqui e ali, restos da vida de outra pessoa. Velhas cortinas de renda, agora encardidas. Estatuetas de porcelana outrora alegres estão abandonadas em uma estante, a maioria lascada. Uma espessa camada de poeira recobre todas as superfícies e as janelas estão tão sujas que deixam passar apenas feixes de luz. Ao observar a solidão do ambiente, sou tomada por uma intensa tristeza. Há uma única foto na cornija da lareira. É um John muito mais jovem, com uma mecha de cabelo incrivelmente laranja, uma mulher de cabelos escuros ao seu lado, ao que tudo indica, é sua esposa, Maire, e uma garotinha no meio, com cabelos escuros e cacheados como os de sua mãe. Não consigo ver os detalhes e John me convidar a sentar.

— O que você deseja, querida? Afinal, se é sobre a terra, temos alguns assuntos a tratar.

Franzo a testa, confusa.

— Não, senhor. Só estou aqui para perguntar pela minha mãe. Margaret Bowen, de Kilfenora, me disse que o senhor poderia conhecê-la.

Ele ri, o som se transformando rapidamente em uma tosse ofegante.

— Ah, agora entendi. Margaret está perdendo a memória, não consegue se lembrar de quem é da onde.

Ele vai para a cozinha e Niall e eu o ouvimos remexer nos armários.

— Posso ajudar o senhor? — pergunta Niall, mas John apenas resmunga e retorna com uma bandeja florida com um prato de biscoitos doces e dois copos de água.

— Obrigada — digo, pegando um copo e notando as manchas de sujeira nele. John deve estar praticamente cego.

— Serei bastante direto, mocinha, porque parece que você sabe muito pouco.

— Fico muito grata.

— Iris é minha filha.

Minhas mãos inquietas ficam imóveis. Tudo em mim paralisa.

— Eu não a vejo há muitos anos, mas é ela ali. — Ele aponta para a foto sobre a lareira.

Eu me levanto com as pernas cambaleantes e pego o porta-retratos. A onda de choque me deixa sem fôlego. De perto, a garotinha se parece comigo. Eu não fazia ideia, nunca tinha visto uma foto da minha mãe nessa idade. Volto para o meu lugar, embalando a foto no colo, deixando as pontas dos dedos pressionadas em seu rosto, em seus cabelos escuros e no vestidinho vermelho que ela usa.

— Essa foto foi tirada lá na orla — explica John, é a mesma orla que vemos agora, na base desta extensa colina.

Limpo a garganta.

— Mas então se... se você é meu avô, por que não fui enviada para morar com você?

— Por que isso teria acontecido?

— Bem... quando mamãe foi embora.

— Ela foi embora?

Concordo, perplexa.

— Sim, quando eu tinha dez anos.

Os ombros de John afundam. Seu rosto se suaviza por um momento, algumas rugas se apagam e consigo ver um lampejo de verdadeira tristeza em seus olhos pequenos e marejados.

— Ah. Esse é um fardo que carrego e pertence a um tempo sombrio.

— Poderia me contar? Por favor? Não sei nada sobre minha família.

Niall pega minha mão e a aperta. Eu me assusto, tinha esquecido que ele estava ali.

John entrelaça as mãos velhas e ossudas no colo, trêmulas pela idade.

— Maire, minha esposa, era uma criatura errante. Seus pés nunca tocavam o chão. Mas ela nadava naquele oceano todos os dias, todos os rapazes a admiravam e eu não conseguia aceitar isso. Ela desaparecia, sabe, por dias a fio, eu dizia a mim mesmo que não importava, que ela ainda era minha, a moça estranha e adorável a que todos desejavam. Mas quando a pequena Iris nasceu, cismei que era filha de outro homem.

Examino a foto novamente. É verdade, a garotinha não se parece nada com ele.

— Maire jurou por tudo que é mais sagrado que ela era minha, e tudo bem por um tempo. Mas isso me corroeu, um dia não aguentei mais e disse a Maire que levasse a garota de volta para o lugar dela, onde quer que fosse, para quem quer que fosse. Eu não queria mais saber das duas.

— Então Maire se divorciou de mim e mudou seu nome de volta para Stone. E deu a Iris seu sobrenome. Nunca mais quiseram saber de mim e foi assim por vinte e tantos anos, até que eu recebi uma carta de Iris me dizendo que Maire havia falecido.

Ele desvia os olhos para além da janela.

— Você não tinha nascido ainda, mocinha — diz ele baixinho, e então fica em silêncio por um longo tempo.

Sinto um alívio pela trégua. Fico feliz de ter Niall ao meu lado, seu calor, nunca tive uma mão para segurar a minha.

— Você disse que ela foi embora? — John me pergunta depois do silêncio.

Aquiesço novamente.

— Eu esperava que essa maldição não passasse de mãe para filha.

— Acho que passou.

E de novo, para a neta.

— Faz sentido que Iris não quisesse que você ficasse comigo — acrescenta John. — Não fui um pai para ela. Somente... Acordo algumas noites com uma única certeza, a de que estava errado, que ela era minha, afinal.

Não consigo evitar que as lágrimas escorram pelo meu rosto. Uma delas pousa na foto, distorcendo o rosto de minha avó, afogando-a. Enxugo a lágrima para que ela possa respirar novamente.

— Para onde você foi? — pergunta Jonh.

Não quero contar a ele. Não quero que esse homem saiba nada sobre mim, um homem que joga fora sua família como se não fosse preciosa.

— Para a casa de meu pai — minto.

— E ele era um bom homem? Ela encontrou um bom homem para amá-la?

— Ele é um bom homem e espera por ela. — Minhas palavras são um completo absurdo, mas a mentira me envolve como uma armadura.

O céu está começando a escurecer. A noite logo cairá.

— Como ela está? — pergunta John, de modo abrupto, e posso ouvir a dor e a saudade em sua voz; sinto o mesmo, a dor e a saudade, e uma pequena parte cruel em mim o odeia por isso, por não poder me ajudar a encontrá-la, por saber menos do que eu, e outra parte o ama por isso, e tudo isso é demais, vertiginoso e então me levanto.

— Ela está bem — respondo e, então, sem razão alguma além do mero prazer de dizer, acrescento: — Ela fala muito bem de você. Quero dizer, das memórias que tem do pai...

John cobre o rosto com a mão trêmula. É terrível demais, todos os anos desperdiçados. Preciso sair daqui.

— Obrigada por nos receber — agradeço, com um tom ríspido. — Precisamos ir.

— Você não vai ficar para o jantar?

— Não, obrigada.

Caminho em direção à porta, meus passos parecem levar uma eternidade.

— Você vai voltar para me ver, querida?

Dou um suspiro, de repente me sentindo exausta.

— Acho que não. Mas obrigada.

Só quando chego à porta, percebo que a foto ainda está em minhas mãos, meus dedos esbranquiçados de tanto apertá-las. É uma espécie de morte, colocá-la de volta na lareira.

— Tchau, John. Mais uma vez, muito obrigada.

Estou do lado de fora sob o vento que sopra do mar. Ouço Niall falando com John e então ele está me levando de volta para o carro.

Ele não me leva para Galway, mas pela estrada sinuosa que atravessa a pequena cidade reluzente e segue em direção à costa. Tons de rosa e lilás riscam o céu. O horizonte parece incandescente.

O barco para as Ilhas Aran parte daqui e gostaria que pudéssemos embarcar, mas as partidas já encerraram; o estacionamento está vazio quando chegamos. Então, em vez disso, descemos do carro e caminhamos pelas rochas. O oceano ruge, feroz e contínuo, nos chamando.

— Aquele homem é a sua família — diz Niall.

— Não é.

— Pode vir a ser.

— Por que eu escolheria alguém que nunca me escolheu?

Niall me olha. Meu cabelo chicoteia sobre meu rosto e eu o puxo para trás.

— Odeio todo mundo, menos você — responde ele.

Sorrio, pensando que ele deve estar zombando da minha cara, mas ele agarra meus braços e me abraça e há algo tão ardente que meu riso desaparece e algo diferente desperta. Ele joga a cabeça para trás e *ruge*.

Uma emoção irrompe dentro de mim, junto com a dor pelos anos desperdiçados, jogados fora por um homem ciumento. Dou um grito, para

John e por ele, por sua solidão, grito pela falta de minha mãe, por nunca ter conhecido minha avó, pela loucura deste homem com quem me casei, que pode ser tão insano quanto eu. Gritamos e berramos, e então rimos, criando um mundo só nosso.

Nado no oceano por um tempo e então me junto a ele, nos sentamos nos rochedos para observar a escuridão tingir o céu. Ele me envolve com seu braço e eu pressiono meu corpo contra o dele o máximo que consigo. É a minha hora menos favorita do dia, sair da água, mas é melhor com ele à minha espera. Infinitamente melhor.

— Onde está sua mãe? — pergunta ele.

A mentira ganha forma com imensa facilidade em minha língua.

— Ela mora na casa de madeira à beira-mar onde eu cresci.

Niall pensa por um segundo.

— Então por que parece que você está procurando por ela?

Não respondo.

— Você sabe onde ela está, Franny?

Sinto um nó em minha garganta quando balanço minha cabeça.

— Você não fala com ela desde que era criança?

— Estou tentando encontrá-la.

Ele absorve minhas palavras, em silêncio.

— E o seu pai?

— Não tenho pai.

— O que aconteceu com ele?

— Não faço ideia.

Eu me pergunto se algum dia contarei a Niall a verdade sobre meu pai, ou se vou mantê-la enterrada no lugar escuro e hediondo dentro de mim.

— Então por que ela mandou você morar com ele?

— Ela me mandou para o único lugar que restava, para a casa da mãe dele em Nova Gales do Sul.

— Austrália? Que merda! — Ele coça a barba por fazer. — O sotaque parece óbvio agora. É uma mistura. Quanto tempo você morou com sua avó?

— Por que está fazendo tantas perguntas?

— Porque quero saber as respostas.

— Antes você não queria.

— Claro que queria.

— Então por que não perguntou? Por que agora?

Ele não responde.

— Por que nenhum de nós fez uma pergunta sequer? — insisto. — A gente foi muito idiota.

— Já está arrependida? — pergunta ele. Do casamento, se é que se pode chamar assim.

E por um longo momento acho que a resposta será sim, parece óbvio que sim, só que quando abro a boca é para dizer outra palavra, e fico espantada ao perceber que é a verdade.

Avistamos uma garça sendo carregada por um redemoinho.

— Vento demais para você, meu amor — murmura Niall para a pobre criatura. A ave é arremessada longe e some de vista.

— Fiquei com ela alguns anos — digo. — Edith. Mas eu não ficava parada e, no fim, não passei muito tempo com ela antes de ela morrer.

— Como ela era?

Tento encontrar a palavra certa, minha mente relutante em voltar para aquele lugar, para aquela fazenda e suas adversidades, toda a sua solidão.

— Implacável — digo.

Niall afasta meu cabelo do meu rosto e beija minha têmpora.

— Mamãe não era assim — murmuro. — Ela era afetuosa, e doce, e perdida. E eu a amava tanto! Ela sentia o mesmo ímpeto errante, mas isso a apavorava. E me implorou para não deixá-la. Ela estava muito bem sozinha até eu aparecer e então a ideia de me perder a fez querer morrer. Foi o que ela disse. Mas havia um menino de quem eu gostava. Eu queria ir para a praia com ele e eu não disse pra ela, porra, eu apenas fui. Por que eu fiz isso? Fiquei fora dois dias inteiros fora, talvez até três. Então, quando voltei, era tarde demais e ela tinha partido. Como ela me avisou que faria.

— Ela simplesmente partiu?

Balanço a cabeça. Ele não está ouvindo.

— Fui *eu* quem parti. — Olho para ele e me preparo para dizer uma verdade, a pior de todas. — É o que eu sempre faço.

Ele fica quieto por um longo tempo e então pergunta:

— Mas você volta?

Descanso minha cabeça em seu ombro; descanso inteira em seus braços. Parece um lugar seguro para ficar, até mesmo para pertencer. Mas e ele? Existe destino mais cruel do que pertencer aos braços de uma mulher que morre todas as noites?

Durante anos pensei com ternura naquela noite em Doolin, a noite em que soube que eu era dele. Foi só quando ele pareceu confuso com essa lembrança que algo há muito esquecido voltou à tona.

— Pensei que você odiasse coisas mortas — disse Niall.

E então me lembrei de como caminhamos pelas rochas até encontrarmos a ave marinha aninhada entre elas, o pescoço quebrado e as asas torcidas em ângulos violentos. A imagem tinha desaparecido de minha mente, como uma luz que lentamente se apaga.

15

PRISÃO DE LIMERICK, IRLANDA
QUATRO ANOS ATRÁS

Esperei um raro momento sozinha para friccionar a ponta grosseiramente afiada da minha escova de dentes pelo meu pulso. Dói mais do que eu pensava. Pressiono novamente, tentando aprofundar a ferida. Sei que fiz do jeito certo quando o sangue brota escuro como a noite. Está escorregadio e a escova de dentes cai, mas eu a encontro de novo e a levo ao outro pulso, querendo que tudo acabe logo...

Ela tem um cheiro adocicado quando se ajoelha e segura meu braço com força. A arma improvisada é arremessada longe do meu alcance. Ela pede ajuda, e eu estou chorando para ela me soltar, por favor, me solte...

O nome dela é Beth. Minha companheira de cela. Não nos falamos, não depois daqueles primeiros dias em que tentei acabar com tudo. Acho que ela nunca mais vai falar comigo, e tudo bem. Ela e eu não choramos à noite, não como as mulheres nas outras celas. Não gritamos como elas gritam, berrando comentários lascivos e desagradáveis para os guardas ou para irritar umas às outras. Acho que elas gritam e choram para dar voz à fúria e ao medo de serem tão diminuídas. Não, Beth me ignora e eu tremo de horror, o horror pelas paredes e pelo que eu fiz. Estou despedaçada.

Depois de mais ou menos um mês, fui transferida das celas individuais relativamente confortáveis da prisão feminina, com suas colchas, cozinhas e sabonetes cheirosos, para a prisão de Limerick, que é um mundo diferente e muito mais apropriado para mim. Aqui as celas são pequenas, cinzentas e de concreto. Beth e eu dividimos um banheiro de metal e a janela é opaca.

Há mulheres aqui que praticaram atos de violência por causa de drogas ou álcool. Mulheres com problemas de dependência química. Mulheres que roubam ou cometem vandalismo. Mães abusivas. Mulheres sem-teto. Há homens também. Afinal de contas, é uma prisão mista, e não somos mantidos muito distantes. É apenas uma porta, para ser específica. Aterrorizante.

Há todos os tipos aqui. Mas eu sou a única mulher que matou duas pessoas.

———

Estou aqui há quase quatro meses quando acontece pela primeira vez. Elas levam todo esse tempo para perceber que a assassina é inofensiva, catatônica até. Não falo, mal como, não me movimento muito, exceto quando estou limpando ou quando me deixam caminhar lá fora. Mas mesmo sem voz eu consigo ofender Lally Shaye — com nada além de algo em meu olhar — e ela me dá uma surra. Acontece novamente um mês depois, e depois de três semanas. Está se tornando um hábito dela. Eu sou um alvo fácil.

Depois do terceiro ataque, sou mandada de volta da enfermaria com costelas e a mandíbula quebradas, e todos os vasos sanguíneos de um olho estourados. Eu me sinto acabada. Mas Beth olha para mim e se levanta. É o olhar mais longo que se permitiu me dar desde aquele dia terrível no início.

— Levante-se — pede em seu sotaque de Belfast.

Permaneço imóvel, pois não consigo me mexer.

Ela pega meu pulso e me coloca de pé; dói menos me render a ela.

— Se você não parar com isso agora, não vai parar nunca.

Balanço minha cabeça, apática. Eu não me importo em ser espancada.

— Não morra aqui. Não em uma gaiola. Liberte-se e morra, se for preciso — diz Beth.

Isso me acalma. Uma ideia se formando.

— Levante as mãos. — Ela levanta as delas, fechando os punhos como uma boxeadora. Parece absurdo. Eu não sou assim, não sei lutar. Ela levanta meus braços, posicionando-os. As costelas doem. Os pulmões chiam. A coluna enverga.

Ela me dá um soco. Gemo de dor, segurando minha bochecha.

E Beth percebe. A centelha da raiva em meus olhos. Um resquício de *força de vontade*, não estou completamente morta afinal. Ela a desperta, chamando-a de volta à vida, e então, penso: *por que não*? E agora meu plano é morrer livre.

16

TERRA NOVA, CANADÁ
TEMPORADA DE MIGRAÇÃO

Caminho sobre a grama molhada de orvalho, atravessando o manto de neblina do amanhecer. Depois de uma noite quase insone, eu deveria estar esgotada, mas em vez disso me sinto revigorada esta manhã, determinada a continuar. Eu nunca esperei que essa jornada fosse fácil, então que direito tenho de desistir no primeiro obstáculo?

Apesar de muito cedo, quando abro a porta dos fundos e entro na cozinha quente, o farol já está agitado.

Eles estão assistindo ao noticiário, os membros da tripulação e as crianças se amontoam na sala de estar. As brasas do fogo foram esquecidas e já quase apagaram, e é isso que me faz pensar que algo deve estar errado.

Daeshim olha para mim, todos os outros olhos estão colados na tela.

— As licenças para navios de pesca comerciais foram revogadas — murmura ele.

Não compreendo.

— Como assim? O que isso significa?

— Eles tornaram ilegal a pesca por dinheiro.

— Onde?

— No mundo todo.

— Espere... todos os navios de pesca?

— Todos — diz Basil. — Estamos presos em terra até nova ordem, e, se não obedecermos, eles tomam a embarcação. Putos!

— Olha o palavreado — retruca Gammy. Nenhuma das crianças riu desta vez.

— Então estamos presos aqui — diz Léa.

Olho para Ennis. Ele não diz uma palavra, mas seu rosto está lívido.

Demorou para acontecer. É terrível para a economia e para as pessoas cujos meios de subsistência dependem do oceano. É desastroso para o meu plano e para as chances do pobre Ennis ter seus filhos de volta. Mas, mesmo assim, meu coração não consegue evitar a alegria. Porque não tem nada de ruim, não realmente, é maravilhoso. É um enorme ponto de virada, um passo à frente daqueles que estão no poder, e, apesar de estar a um milhão de quilômetros dele, já posso ver o sorriso de Niall.

O quarto de hotel em St. John's é claustrofóbico com quatro homens e duas mulheres amontoados dentro dele. Estou sentada com a cabeça para fora da janela aberta, fumando um cigarro. Basil, a quem pertencia o cigarro, está sentado à minha frente; fumei três no tempo que ele levou para fumar um. Ennis não queria incomodar Gammy, então voltamos para a cidade, à espera de notícias do estado de Samuel e tentando, apaticamente, descobrir o que fazer. Nosso capitão não apareceu a tarde toda. Anik disse que Ennis se isolou para lamentar a perda do *Saghani* com alguma privacidade.

Uma visita à guarda costeira nos rendeu um calhamaço de informações sobre as novas leis que estão entrando em vigor e o que fazer com nossa embarcação. Se não estivermos atracados em nosso porto de origem, o navio deve ficar parado por trinta dias antes de ser liberado, e só então Ennis poderá levá-lo direto para seu ancoradouro no Alasca, sem desvios de rota e sob a supervisão de um policial marítimo.

Sou a única que não tem para onde ir. Se voltar para a Irlanda, a *garda* me prenderá por violar minha condicional.

Então, minha única opção é encontrar outra maneira de seguir as duas andorinhas do Ártico restantes.

— Você está bem? — Basil pergunta, com uma voz suave.

Eu o ignoro, minha mente está ocupada demais ruminando o problema.

— Me dá mais um? — Ele passa o cigarro para mim, tateando meus dedos antes de eu afastá-los.

— Qual é o seu problema?

— Nada. — Eu só não quero ser tocada, especialmente por você.

Basil franze a testa, me encarando com olhos tão maliciosos que minha vontade é empurrar seu rosto para longe.

— Franny. Eu gosto de você. Não precisa se preocupar.

Minha boca se abre e quase solto uma risada.

— É com isso que você acha que estou preocupada?

— Então é com o quê?

Sua presunção e arrogância são quase inexplicáveis; e, desta vez, caio na risada e o vejo corar. Ficamos sentados em silêncio fumando, o cigarro deixa um gosto ruim na minha boca e não me relaxa nem um pouco.

— Vou dar uma volta — anuncio.

— Quer companhia? — pergunta Mal, mas eu balanço a cabeça.

— Não, preciso pensar.

Desço até o cais e compartilho uns cigarros com alguns dos marinheiros na mesma situação. Havia rumores circulando de que isso poderia acontecer, mas nenhum deles pensou que seria tão cedo, assim como ninguém pensa que as coisas que amam deixarão de existir. Pergunto a eles quais são seus planos e a maioria diz que vai para casa, vender seus barcos para serem reaproveitados, encontrar outra maneira de ganhar a vida. Alguns deles já têm planos reserva em ação. Um deles, um homem mais velho com sulcos profundos no rosto, derrama algumas lágrimas, mas quando tento consolá-lo ele balança a cabeça.

— Não é pelo trabalho. É pela violência que causamos ao mundo.

Passo por algumas empresas de aluguel de barcos para turistas e me pergunto se algum dia conseguiria alugar uma embarcação particular para me levar em minha jornada. Duvido. Como diabos posso conseguir muito dinheiro em pouco tempo, sem recorrer ao roubo?

Há um pub na esquina que vi quando chegamos, vou até lá e peço uma Guinness e um uísque. A lareira está acesa, então me acomodo na frente dela, ao lado de um jovem com uma beagle chamada Daisy. A cachorra cheira minhas mãos e, em seguida, se senta aos meus pés para me deixar acariciá-la. O dono, cujo nome já esqueci, tenta puxar conversa, mas quando não tenho muito o que dizer, ele fica entediado e encontra novos interlocutores.

Léa se senta e me entrega outra Guinness.

— Não preciso de babá — resmungo.

— Claro que precisa. Você entra em oceanos quando não tem ninguém por perto.

Termino meu uísque e passo para a cerveja preta. As orelhas de Daisy são macias como seda ao toque. Seus infinitos olhos cor de chocolate me encaram cheios de amor, e se fecham enquanto eu acaricio suas orelhas.

— Você acha que poderíamos transformar o *Saghani* em um navio não comercial? — pergunto.

— De que jeito?

— Não sei. Removendo o bloco de força? A rede, o congelador... todos os apetrechos de pesca.

Ela me olha com pena, e é irritante.

— Você está realmente desesperada, hein? Por quê?

— Tenho um trabalho a fazer.

— Por que importa onde eles morrem, esses pássaros? Eles vão morrer de uma forma ou de outra, não vão? E o que importa se morrerem? Não faz diferença pra nós.

A pergunta me deixa sem fôlego. Não tenho resposta para isso, para essa apatia.

Percebo que Léa está tão tensa que quase consigo ver o ranger de seus dentes pelo maxilar. Ela tem a própria crise para lidar.

— Ainda haverá barcos para você trabalhar — digo a ela, com a voz suave. — Vai ficar tudo bem.

— Por que você transou com Basil? — pergunta Léa, mudando de assunto de repente. — Ele é tão babaca!

Eu a encaro.

— Não transei com Basil.

— Não foi o que ele disse.

Estou perplexa. Mas, na verdade, por que estou surpresa?

— Por que você está se punindo? — indaga Léa.

— E isso importa?

— Para mim, importa. E eu diria que provavelmente importa para o seu marido também.

— Meu marido me deixou...

É a vez dela ficar sem palavras por um momento.

— Oh. Desculpe. Por quê?

Balanço a cabeça lentamente.

— Faço mal para ele.

— Você está em um lugar sombrio — diz ela com impaciência. — Eu te entendo, já passei por isso. Mas precisa manter o controle. É perigoso no mar, e não posso ficar cuidando de você o tempo todo.

— Não preciso de você. Não vamos voltar para o mar, lembra?

Não juntas, pelo menos.

Ela baixa os olhos.

Quando me levanto, ela me segue e tenho que dizer:

— Só preciso de um minuto sozinha, ok? Desculpe. Eu ficarei bem depois de uma caminhada. Vejo você no hotel.

Para sair do pub, tenho que passar pela área de jogo, e lá, sentado em uma máquina caça-níqueis, está Ennis. Hesito, mas vou até ele.

— Oi.

Ele aperta o botão repetidamente, como se ele próprio fosse uma máquina. Malachai mencionou que Ennis tem um problema de jogo. E aí está a prova.

— Quer tomar um pouco de ar fresco? — pergunto.

Ele resmunga algo parecido com um não e termina sua cuba-libre de uma só vez.

— Há quanto tempo você está aqui, Ennis?

— Não o suficiente. — Ele soa muito bêbado.

— Você já... ganhou alguma coisa?

Sem resposta.

— Acho que você deveria voltar para o hotel comigo...

— Foda-se, Franny — esbraveja sem rodeios. — Dá o fora da minha vida, porra.

E obedeço.

Lá fora está mais frio. Sigo em direção ao mar, mas só percorri meio quarteirão quando sinto uma inquietação e paro. Não faço ideia do que mudou entre agora e dois segundos atrás, mas de repente isso não parece certo e preciso voltar para o hotel, corro o máximo que consigo. Posso ver as luzes à distância enquanto acelero o passo.

Instinto, sempre. O corpo sabe.

Um homem atravessa meu caminho.

— Riley Loach?

Eu o reconheço. É o manifestante que estava usando o gorro listrado e que me encarava bem no fundo dos olhos. Não digo nada, mas meu coração dispara, pois não sei como diabos ele conseguiu esse nome.

— Você faz parte da tripulação do *Saghani*?

— Não.

— Dá o fora!

— Está bem. — Tento passar por ele, mas sua mão pousa no meu braço. E meu corpo todo se arrepia.

— Você sabe o que você e seus amigos estão fazendo com o mundo?

— Eu concordo com você — digo, apressada. — É errado! Mas as sanções acabaram com isso.

— Você acha que isso é o suficiente? Deixar que muitos de vocês saiam impunes pelo que fizeram? Isso é uma grande merda! — Ele está *furioso*. Não sei o que fazer, como amenizar isso.

— Olha, eu não sou um deles. Estou tentando...

— Eu vi você, vadia. Então me diga onde está seu capitão. Não posso deixar isso impune.

A fera desperta dentro de mim.

— Não faço a mínima ideia.

Ele é um homem grande, pelo menos o dobro do meu tamanho, então quando ele me empurra contra a parede, sinto sua força. Sinto essa mesma força nos instintos ancestrais, transmitidos a mim por gerações de mulheres, a adrenalina que herdei inundando meu corpo, sinto socar, chutar, lutar, destruir, dominar meu corpo, e eu quero bater nele agora, quero muito, mas em vez disso me mantenho muito quieta, sentindo tudo, sabendo que eu poderia estar a um fio de cabelo de muita dor ou pior, da violação do meu corpo ou até mesmo da morte, e sem aviso, rosno, tão furiosa que poderia incendiar o mundo.

Ele recua, surpreso com meu comportamento bizarro. Então ele ri e me pressiona pela garganta contra a parede, bloqueando meu ar, batendo minha cabeça. A dor percorre minha espinha.

— Apenas me diga onde eles estão.

Mas não digo, e então ele me arrasta dolorosamente pela esquina e para uma rua mais escura, e qualquer que seja a nobre causa em que ele esteja empenhado foi envenenada pelo ódio; um segundo antes, percebo o que ele vai fazer, a maneira como me fará pagar por seu ódio. Sua mão apalpa minha virilha, indo para os botões do meu jeans, mas para mim já basta.

Grito a plenos pulmões e com uma oração silenciosa de agradecimento a Beth, desfiro um *jab* de esquerda em sua barriga, e um segundo e um terceiro, e quando ele solta meu pescoço, surpreso, acerto um cruzado de direita em sua garganta e outro em sua mandíbula. Fortes, mais fortes do que qualquer soco que já dei, empoderados pelo medo, pela raiva e pela indignação — *como você se atreve a me tocar* — e então um cruzado na ponta do nariz, um gancho nas costelas, tenho que acertar o máximo que puder antes que ele se recomponha, e ele não está esperando nenhum deles, no entanto, mesmo em sua dor, ele consegue lançar alguns golpes e tento bloqueá-los, mas não sou forte o suficiente. Ele acerta meu antebraço e minha cabeça ao mesmo tempo. O mundo gira. Apoio em um joelho e miro em sua virilha, mas ele está esperando agora e me bloqueia, agarra minha mão direita e a torce até eu gritar de dor. Ninguém está vindo em meu socorro. Não posso acreditar que ninguém está vindo. Fiz tanto barulho. Estou sozinha aqui, e ele está prestes a quebrar meu braço e posso sentir a raiva latejante e ofegante da minha repulsa e, enquanto ela toma conta do meu corpo, alcanço com minha mão esquerda o canivete que mantenho enfiado na minha bota e penso: *foda-se, eu me recuso*, me contorço, levanto e enfio a lâmina em seu pescoço.

Ele geme em choque. Suas mãos me soltam. O sangue é uma cascata sobre nós dois.

As pessoas chegam, eu acho. Há movimento ao nosso redor.

— Puta merda... — Alguém está dizendo, enquanto outra exige que a polícia seja chamada e outra manda que todos calem a boca e braços estão me segurando de pé. O canivete cai da minha mão.

— Está tudo bem — diz alguém em meu ouvido. Mas o homem ainda está olhando para mim, olhando e olhando, agarrando o próprio pescoço, tentando estancar o sangramento e caindo de joelhos. Acho que ele está quase deixando seu corpo e acho que já nem estou no meu.

— Calma — pede a voz, e é Ennis me segurando de pé.

Ele me leva, me arrastando ou carregando para algum lugar. De volta ao hotel? Estou entorpecida pelo choque.

Os outros chegaram, nos puxando mais rápido, e não é o hotel, estamos indo para o barco, e acho que é porque há pessoas nos seguindo. Corremos, um borrão cheio de adrenalina, pés batendo nas tábuas e vozes baixas dando comandos urgentes. Pisco, e estou a bordo, e os caras estão trabalhando como loucos para partimos. Pisco de novo, e o *Saghani* está suavemente se afastando da costa em direção ao oceano. Pisco, e estou em um quarto que não conheço, uma parte de mim pensa que deve ser o camarote de Ennis, talvez, não me importo, e, ao longe, ouço sua voz.

— Você não está sozinha, querida. Fique calma! Você não está sozinha.

Será que ele acredita mesmo nisso?

— Ele está morto? Eu o matei?

— Não sei.

Desabo. Uma represa se rompe e o cansaço me inunda. É tudo o que posso fazer para não desmaiar. Pisco de novo e estou em uma cama.

— Estamos partindo? — pergunto.

— Já partimos — anuncia Ennis. — Durma.

— Estraguei tudo?

— Não, querida — explica ele. — Você nos libertou.

Mas eu nunca serei livre. Eu me pergunto se foi assim que meu pai se sentiu no dia em que matou uma pessoa.

17

COSTA SUL
NOVA GALES DO SUL, AUSTRÁLIA
DEZENOVE ANOS ATRÁS

Edith está com os cordeiros esta noite, agachada com seu rifle à espreita dos reflexos dos olhos das raposas famintas. Ela me obriga a fazer isso algumas noites, apesar dos meus protestos — eu já disse mil vezes que me recuso a matar qualquer animal, mesmo que seja para proteger nosso sustento, e, de qualquer forma, é função de Finnegan proteger os cordeiros, mas ainda assim ela me manda para a vigília no frio, o rifle desajeitado em minhas mãos relutantes. *"Quando chegar a hora, você vai fazer o que tem que fazer"*, me diz daquele jeito dela, do jeito que não tolera discussão, e eu ainda não avistei um predador, então não sei se ela está certa.

De qualquer forma, esta noite é minha chance. Vasculhei a caixa de tesouros que ela guarda trancada debaixo da cama, consegui roubar a chave e fazer uma cópia, porque sei que ela é o tipo de mulher que perceberia se a chave sumisse por muito tempo. Copiar uma chave na verdade não é uma tarefa fácil quando se está presa em uma fazenda distante da cidade e só conseguirá sua habilitação de aprendiz aos dezesseis anos e isso é só daqui a um ano inteiro. Tive que pagar Skinny Matt para fazer isso por mim, e ele é o garoto mais chapado da nossa escola, então não é exatamente confiável. Em seguida, era esperar a época dos partos, quando os primeiros pequeninos caem desordenadamente dos corpos de suas mães e então precisam ser protegidos de todos os tipos de caçadores — não apenas as raposas, mas também as águias e, às vezes, cães selvagens. Eles estão cada vez mais famintos agora que suas presas selvagens se tornaram mais escassas. Essas são as únicas noites em que posso ter certeza de que Edith não vai me flagrar: ela esperaria lá fora até que seu corpo definhasse e seus ossos virassem pó, se fosse preciso. Determinada e silenciosa.

É possível que eu esteja um pouco paranoica com o nível de proteção de Edith com esta caixa. Mas, de qualquer forma, o tesouro despertou meu interesse desde que cheguei a esta maldita fazenda. Minha avó é uma mulher dura. Ela não me conta nada sobre meus pais — nem sequer fala muito comigo, na verdade, exceto para berrar ordens, e se eu não executar o trabalho escravo com o grau de perfeição exigido, ela não me deixa ir ao treinamento de salvamento de surf, que é a única coisa que gosto de fazer neste país, e, como acabei de ganhar meu distintivo de bronze, agora sou responsável pelas patrulhas salva-vidas e ela não parece entender a importância disso — mas ela tem esta caixa e estou convencida de que há segredos escondidos nela. Em vez de acender a luz do quarto dela, o que ela poderia ver do pasto, rastejo pela escuridão e me deito de bruços para tatear até que eu possa sentir o frio da borda da caixa. Arrasto-a para fora — é mais pesada do que eu esperava — e corro para o meu quarto para abri-la.

O peso da caixa vem de várias medalhas militares que pertenceram, fico surpresa ao ver, ao meu avô, que aparentemente era integrante de um regimento de infantaria de Cavalaria Leve. Leio as inscrições nelas e corro meus dedos sobre o metal, tentando juntar as peças de um quebra-cabeça. Por que ela não fala dele nem mantém fotos pela casa? O que há de tão secreto em seu casamento que ela tem que manter todos os resquícios dele longe de olhos curiosos?

Deixo as medalhas de lado, levantando uma pilha de papéis. Alguns são documentos comerciais — a escritura da fazenda, extratos de hipoteca e outros —, que ponho de lado sem ler. Na verdade, não sei o que procuro, talvez apenas algum sinal de que não fui mandada para a fazenda errada, a fazenda de uma mulher que não tem filho e, portanto, não pode ser minha avó. Ela não fala dele, nem da minha mãe. Eu não sei onde ele está ou o que faz da vida — nem sei seu nome.

Uma pilha de fotos se solta e se espalha pelo tapete. Perco o fôlego com os rostos que me encaram, uma onda de calor inunda minhas bochechas. É ele, eu sei que é, porque é Edith mais jovem segurando um bebê, andando na praia com um garotinho, cortando legumes na cozinha ao lado de um adolescente ou sentada ao redor de uma fogueira com um jovem. Em algumas fotos, ele tem longos cabelos loiros de hippie, em outras estão bem curtos. Seu rosto é bonito, olhos escuros, a boca larga como se feita apenas para sorrir.

E lá está ele com minha mãe e seu enorme barrigão de grávida. Seu braço em volta dela enquanto ela sorri para ele, e eles parecem *tão* felizes, estão de costas para o piquete da frente, aquele pelo qual passo todos os dias para pegar o ônibus escolar. Eu não percebo que estou chorando até que meus pais na foto estejam molhados. No verso, em uma letra desleixada, estão seus nomes. *Dom e Iris, Natal.*

Dom.

Coloco a preciosa foto debaixo do meu travesseiro e continuo examinando o resto da caixa. O que estou procurando está bem no fundo, eu acho. Uma explicação ou pelo menos uma parte dela.

Dominic Stewart, vinte e cinco anos na época do encarceramento.

Eu paro e encaro a palavra.

Outras palavras se destacam ao longo dos documentos. Meus olhos frenéticos as capturam e as transferem para minha mente ecoante, dispersa. *Complexo Correcional de Long Bay, Sydney. Prisão perpétua. Período padrão sem liberdade condicional de vinte anos. Reconhecimento de culpa. Intenção de matar. Condenado por homicídio.*

Bang!

Eu me levanto em um sobressalto. Os papéis caem das minhas mãos e eu me apresso para guardá-los na caixa. Isso foi um tiro. Significa que ela voltará cedo, mas para mim chega, não quero mais lidar com o conteúdo desta caixa que eu nunca deveria ter aberto. Não quero saber disso, já perdi tanto tempo...

— Franny! — grita Edith e então abre a porta do meu quarto e olha para a bagunça que eu fiz. Nós duas ficamos em silêncio por alguns instantes, e seus olhos são os mais frios que já vi, os mais assustadores e os mais assustados, eu acho, e então ela diz:

— Eu atirei em Finnegan.

Levo alguns longos segundos para processar a informação.

— O quê?

— Ele estava afugentando a raposa e eu não o vi no escuro.

— O quê? Não.

Passo por ela e corro para fora no escuro. Os cordeiros e suas mães estão no piquete mais próximo, aquele em frente ao mar. Corro até o poste da cerca e então paro, respirando pesadamente. Não consigo ver muito, exceto uma forma escura à distância.

— Achei que você gostaria de estar ao seu lado quando eu acabar com o sofrimento dele — diz Edith.

— Ele ainda está vivo.

— Não por muito tempo. A bala atravessou o pescoço dele.

— Não podemos chamar o veterinário? Ou podemos levá-lo lá agora! Vamos colocá-lo na caminhonete, rápido!

— Não há nada a ser feito, Franny. Venha comigo ou não, você decide.

— Mas ele é meu! — imploro. Sou eu quem o conduz e o alimenta com maçãs e corta seus cascos e coça suas orelhas, embora isso deixe minhas mãos pretas. Sou eu quem o ama.

— Por isso chamei você — diz ela, e está tão calma e tão fria, não se importa com o que fez, não dá a mínima por ter acabado de assassinar nosso lindo burro velho que nada fez além de tentar bravamente proteger os pequeninos durante a noite.

— Você é uma vaca! — esbravejo, e as palavras chocam a nós duas, pois eu nunca insultei ninguém, muito menos minha assustadora avó. — Você é uma vaca do caralho — eu continuo, alimentada pela raiva, pela tristeza e pela impotência. — Você fez isso de propósito. Assim como você nunca me contou sobre Dominic.

Edith passa pelo portão de metal, deixando-o aberto para mim. O rifle está em suas mãos.

— Você quer ficar com ele ou não? — pergunta ela, enquanto caminha pela grama e desce em direção ao corpo que ainda respira.

Mas não consigo, não consigo chegar perto dele, estou com muito medo de como vai ser quando ele partir, de como ele vai ficar, do que vai sobrar.

— Feche o portão, então — diz Edith.

Obedeço, e ela atira na cabeça de Finnegan; o som é tão alto, tão horrível, que eu me viro e vou até a caminhonete, pego a chave no painel e ligo o motor. Vou dar o fora daqui. Tenho dirigido a caminhonete nos últimos anos. Edith me fez aprender, e não importa que eu não tenha carteira de habilitação, dinheiro ou pertences, não importa que a foto ainda esteja debaixo do meu travesseiro. Espero que fique lá para sempre, desbotando, enrugando e virando pó antes que alguém a veja novamente.

Uma mão forte serpenteia pela janela e arranca a chave da ignição, desligando o motor.

— Ei! — esbravejo. Mas Edith já está voltando para casa.

Corro atrás dela e tento pegar a chave de sua mão, em pânico, com urgência, e ela não entende que eu tenho que sair daqui, este não é meu lugar, estou sufocando aqui.

— Você quer ir embora, tudo bem — retruca ela —, mas não pode levar minha caminhonete.

Solto um suspiro de frustração, lágrimas inundando minha garganta.

— Por favor.

— As coisas nem sempre acontecem da forma que desejamos, garota, e temos que aprender a suportar isso com um pouco de dignidade.

Eu me sinto humilhada. Eu a odeio.

Ela entra e eu me sento na varanda da frente, soluçando. Por meu Finnegan, meu único amigo, e por desejar que minha mãe estivesse aqui. Edith não se importa comigo. Acho que o dia em que fui enviada para cá arruinou a vida dela. Pelo menos agora eu sei por que ela me odeia tanto: sou uma lembrança de seu filho degenerado.

Quando volto para dentro, horas se passaram. Esperei até ter certeza de que ela estava dormindo, incapaz de encará-la novamente esta noite. Mas, enquanto estou me movendo em direção ao meu quarto, ouço um som suave vindo da porta dos fundos, e não posso evitar, sou compelida a me esgueirar até a janela e vê-la lá, sentada no degrau dos fundos sob a luz da luminária, sozinha e segurando a identificação da orelha de Finnegan, chorando baixinho.

Eu me inclino contra a parede, recostando minha cabeça.

— Desculpe, vovó — sussurro, mas ela não pode me ouvir através do vidro.

O café da manhã é silencioso, mas isso não é incomum. Edith não pegou de volta sua caixa de tesouros ontem à noite, então eu a tranquei e a coloquei debaixo da cama, o arrependimento pesando em meus ombros. Não toquei na foto debaixo do meu travesseiro — não consegui devolvê-la, embora eu não possa imaginar querer olhar para ela novamente. Estou cansada depois de uma noite agitada. Só depois de comer a tigela inteira de mingau crio coragem para perguntar.

— Ele realmente matou alguém?

Edith confirma, sem tirar os olhos do jornal.

— Quem?

— Ray Young.

— Quem é Ray Young?

— Um homem que conhecíamos desde garoto.

— Você sabe por que ele fez isso?

— Ele nunca falou.

Eu a encaro, atordoada pelo jeito arrogante com que ela dá de ombros.

— Como ele e minha mãe se conheceram?

— Não faço ideia. Em algum lugar da Irlanda.

— Você nunca perguntou a ele?

— Não é da minha conta.

— Eles pareciam... apaixonados? Quando ele a trouxe para cá?

Edith ergue os olhos do jornal, olhando para mim por cima dos óculos de leitura.

— O que isso tem a ver?

Eu não sei.

— Não teve nada a ver com ele matar aquele homem, isso é certeza. Ou com ele ter sido condenado no mesmo dia em que você nasceu berrando naquele sofá ali. Eu puxei você pra fora e estanquei o sangramento de Iris. Ela estava chorando de solidão e qualquer que fosse o amor que havia entre eles, não impediu que ela te levasse embora.

Ela dobra o jornal e leva a tigela para a pia.

— Vou precisar de sua ajuda para fazer uma cova para Finnegan — diz Edith, e concordo com um aceno de cabeça.

— Sim, vovó.

— Como ele o matou? — pergunto, enquanto ela calça as botas.

— Ele o estrangulou até a morte — responde minha avó.

18

DUBLIN, IRLANDA
DOZE ANOS ATRÁS

As gotas de chuva são espessas e frias contra meu rosto. Não tenho capa de chuva ou guarda-chuva, então aceito a ideia de me molhar. Dublin é uma cidade lúgubre quando o céu está cinzento e, no entanto, há algo de melancólico, misterioso, algo em que se pode se envolver e se perder. Estou indo para a biblioteca, que fica perto do cais.

Na maioria das manhãs, acordo com um beijo quando ele sai para o trabalho. Nesta, era tão cedo que mal havia a luz do amanhecer espreitando pelas venezianas e, no escuro, seus lábios poderiam muito bem ter sido um sonho. Eu não tinha turno hoje, então estava determinada a deixar o apartamento de Niall com cara de lar, com um pouco de cor, plantas, arte, qualquer coisa. Mas cercada por aquelas paredes senti meus pés e minhas mãos começarem a se agitar e, enquanto eu tentava ignorar essas sensações, surgiu um aperto em minha garganta.

Lembrei que queria visitar a Biblioteca de Dublin há algum tempo e então peguei um trem em Galway e aqui estou eu, correndo para vencer a chuva e respirando com facilidade. Entro no grande edifício, sobre o piso de mosaico e sob o teto alto, e caminho para a sala de leitura em forma de cúpula que lembro de ter desfrutado quando voltei para a Irlanda. Não tenho certeza do que estou procurando, talvez algo sobre genealogia, mas primeiro apenas paro por um momento e contemplo o belo espaço. Então mergulho nas páginas.

Algum tempo depois, sinto uma vibração na minha bolsa.

Perco a ligação e, quando vejo a tela do meu celular, meu coração dá um salto e sou inundada com a percepção de ter feito algo errado, embora não seja rápida o suficiente para identificar o quê. Oito chamadas perdidas de Niall. Três mensagens de texto me perguntando onde estou. Já está escuro lá fora; o dia inteiro passou enquanto eu me perdia na leitura. Merda.

Ligo para ele imediatamente.

Ele me atende com uma pergunta:

— Você está bem?

Eu tento manter minha voz leve.

— Estou bem, desculpe por ter perdido suas ligações, estou em Dublin.

Há uma longa e torturante pausa.

— Por quê?

— Eu só queria vir para a biblioteca.

— Assim... do nada?

— Acho que sim.

— E você não pensou em me falar isso.

— Eu... — A horrível verdade é que isso nem me ocorreu. Nunca havia feito isso, não desde que nos casamos, não deixei meus pés me levarem para onde querem. Não digo que isso não é nada demais, que estou a apenas algumas horas de distância, que poderia ter ido muito mais longe e que posso ir aonde quiser, pois meu instinto me diz que seria insensível.

— Vim para casa para te encontrar no almoço e você não estava aqui, voltei agora para lhe trazer o jantar e você ainda não estava aqui. Pensei que talvez... Eu não sabia onde você estava.

De repente estou com dificuldades para respirar de novo.

— Sinto muito. Eu deveria ter te contado. Não pensei direito.

Outra pausa. Repleta de mágoa.

— Você planeja voltar para casa em breve?

— Sim, não planejei nada, mas talvez uma noite ou duas?

— Certo. Magnífico. Até a volta. — Ele desliga.

Encaro o celular. Então saio de novo na chuva, que está mais forte agora, caminho todo o trajeto até a estação e compro uma passagem para o próximo trem de volta para Galway.

A faculdade de biologia está cheia de vida, o que é estranho para uma noite de terça-feira. Ou qualquer noite. Todas as luzes estão acesas e deve haver pelo menos trinta pessoas na cozinha do departamento. Abro caminho entre elas, mantendo minhas costas na parede e procurando por Niall. Ele não estava em casa, o que significava que estaria no trabalho, só que eu não sabia que chegaria no meio de uma festa. Vim direto do trem, com os sapatos encharcados e os cabelos úmidos.

Eu o avisto no centro de um grupo de homens e mulheres, e me aproximo, curiosa para saber o que ele está dizendo que os deixa tão fascinados. Uma nuvem escura paira sobre ele, posso ver daqui.

— A humanidade é a maldita praga do mundo — diz Niall.

É quando ele olha para cima e me vê. Nossos olhos se encontram. Vejo alívio neles, o que cria o mesmo em mim, e então percebo algo ainda mais sombrio.

Ele se aproxima para beijar minha bochecha.

— Você veio.

Aceno com a cabeça e todas as palavras que ensaiei no trem evaporaram.

— Há uma manifestação acontecendo porque alguns caçadores de merda entraram em um santuário de animais e arrancaram as presas dos últimos elefantes — declara ele com um ar pesaroso.

Meu coração dói. Não suporto ouvir isso. Toda hora ouvimos algo assim. Nada muda. Sinto vontade de chorar, mas para Niall a dor é algo mais frio. Acho que ele está realmente começando a perder a esperança.

Antes que eu possa pensar no que dizer, ele balança a cabeça. Exala longa e lentamente, então me serve uma caneca de vinho de uma mesa próxima.

— Vamos — murmura ele, me conduzindo até seus colegas. — Amigos, esta é minha esposa, Franny.

Há dois professores homens cujos nomes esqueço imediatamente, uma assistente de laboratório chamada Hannah e a loira que me empurrou o prato sujo, a professora Shannon Byrne. Encaro seus olhos chocados, ela acha que deve ter ouvido mal.

— Esposa?

— Esposa — confirma Niall.

— Prazer em conhecê-la — cumprimento.

— Que adorável — Shannon consegue dizer, apertando minha mão brevemente. — Quando isso aconteceu, Niall?

— Seis semanas atrás.

— Está de brincadeira! Por que não fomos convidados?

— Ninguém foi convidado.

— Você conseguiu mesmo ser discreto! Há quanto tempo estão juntos? — insiste ela.

Niall sorri, com um ar impetuoso.

— Seis semanas.

Há um silêncio constrangedor entre o grupo.

— Uma loucura — digo. A tensão se dissipa e todos se agitam gritando palavras de deleite ou compreensão.

— A loucura do amor — diz um dos homens.

— Minha esposa chama isso de sonho febril — diz o outro.

Decido gostar dos dois.

Olho para Niall e aquiesço.

— Faz sentido — responde ele, e acho que mal consigo reconhecer a pessoa com quem me casei.

— Nunca imaginei que Niall pudesse se interessar por outra coisa além de trabalho — alfineta Shannon.

— Nem eu — concorda Niall.

— Que destemido! — comenta Hannah, com as bochechas coradas.

Eu encontro seu olhar tímido, como um gesto de gratidão.

— Sem dúvida.

— Shannon é a chefe do departamento de biologia — me diz Niall. — Você deveria conversar com ela. Shannon, preciso te falar... Franny tem uma paixão impressionante pela ornitologia e é muito esperta.

Os olhos de Shannon pousam em meu jeans enlameado. Ela está usando um vestido de lã azul-marinho e saltos altos. Seu cabelo loiro está elegantemente despenteado. Minha cabeleira preta está presa em uma trança suada e bagunçada que me faz parecer ter doze anos. Não costumo me importar com esse tipo de coisa, mas olho para o rosto de Niall na esperança de que ele perceba a discrepância. Ele nem se toca.

E sem aviso, acrescenta:

— Um bando de corvos se apaixonou por ela quando criança.

O calor me inunda.

— Como assim? — quer saber Shannon.

Quando fica claro que não vou responder, Niall explica.

— Ela os alimentava todos os dias e eles começaram a segui-la, trazendo presentes. Isso durou anos. Eles a adoravam.

— Não todos os dias — argumenta Shannon. — Não durante o inverno.

Eu olho para ela e sinalizo que sim.

— Não é verdade — retruca ela. — Corvos migram.

— Os pássaros vão onde a comida está — acrescenta Niall. — As aves da família Corvidae têm a capacidade de reconhecer rostos humanos individuais. Franny tornou-se sua fonte de alimento, de modo que não precisavam migrar.

Shannon balança a cabeça como se a ideia a ofendesse.

Não, desejo do fundo do coração, enviando a mensagem da forma mais intensa e silenciosa que posso. *Não tire a magia disso.* Eu me sinto suja, como se algo precioso tivesse sido maculado, como se quisesse dar o fora daqui ou jogar minha caneca de vinho na cara dela, e talvez na de Niall também.

— É por isso que gostaria que você conversasse com ela — continua Niall.

— Você tem graduação? — me pergunta Shannon.

— Não.

— Você não estudou? Quantos anos você tem?

— Vinte e dois.

Suas sobrancelhas arqueiam.

— É uma diferença de idade de... dez anos?

Niall e eu nos entreolhamos e assentimos.

Shannon dá de ombros.

— Bem, você é jovem, tem muito tempo. Ligue para mim e vamos nos sentar e conversar sobre os pontos em que precisa se dedicar para se inscrever na universidade.

Em vez de explicar que não tenho interesse em fazer isso, apenas agradeço. Todos ficam bastante satisfeitos em desviar a conversa para assuntos com os quais se sentem confortáveis — no momento o artigo que Shannon está prestes a publicar sobre programas de reprodução entre espécies —, então aproveito o momento para sair do círculo, colocar meu vinho intocado de volta na mesa e me dirigir à porta. Ela se fecha atrás de mim e o som de dentro é abafado quase até o silêncio. Suspiro aliviada. O botão do elevador fica amarelo, indicando que está descendo.

A porta atrás de mim se abre e o som de vozes escapa mais uma vez. Eu não me viro, mas uma mão pega a minha e me puxa de lado para outra sala, escura, um escritório, eu acho.

— Muito pretensioso para você? — pergunta meu marido. Não consigo vê-lo muito bem no escuro. Acho que ele pode estar um pouco bêbado. — O que está fazendo aqui?

— Eu vim te encontrar.

Ele abre as mãos, em um gesto que sinaliza: aqui estou.

— Isso foi vingança? — pergunto.

— O quê?

— Os corvos. Revelar assim algo tão precioso.

Ele fica em silêncio, e então suspira.

— Não. Não de forma consciente.

— Não sei como fazer isso — digo, e minha voz falha.

— Nem eu.

Eu me movo no escuro, querendo me distanciar dele. Há janelas altas ao longo de uma parede, através delas espio os arredores. O parque parece macabro na escuridão, suas árvores lançando estranhas sombras em movimento. Um carro passa lentamente, os faróis ofuscando meu rosto e depois desaparecendo. Há algo desconfortável naquele momento, à espreita. Uma inquietação percorre meu corpo, porque nunca tive que ser responsável por outra pessoa, nunca tive que contar a ninguém para onde estou indo. Eu me sinto acorrentada.

— Eu te avisei — digo, e então me odeio por isso.

— É verdade — diz ele, aproximando-se. — E mesmo assim... eu não esperava. Apenas me diga, querida, só isso. Apenas me avise onde está e que planeja voltar.

Eu me viro.

— Você não achou que eu tinha ido embora para sempre, achou?

— Passou pela minha cabeça, sim — admite ele. — Você me deu um susto, Franny.

A inquietação esmorece.

— Sinto muito. Eu nunca abandonaria você. — Ao ouvir as palavras, percebo que é verdade, e um tipo diferente de corrente ganha forma, mais profunda, mais destrutiva.

Niall se aproxima e me abraça, sua boca mergulha na curva do meu pescoço.

— Eu me odeio pelos corvos, por revelar seu segredo. Eu sabia o que estava fazendo. Acho que às vezes sou condicionado à destruição.

Não nos movemos, mas lá fora o mundo ainda está mudando, respirando e vivendo. A lua percorre seu caminho sobre nossas cabeças. Vivo em suas palavras e na vastidão de suas contradições.

— Mas você me prende com tanta ternura — digo.

— Parece uma gaiola?

Meus olhos ardem.

— Não — respondo e finalmente compreendo essa terrível e profunda sensação de estar acorrentada, reconheço seu rosto e seu nome, e não são correntes que me prendem a ele, é amor, e talvez ambos sejam coisas parecidas, afinal.

— Você iria para algum lugar comigo? — pergunto a ele.

— Para onde?

— Para qualquer lugar.

Os braços de Niall me apertam.

— Sim, para qualquer lugar.

19

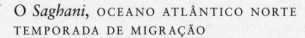

O *Saghani*, OCEANO ATLÂNTICO NORTE
TEMPORADA DE MIGRAÇÃO

Acordo do meu sono delirante me sentindo entorpecida. Levo bons e longos minutos para descobrir onde estou (o camarote de Ennis, na sua cama) e o que aconteceu na noite passada (eu esfaqueei um homem). Não me lembro bem.

Niall, por que você não veio me encontrar?

A tripulação está na cozinha, empoleirada em vários bancos e encostada nas paredes, observando Basil mexer uma enorme panela de aveia no fogão e conversando em voz baixa. Todos, menos Ennis. Ele nunca está aqui, está sempre isolado.

Quando me veem, a expressão deles é de medo. Posso sentir isso, apenas um lampejo. Uma coisa animal. Uma cautela com a mulher desequilibrada com quem agora dividem um pequeno espaço.

— Como está se sentindo? — me pergunta Anik.

— Estou bem. — A verdade é que não consigo acessar meus sentimentos sobre a noite passada. É algo que já passou, foi buscar outras moradas. — Estamos no barco. E estamos nos movendo — digo.

Ninguém responde. Seus olhares dizem tudo.

— Merda — murmuro.

Basil me entrega uma tigela de mingau de aveia com uma pitada de canela e raspas de limão por cima. Seus olhos não encontram os meus. Saio para o refeitório e afundo na cadeira de couro. Eles me seguem com suas próprias tigelas, sentados ao meu redor como se tudo estivesse normal. Sinto falta da presença sorridente e intensa de Samuel.

Ninguém fala até que Ennis entra, cruza os braços e declara:

— Certo, o negócio é o seguinte. Saímos do porto ilegalmente. Recebi uma mensagem de rádio da polícia marítima nos dizendo para retornar imediatamente e eles serão lenientes, pois o anúncio acabou de sair e podemos argumentar que não entendemos claramente as novas leis.

Pouso minha colher.

— Haverá outra razão gigantesca para os policiais quererem conversar conosco agora — argumenta Dae, e todos os olhos se voltam para mim.

— Sim, e talvez devêssemos ajudá-los com isso — diz Basil. Quando ninguém responde, ele fala mais alto: — Uma mulher que mal conhecemos assassinou um homem ontem à noite. E em vez de ficar para reportar o que aconteceu, nós apenas fugimos.

— Ele era um daqueles manifestantes... — começa a explicar Mal.

— E daí? E daí, porra? Não estamos no *Poderoso Chefão*. Não *matamos* pessoas. Ela matou um homem a sangue-frio.

— Sangue-frio?! — esbravejo.

— Ele pode não ter morrido — argumenta Léa. — Nós não sabemos.

— Como você conseguiu fazer isso? — pergunta Dae, confuso.

— Ela tinha um canivete — diz Anik.

— Por que ela carregaria um?! — vocifera Basil, ainda sem olhar para mim.

— Talvez porque as mulheres sejam constantemente atacadas — retruca Léa.

— Ah, lá vem!

— Carrego o canivete desde o dia em que fui esfaqueada na prisão — digo.

A tripulação fica em silêncio.

— Passei quatro anos em uma cela em Limerick. Era violento. Aprendi a lutar. Aprendi a temer as outras pessoas. Quando saí, comecei a carregar um canivete.

O ar está espesso com o choque.

Os olhos de Ennis me examinam. Não consigo ler a expressão dele e acho que é recíproco. Os outros estão tentando processar.

— Ah, minha nossa — diz Mal, com a voz suave.

— Que porra é essa? — Basil está olhando para mim agora e sua expressão é dura. — Então, temos uma criminosa violenta a bordo que esfaqueou um pobre rapaz até a morte. Por que está tudo bem?

— Pobre rapaz? — retruco.

— Ah... ele tocou em você, então precisou matá-lo?

— Seu machista de merda — rosna Léa, mas eu mal a ouço.

— Quer saber? — questiona Basil. — Estou tão cansado de o feminismo ser a desculpa toda vez que uma mulher se comporta mal. Uma garota é violenta e ela culpa os homens. Isso é patético!

Eu deveria estar com raiva. Uma onda retumbante de fúria emana de todos ao meu redor. Mas, em vez disso, sinto apenas desprezo por Basil e certa pena por ele ter se tornado um homem tão mesquinho. Ele vê isso em meu rosto, eu acho, porque fica vermelho de humilhação e sua raiva se acende ainda mais.

É Ennis quem revida.

— Ele a atacou — diz o capitão e me assusto com seu fervor. — Ele a atacou por nossa causa e ela não disse nada sobre onde estávamos, então ele a agrediu e você acha que ela não deveria ter se defendido, porra?

Basil solta um som de raiva, impotente.

— Por que você foi para a prisão?

— Matei duas pessoas.

— Jesus! — dispara ele. — Estamos *fodidos*.

— Acalme-se, Bas — pede Dae.

— Não! Precisamos enviar um rádio para a polícia! Se voltarmos agora...

— Vá esfriar a cabeça — ordena Ennis.

Basil começa a protestar até que...

— *Vá!*

O cozinheiro sai furioso, xingando baixinho, exalando raiva. Ennis se vira para nós. Seus olhos encontram os meus, cinzentos como o amanhecer.

— Peço desculpas — diz ele.

Nem sei o que dizer.

— É por isso que você não queria ir pra costa? — Mal pergunta, com a voz suave.

Confirmo.

— Eu violei minha liberdade condicional para vir para cá. Não deveria deixar a Irlanda por cinco anos. Meu passaporte é falso. E... — Lá vou eu, por que não dizer toda a verdade e que se dane tudo? — Eu não sou uma ornitóloga. Nem cientista de qualquer tipo.

Eles me encaram.

— Como é que é? — diz Mal.

— Nunca estudei. Eu não tenho um diploma. Eu só leio muito.

Há outro longo silêncio enquanto eles tentam descobrir o que fazer com a informação.

— Puta merda, Franny — diz Léa finalmente.

— *Não* vamos contar essa parte para o Basil — sugere Mal.

— Como você conseguiu o equipamento de rastreamento? — pergunta Dae.

— É do meu marido.

— Mas por que está fazendo tudo isso se não tem nada a ver com você? — pergunta Anik.

— Eu tenho muito a ver com isso. Todos nós temos.

— Não importa — interrompe Ennis. E sua voz é calma e há algo nela que faz brotar em minha mente o pensamento que ele já devia saber, mas não é possível. — Ainda temos dois pássaros com rastreador. Eu posso interceptar. Seguir até os peixes.

Eu expiro, sentindo meus olhos arderem. Tenho vontade de abraçá-lo.

— Eles estão muito a oeste — argumenta Léa. — E seguem para o sul muito rápido. Você não conhece essas águas, capitão.

— Eu consigo encontrá-los — repete Ennis, e ele parece seguro o suficiente para acreditar.

— O que importa se vamos ser presos no instante em que atracarmos com o freezer cheio de peixes? — questiona Dae.

— Conheço um cara — anuncia Anik. — Ele poderia transportar a carga sem ser detectado, se precisarmos. Se conseguirmos encontrar os peixes.

— Ah, Deus! — suspira Malachai e então não consegue conter o riso descrente. É absurdo o suficiente para fazer qualquer um rir, o mundo criminoso em que viemos parar. A cabeça de Léa balança sem parar, enquanto Dae esfrega os olhos como se quisesse acordar de um sonho.

— Então, vamos votar — anuncia o capitão. — Quem acha que devemos retornar e entregar o barco? — Nem precisou acrescentar: *e entregar Franny*.

Prendo a respiração. Ninguém levanta a mão.

— Quem vota em continuar, aconteça o que acontecer?

Silêncio.

Então a mão solitária de Anik se ergue no ar.

— Estamos nessa agora — ele murmura. — Então vamos até o fim.

Uma a uma, as outras mãos seguem seu exemplo. Eu enxugo as lágrimas do meu rosto, as mãos tremendo de alegria. A noite passada acabou, ficou para trás. Hoje estamos mais embrenhados na escuridão do que jamais estivemos.

— Então vamos para o sul — anunciou Ennis — e esperamos que nosso combustível dure, porque lançaram um alerta sobre o *Saghani*, então não poderemos atracar até que a missão esteja concluída.

— E esperamos que nossos motores aguentem — acrescenta Léa.

— E rezamos para encontrar os peixes — diz Dae.

— E os pássaros — complementa Anik.

Aceno com a cabeça.

E os pássaros.

꧁꧂

Levo meu saco de dormir para o convés. Não vou ficar naquele camarote, apesar dos protestos de Léa. Como concessão, amarro meu pulso na balaustrada, o que me impede de cair ao mar com o mau tempo ou durante o sonambulismo. Está frio e lindo aqui fora. Um céu claro cheio de estrelas.

Mais tarde, Ennis desce do leme e se senta nas tábuas de madeira ao lado do meu saco de dormir. Ele não diz nada, como de costume.

Então eu falo.

— Por que eles votaram em continuar? — pergunto, porque essa dúvida ronda minha mente a noite toda. Os outros não estão presos a isso como Ennis e eu estamos.

— Você é uma de nós — diz Ennis. — Não entregamos os nossos.

Dói ouvir isso, dói daquele jeito que parece assustador e bom ao mesmo tempo. Apoio a cabeça nos joelhos e olho para a lua. Ela está quase cheia esta noite, um tom mais dourado do que branco.

— Eu não queria matá-lo — murmuro. — Não é verdade. Eu quis. Eu pretendia matá-lo, sim. E acho que é por isso que eu não deveria ter pegado o canivete.

Ennis não se move nem fala por um longo tempo. A noite se move sobre nós. Leva uma eternidade para ele enfim dizer:

— Talvez não. Mas fico feliz que tenha feito isso.

20

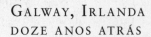

Galway, Irlanda
doze anos atrás

—O mundo era um lugar diferente, em outra época — diz Niall ao microfone. — Uma época em que havia criaturas no mar tão milagrosas que pareciam saídas da imaginação. Seres que galopavam pelas planícies ou deslizavam pela grama alta, seres que saltavam dos galhos das árvores, que também eram abundantes. Antigamente, havia criaturas aladas gloriosas que cruzavam os céus, criaturas que agora estão desaparecendo. — Niall para e procura meu rosto na sala de aula. — Elas não desaparecerão — ele se corrige. — Elas estão sendo massacradas violenta e indiscriminadamente por nossa indiferença. Nossos líderes decidiram que o crescimento econômico é mais importante. Que a crise de extinção é um preço aceitável por sua ganância.

Niall me diz que às vezes é difícil concluir sua aula. A amargura aperta sua garganta e ele poderia quebrar o púlpito sob suas mãos, dominado por um profundo sentimento de aversão pelo que somos, todos nós, e pelo veneno de nossa espécie. Ele se chama de hipócrita por sempre falar, nunca fazer, e disse que se odeia tanto quanto aos outros, ele também é um criminoso, um consumidor vivendo em riqueza e privilégios e querendo mais, e mais, e mais. Fala que é fascinado pela simplicidade com que vivo, que me inveja, e achei curioso porque nunca tinha pensado dessa forma. Quando ele me perguntou o que eu realmente quero, no fundo, tudo que eu conseguia pensar era andar e nadar, então acho que ele tem razão.

Consigo perceber sua dificuldade em continuar com a palestra de hoje. Faz meses que não assisto a uma de suas aulas, e estou preocupada em ver o nível de desespero que extravasa em sua voz, a raiva patente em sua ponderação, suas acusações incisivas e a necessidade de nos fazer entender. Posso ouvir em sua voz a raiva que ele sente pela própria futilidade; eu gostaria de poder aliviá-la de alguma forma, acalmá-la com o toque de meus dedos ou o sussurro de meus lábios, mas é maior do que eu, é uma raiva capaz de engolir o mundo. Depois da aula, espero por ele em seu laboratório. Eu me obrigo a olhar para a carcaça da gaivota, ainda esticada e imobilizada, embora nem eu saiba o porquê. Talvez porque me faça retornar ao momento em que nos tocamos pela primeira vez, a intimidade e o medo.

— O mundo seria um lugar melhor se fossem os humanos a serem empalhados, espetados e estudados — diz Niall ao entrar.

Não consigo evitar um leve sorriso.

— Não, não seria.

— Posso te mostrar uma coisa?

Eu o sigo até uma tela de projeção. Ele apaga as luzes, mas não me mostra nada, apenas olha para o meu rosto, para os meus olhos, e murmura:

— Você parece tão cansada, querida.

Ultimamente tenho tido menos ataques de sonambulismo, e mais pesadelos. Geralmente é um ou outro. Tenho um pouco de medo de dormir, certo receio do meu corpo e do que ele fará. Mas não é isso que está me preocupando agora.

— Você parece tão desesperançado — digo a ele. — Está bem?

Ele beija minhas pálpebras com ternura. Eu expiro e me inclino para ele, sabendo que ele não está nada bem.

O vídeo é executado, emergindo grande na tela. Não há som. Apenas uma expansão repentina de branco que nos cega. Quando olhamos novamente, há centenas de corpos brancos como a neve, bicos carmesins e o movimento de asas elegantes e afiadas.

Aproximo-me da tela, hipnotizada.

— São andorinhas do Ártico — explica Niall. E então ele me conta de suas jornadas, as mais longas do reino animal, fala da sobrevivência delas, da *obstinação,* e acrescenta: — Eu quero segui-las.

— Durante a migração?

— Sim. Nunca foi feito. Aprenderíamos muito, e não apenas sobre os pássaros em si, mas também sobre as mudanças climáticas.

Eu sorrio, a emoção pulsando vida dentro de mim.

— Vamos.

— Você viria comigo?

— Em quanto tempo podemos ir?

Ele ri.

— Não sei. Eu tenho que trabalhar...

— Mas esse é o seu trabalho.

— Teria que conseguir financiamento, e isso exigirá muito esforço.

Engulo minha decepção e volto a atenção para a tela.

— Nós vamos, Franny. Um dia. Eu prometo.

Mas ele já disse isso antes e nós nunca vamos a lugar algum.

— Para onde elas voam? — murmuro, e ele me explica, me levando sobre oceanos e continentes estrangeiros, para o outro lado da Terra, mais longe do que qualquer um já foi. Ouço lágrimas em sua voz e me viro para ele.

— Fui à sua casa esta manhã — anuncia.

— Qual casa?

— A de madeira à beira-mar.

— Onde mamãe e eu morávamos?

Ele concorda.

— Ninguém mora lá há muito tempo. Eu entrei. Estava tão frio, querida. O vento corta as paredes e tudo que eu podia ver era seu corpinho encolhido na cama com sua mãe tentando se manter aquecida.

Eu o abraço, me enrolo nele. Se eu me transformar em um casulo grosso o suficiente, conseguirei mantê-lo a salvo; se eu me fundir à sua pele, se ele *precisar* de mim, então certamente nada poderá nos separar.

Talheres raspam nos pratos e ecoam no teto alto. É praticamente uma catedral aqui.

Estamos passando o fim de semana na casa dos pais de Niall, para que eu possa conhecê-los. Niall queria tomar um café de meia hora; fui eu quem sugeriu o fim de semana inteiro quando ouvi a saudade do pai dele ao telefone. Arthur Lynch é um sujeito quieto e alegre que sente muita falta do filho. Penny Lynch é uma história diferente. Eu deveria ter optado pelo café.

— No que você trabalha, Franny? — me pergunta ela, mesmo que Niall já tenha lhe contado. No entanto, estou grata por ao menos alguém estar falando.

— Sou faxineira na Universidade Nacional da Irlanda.

— E o que a atraiu para essa vocação? — interroga Penny. Ela está vestindo um suéter de cashmere e brincos de rubi. A lareira no canto é do tamanho de Dublin, e o vinho que estamos bebendo está na adega desde que Niall nasceu.

— Não é uma vocação — digo com um sorriso. Não sei se foi uma piada, mas é muito engraçada para mim. — É apenas um trabalho que eu poderia conseguir sem habilidades ou qualificações. É fácil de conseguir um emprego, e se pode fazer isso em qualquer lugar do mundo. — Faço uma pausa com o garfo a meio caminho da boca. — Na verdade, para ser honesta, eu não me importo. É meditativo.

— Dias felizes — acrescenta Arthur. Suas bochechas estão bem vermelhas por causa do vinho e ele parece satisfeito por nos ter aqui. Seu sotaque é mais de Belfast do que de Galway.

— E o que seus pais fazem?

Niall suspira alto como se estivesse prestes a perder a cabeça. Ele deve tê-los preparado antes de chegarmos, e sua mãe não está seguindo o roteiro.

— Eu não sei — respondo. — Não vejo nenhum deles há muito tempo.

— Então eles não sabem do seu casamento com Niall?

— Não, não sabem.

— Ah, que pena. Você se saiu tão bem, tenho certeza de que eles ficariam orgulhosos.

Encontro seus olhos cor de avelã, exatamente da mesma cor que os de seu filho. Não vou participar desse jogo, seja qual for.

— Tenho certeza de que eles estariam — concordo. — Seu filho é muito especial.

— Como vai o novo jardineiro, pai? — pergunta Niall, em voz alta.

— Muito bem, na verdade...

— Como vocês se conheceram? — interrompe Penny.

Pouso minha taça de vinho.

— Assisti às aulas dele.

— A única pessoa na história da minha carreira de professor a sair no meio de uma aula — acrescenta Niall.

— Eu feri o ego dele.

— Que lindo encontro — diz Arthur.

O olhar de Penny é meticuloso; tudo nela é cuidadoso e ponderado. Ela comenta sem rodeios:

— Acho que trabalhar no campus universitário possibilita o acesso à agenda de um jovem professor bem-sucedido.

— Meu Deus, mãe... — Niall começa a dizer, mas eu aperto seu joelho debaixo da mesa.

— Infelizmente, a universidade não é tão transparente a respeito de seus professores — alfineto. — Não importava o quanto eu procurasse, não consegui encontrar nenhuma informação sobre o patrimônio líquido dos professores ou seu estado civil. Dificultou muito para decidir de quais aulas participar.

Leva um momento, e então a tensão de Niall se dissolve em uma risada. Até Arthur dá uma gargalhada, enquanto Penny mantém os olhos fixos em mim e oferece um sorriso magnânimo.

— Eu só gosto muito de pássaros, Penny — respondo a ela. — Prometo.

— Claro — murmura ela, sinalizando para um de seus funcionários retirar nossos pratos.

❦

— Acho que nunca estive tão feliz — declara Niall, ainda sorrindo com alegria. Reviro os olhos e escondo meu sorriso. Não quero que pareça aceitável tirar sarro da mãe dele, ele tem sorte de ter uma que ainda quer estar perto, e agora que o momento passou, eu me arrependo do revide.

— Ela estava apenas sendo protetora — argumento.

— Estava sendo uma tremenda vaca e, o que é pior, nem teve a inteligência de ser sutil.

Estamos na ala de hóspedes porque Niall não queria que eu dormisse em seu quarto de infância. Aquele quarto era um refúgio para ele, mas também era sua prisão; Penny costumava puni-lo pelas menores coisas, prendendo-o lá para pensar em seu comportamento, e como isso acontecia diariamente, o quarto é o lembrete de uma infância fria. Aventurar-se lá é voltar para suas inadequações, sua solidão, seu sentimento de ser responsável pela felicidade de sua mãe e seu fracasso miserável na tarefa.

— Tudo pronto, querida. — Ele preparou um banho para mim, então vou para o banheiro, me despindo no caminho e deixando as roupas caírem a esmo, como se faz quando está de férias. Afundo na água quente e Niall se senta na beirada da banheira, olhando para os azulejos ornamentados e os adornos do banheiro de seus pais, como se a visão de tudo aquilo o deixasse atordoado.

— Estou feliz por ter me casado com uma garota que sabe se defender.

— Você se casou comigo para irritar sua mãe?

— Não.

— Nem mesmo em parte? Porque eu não me importaria se fosse parte do motivo.

— Não, querida. Eu parei de tentar incitar reações da minha mãe há muito tempo.

— Você ainda está muito bravo com ela.

Estou surpresa com a rapidez de sua resposta.

— Ela não sabe amar — conclui ele.

Acordo de um sonho de mariposas presas, jogando-se repetidamente em uma vidraça enquanto tentam alcançar a luz da lua. Niall saiu da cama, então não presenciou a cena: meus pés estão cobertos de sujeira e mancharam os lençóis. Faço uma pausa. Ah, não. Devo ter perambulado dormindo.

No café da manhã algo parece errado. Penny está andando pela casa dando instruções concisas para os empregados, enquanto Arthur enterra o rosto em um jornal, na esperança de ficar invisível. Niall me serve uma xícara de café e me leva para um assento na janela com vista para os jardins.

— Qual é o problema? — pergunto.

— As gaiolas da estufa de Penny foram deixadas abertas na noite passada. Os pássaros fugiram.

— Ah, merda... — Eu tento entender as palavras rudes na sala ao lado, e ouço algo sobre reembolso e pagamentos sendo descontados. Engulo meu café e digo a Niall que volto já.

A luz do sol transforma a superfície do lago em lava derretida. A grama alta roça minhas panturrilhas enquanto caminho até a estufa. Lá dentro é calmo e fresco. Já posso ver que os enormes viveiros ao fundo não estão mais repletos de cor, movimento e som, mas vazios como um esqueleto. Inspeciono a fechadura da porta e meu coração gela — não há chave ou combinação, simplesmente uma trava que pode ser facilmente aberta do lado de fora. E me pergunto se eles hesitaram antes de sua fuga, cautelosos com o que havia além de sua prisão ou se alçaram a liberdade em uma explosão vibrante de alegria.

— Eu tinha mais de vinte espécies — diz uma voz, e quando me viro vejo Penny. Ela parece deslocada neste ambiente rústico.

— Niall me mostrou uma vez. Eles eram maravilhosos — respondo. E aprisionados. Mesmo se não tivesse visto a sujeira nos meus pés ou o tipo de trava, eu saberia o que aconteceu. Senti uma dor no peito desde o primeiro momento em que os vi aqui, escondidos do verdadeiro céu. Mais do que tudo, eu queria libertá-los. Mas apenas minha outra metade, a metade selvagem, realmente faria uma coisa dessas.

— Penny, eu... — Eu limpo minha garganta. — Sinto muito, acho que pode ter sido eu.

— Como? — Ela caminha em direção a um raio de sol e me assusto ao ver um brilho de umidade iluminando seus olhos.

— Eu perambulei por aí ontem à noite, sonâmbula. Parece... Quero dizer, deve ter sido eu. — Dou um passo em direção a ela, resistindo à vontade de lhe estender a mão. Ela está imóvel. — Me desculpe.

— Que bobagem — diz Penny, com a voz suave. — Você não pode ser culpada por algo sobre o qual não tinha controle.

Há um longo silêncio e eu me forço a pensar em alguma maneira de consertar a situação. Vejo agora o quanto ela amava os pássaros, e é tão doloroso perceber como eu a magoei.

— Como posso me redimir?

Ela balança a cabeça lentamente. Em vez de orgulho e frieza, ela parece subitamente pequena, velha e assustada.

— Era um sentimento contraditório. Eu ficava triste toda vez que olhava para eles.

Meus olhos ardem.

Penny recupera seu autocontrole e o veste mais uma vez.

— Franny, por favor, perdoe minha grosseria ontem à noite. Lido com muitos pacientes que sofrem com um traço de personalidade que pode prejudicar a vida deles e das pessoas ao redor. Achei que poderia ter reconhecido esse traço em você, mas foi injusto da minha parte fazer esse julgamento e inadequado diagnosticar alguém que não é minha paciente. É um defeito meu.

— Ah... — Fico sem palavras. — Que traço?

— Pensei que você poderia ser inconstante.

No silêncio incisivo reconheço seu pedido de desculpas pelo que é: uma farpa educadamente velada.

— Coma alguma coisa — me diz ela, com frieza. — Você teve uma noite agitada. Se quiser, posso receitar algo para seu sonambulismo. — Ela me deixa sozinha na estufa e está coberta de razão: sou impulsiva, inconstante e inquieta, mas essas são palavras gentis para uma verdade mais cruel.

21

O *Saghani*, OCEANO ATLÂNTICO MÉDIO
TEMPORADA DE MIGRAÇÃO

Levamos um mês para chegar à Linha do Equador. Nada de pássaros, nada de peixes e nada de outros barcos por um bom tempo. Estamos totalmente sozinhos aqui, mas cruzar o Equador, de acordo com a tripulação, me graduou de marinheira de primeira viagem a marujo experiente. "Agora você é um marujo de verdade, Franny", eles dizem.

Ennis navega ao longo da costa das Américas, segundo ele nunca alcançaríamos os pássaros seguindo pelo leste. Atravessar o Atlântico levaria muito tempo, em vez disso podemos definir um curso mais gradual para interceptar as aves em algum lugar bem mais ao sul.

O Brasil está agora à nossa direita, tão perto que podemos vê-lo. À nossa esquerda está a África. Meus pés se inquietam de vontade de tocar o solo desses lugares, para explorá-los, mas não temos tempo.

Basil não olha nem fala comigo, o que me convém. Ele passa a maior parte do tempo resmungando sobre seu status de pouco mais que um prisioneiro neste navio, já que não teve a oportunidade de votar para retornarmos. Ele ainda está cozinhando obsessivamente, mas não há muito que possa fazer agora que nossos estoques de comida estão reduzidos a enlatados. Ficarei feliz em nunca mais comer qualquer variedade de feijão. A maior parte do meu tempo é gasto com Léa, Dae e Mal, aprendendo o ofício. Mesmo agora, depois de tanto tempo no mar, ainda pareço não saber quase nada, e Mal se dá ao trabalho de me ensinar os termos incorretos para que, quando eu usá-los, todos riam.

Aqui é fácil fingir que não somos fugitivos. Posso fingir que não sou procurada por assassinato... mais uma vez.

Esta tarde estou no convés inferior, no interior do barco, designada à casa de máquinas com Léa. É a tarefa de que menos gosto, ficar sufocada no calor abafado aqui embaixo. Léa me fez checar os níveis de itens como fluido hidráulico, pressão do ar e oxigênio, checagem que precisa ser feita regularmente. Ela está trabalhando em algo cheio de graxa, como sempre, lambuzando as mãos e o rosto, mas para abruptamente com uma série de xingamentos.

— Está emperrado.

— O quê? — pergunto.

— Nosso gerador reserva.

— Você pode consertar?

— Não.

— O que isso quer dizer?

— Significa que estamos fodidos, Franny — retruca ela, removendo o cabelo suado do rosto. — Sem um gerador reserva, se a rede elétrica cair a qualquer momento, ficaremos sem energia e não há nada que possamos fazer sobre isso.

— Para que usamos energia elétrica?

Ela bufa.

— Para tudo, idiota. Regulagem de temperatura, navegação, o bloco de força, toda a nossa água quente, tudo na cozinha, isso sem mencionar a maldita água *potável*.

— Que merda. É provável que a rede elétrica caia?

— Sim, é provável, acontece o tempo todo.

— Só que nunca notamos porque o gerador entra em ação, é isso?

— Você entendeu, Sherlock.

Ela sobe a escada, fui avisada para nunca a chamar de escadaria, e corro para segui-la.

— Ei, aonde você está indo?

— Contar ao capitão.

Encontramos Ennis no passadiço e escuto enquanto Léa explica o problema com muito mais paciência do que fez comigo. Ennis não reage exceto para deixar escapar um longo suspiro, e seus ombros parecem desabar. Ele se vira para o leme, encarando a vastidão do mar diante de nós.

— Obrigado, Léa.

— Acho que temos que atracar — argumenta ela.

Há um longo silêncio antes de sua resposta.

— Não por um tempo ainda.

— Capitão, não podemos continuar sem um gerador reserva. O risco é enorme, é uma loucura. Se algo acontecer...

— Eu sei, Léa.

Ela engole em seco e endireita a postura, e eu posso vê-la ganhando coragem.

— E você também sabe que está nos colocando em perigo?

— Sim — responde ele, bem direto.

Ela me encara. Seu olhar suaviza um pouco.

— Ok, mas não podemos continuar assim para sempre, capitão. Precisamos de um plano real para proteger Franny. Mais cedo ou mais tarde teremos que reabastecer e repor os suprimentos, não estamos vivendo nas páginas de O Amor nos tempos do cólera. Vamos rezar para que nosso velho camarada ainda esteja firme e forte quando esses peixes imaginários aparecerem.

Assim que Léa saiu, Ennis e eu trocamos um olhar silencioso.

— Eu encontro outro barco — proponho.

Ennis me ignora.

— Elas ainda estão no mesmo curso? — Ele pode ver o gráfico na tela tão bem quanto eu, mas me faz verificar novamente. Estamos rastreando minuciosamente a rota das andorinhas do Ártico para que possamos ver os padrões de movimentação, que parecem mais imprevisíveis a cada dia. Elas estão voando da costa de Angola para nossa direção.

— Ainda sul-sudoeste — respondo. — Nós as interceptaremos se elas mantiverem o curso, mas, Ennis, elas podem mudar a rota. Depende do vento e da comida.

Ennis acena com a cabeça uma vez. Ele não liga. Como disse Anik, estamos nessa juntos agora.

— Elas vão aguentar firme, e nós também — conclui ele.

Léa sempre apaga a luz de cabeceira primeiro, enquanto eu leio por mais tempo. Mas esta noite ela não pega no sono de imediato, como normalmente faz. Ela rola para ficar de frente para a parede e pergunta, com a voz abafada:

— Como você perdeu os dedos dos pés?

— Queimadura de frio.

— Como aconteceu?

— Eu só... saí andando descalça na neve.

— Foi bem idiota de sua parte, não?

— Sim.

— O que você imagina que vai acontecer quando encontrarmos esses pássaros?

— O que quer dizer?

— Conseguiremos uma boa carga, tudo bem, e isso é bom para nós, mas o que acontecerá com você? Você planeja voltar para casa? Ou continuará fugindo pelo resto da vida?

— Não precisa se preocupar com isso.

— Claro que me preocupo! Se te pegarem, você volta pra cadeia, certo? Por violar sua condicional? E quando te identificarem pelo que aconteceu em St. John's...

Fecho meu livro.

— A polícia vai descobrir de quem é o passaporte que você está usando — me avisa ela, como se eu não soubesse.

— Como?

— Eu não sei. Do jeito que sempre faz? — Ela se senta com raiva, com as pernas penduradas na beirada da cama. — O que não está me contando? Porque você com certeza não parece uma mulher em fuga.

— Não estou fugindo.

— Pois deveria. Você deveria estar *assustada*, Franny! Não quero que você volte pra cadeia.

Ouço as lágrimas em sua voz e percebo, horrorizada, que ela começou a chorar.

— Meu Deus, não chore — tento. — Não vale a pena.

— Ah, vai se foder — retruca, cobrindo o rosto.

Relutantemente, desço da minha cama e me sento ao lado dela.

— Léa, vamos, pare com isso.

— Você não se importa, não é?

— Na verdade, não. — A verdade é que é difícil me importar quando o plano é morrer muito antes que alguém me pegue.

Léa olha para mim, e há algo em meio à dor em seus olhos, uma sedução, e, antes que eu possa desviar o olhar, ela está me beijando.

— Léa, ei, não podemos fazer isso.

— Por que não? — pergunta ela, com os lábios colados ao meus.

— Sou casada.

— Isso não te impediu com Basil.

— Aquilo foi um ato destrutivo, não significou nada. Isso significaria. — Ela emite um leve suspiro, assumindo uma expressão lânguida e maliciosa.

— Então deixe rolar.

Nós nos beijamos de novo e eu quero, quero mergulhar no beijo e deixar que tome conta de mim, deixar a intimidade curar minhas feridas, e acho que poderia, mas seria uma traição, não apenas em relação a Niall, mas ao meu próprio senso de certeza, à essa migração que comecei. A única pessoa que pretendo destruir sou eu mesma, sem mais danos colaterais ao longo do caminho.

Então, interrompo o beijo o mais gentilmente que posso, volto para minha cama e apago a luz. Ela me observa, sem palavras, sufocando o desejo e a insegurança na escuridão. Então ela também decide dormir.

Nós somos uma praga no mundo, meu marido costuma dizer.

Hoje há uma enorme massa à nossa esquerda, e isso me surpreende porque não há terra na carta náutica que venho estudando. Quando nos aproximamos o suficiente, percebo que é uma enorme ilha de plástico, e há peixes, aves marinhas e focas mortos ao seu redor.

Escrevo para Niall; a pilha de cartas não enviadas aumenta a cada dia com o peso dos meus pensamentos. Tento me conformar com os rumos de nosso relacionamento, com os erros que cometi e os caminhos tortuosos que escolhemos tomar. Pondero como as coisas poderiam ter sido diferentes, mas tento não ficar presa nessa armadilha; só o arrependimento vive em hipóteses e eu já tenho um oceano deles. Em vez disso, passo a maior parte do tempo revivendo a ternura, os momentos escondidos entre palavras ou olhares, as palavras que ele me escreveu enquanto eu estava longe, sempre generoso e terno apesar dos meus abandonos. Vivo nas noites que passamos na cama, lendo um para o outro, nas manhãs dos fins de semana em que preparávamos longos banhos de banheira ou nas intermináveis viagens de observação de pássaros que fizemos, silenciosas e perfeitas, em que respirávamos um ao outro. Tento fingir que teremos mais desses momentos.

Descemos ao longo da costa do Brasil. Cada dia começa com a esperança renovada, que então é consumida pela angústia, observando, procurando, com medo até de piscar, e termina sufocado pelo desespero. Há apenas dois pássaros com rastreadores, mas deve haver muitos mais deles, e eles devem estar por perto. Onde vocês estão? Suas pequenas asas ainda estão batendo? Ainda estão lutando contra os ventos, as marés e a exaustão? E se vocês não estiverem lá quando eu chegar à Antártida? E se morrerem nesta jornada, como os outros? As escassas tentativas de encontrar sentido no fim da minha vida não valerão de nada.

E me pergunto se isso importa.

E me pergunto se é possível haver significado na morte. A morte dos animais carrega um significado, mas eu não sou um deles. Gostaria de ser.

E me pergunto se Niall será capaz de perdoar meu fracasso.

A energia para o rádio é a primeira a acabar. Léa e Dae conseguem reativá-lo, mas isso causa uma pane elétrica na cozinha, fazendo com que a geladeira, o micro-ondas, a chaleira e o forno parem de funcionar. Comemos os alimentos resfriados o mais rápido que podemos, mas a maior parte do que resta vai para o lixo.

A cada dia, mais equipamentos param de funcionar; Léa explica que é porque o barco está redirecionando automaticamente a energia elétrica para o sistema de piloto automático, que consome mais energia e sempre será o mais importante a bordo, além do sistema de navegação. Perdemos nossa televisão e nossa capacidade de refrigerar os depósitos. Temos sorte de ter chegado a um clima mais quente antes de perdermos o aquecimento. A água quente é intermitente, sempre há alguém testando para ver quando podemos desfrutar de um banho rápido ou de uma xícara de chá. Logo o piloto automático para de funcionar; a bateria está muito fraca para sustentá-lo. Um dia depois, foi a vez do sistema de navegação.

Ninguém diz uma palavra sobre a situação. Há esforços incansáveis para consertar o que parou. Léa e Dae trabalham dia e noite nos equipamentos, às vezes conseguem que voltem a funcionar, na maioria das vezes, não. O resto de nós trabalha dia e noite para manter o barco em movimento, retirando água da sala de máquinas e do convés, tentando manter tudo seco. Ennis raramente dorme agora que não há piloto automático, e ele passa seus dias em meio a cartas náuticas, bússola e sextante, navegando como os marinheiros de antigamente faziam. É aterrorizante tudo isso, e posso sentir ondas de medo emanando dos marinheiros, mas posso ver no capitão uma centelha silenciosa de paixão ganhando vida, um retorno ao modo como o mundo era antes. Ele não conhece este oceano e, no entanto, acho que algum de seus corações ancestrais conhece todos os oceanos, da mesma forma que algum de meus corações ancestrais também conhece.

Agora, não somos apenas Ennis e eu que buscamos conforto nos pontos vermelhos das andorinhas do Ártico, mas toda a tripulação. Um por um, eles foram até o passadiço para aliviar seus temores e verificar se os pequenos faróis de esperança estão nos guiando de verdade.

Até que um dia, ouço Anik conversando com o capitão.

— É hora de parar. Tínhamos grandes planos e percorremos um longo caminho, mas agora acabou, irmão. Os pássaros estão muito à frente e o navio está pifando.

Acho que é o fim. Não podemos nos arrastar pela imensidão do mar para sempre. Mas Ennis se limita a dizer:

— Ainda não.

Observo o capitão voltar para o passadiço, sob o olhar de Anik. Sei o que Ennis deve estar pensando: chegamos longe demais para desistir agora. Ele não alcançou o limite que não pretende cruzar. Não sei onde fica o meu, mas sei que também não o atingi.

Aproximo-me do imediato com cautela, tentando oferecer apoio.

— Ele vai encontrar um jeito de superarmos isso — digo com a voz suave. — Ele é forte.

Sem olhar para mim, Anik abre um sorriso cheio de amargura.

— Quanto mais forte você é, mais perigoso é o mundo.

22

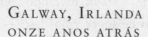

GALWAY, IRLANDA
ONZE ANOS ATRÁS

No nosso primeiro aniversário de casamento, o sentimento mais evidente é o espanto. Niall não está nem um pouco surpreso, mas uma parte de mim sempre pensou silenciosamente que esta era uma aventura frívola que levaria, em última análise, a lugar algum. Descobriríamos muitas características que não gostaríamos um no outro, eu entraria em pânico, partiria, ele se cansaria de mim. Às vezes, quando estou fazendo faxina, imagino que Niall e eu estamos em um jogo para ver quem desiste primeiro, e me pergunto quem será o primeiro a admitir como fomos tolos, a ceder, rir ou jogar a toalha, tudo isso foi divertido, não foi, querida, mas agora vamos voltar às nossas vidas reais, e encontrar maridos e esposas mais adequados. Coabitar com um estranho tem sido uma sensação de nudez aterrorizante e constrangedora.

Mas hoje, como em todos os dias, estou surpresa com o quão profundamente estamos nos apaixonando.

Que sorte. Que força de vontade.

Para comemorar o aniversário, vamos perambular pela cidade, indo de um bar para outro e ouvindo a seleção de músicos em cada um. É uma das coisas que mais gosto de fazer porque os violinos sempre me enchem de uma inexplicável familiaridade. Os músicos se reúnem, a música cresce e o prazer compartilhado é palpável.

Depois de algum tempo as músicas mudam, ficando lentas e melancólicas. Conheço a melodia de algum lugar... A resposta surge sem aviso. Minha avó costumava ouvi-la e cantarolá-la enquanto lavava a louça. É *Raglan Road*.

Niall pega minha mão.

— Algum problema?

— Nada, desculpe. — Balanço a cabeça. — Você já se sentiu como se tivesse nascido no corpo errado?

Ele aperta meus dedos.

— Quem é você?

Niall toma um gole de seu vinho. Provavelmente tentando não fazer careta.

— Sei lá.

— Passamos todos os dias juntos por um ano e você ainda é um estranho para mim.

Examinamos um ao outro.

— Você me conhece — diz ele com firmeza — naquilo que realmente importa.

O que deve ser verdade, porque *sinto* como verdadeiro.

— Quem sou eu? — Niall repete. — E quem se importa? Como devo responder a isso? Como você deve responder a essa pergunta?

Quem sou eu?

— Você está certo, eu não faço ideia — digo. — Mas acho que a resposta deve estar em algum lugar no dia em que mamãe partiu. Por que mais eu continuaria voltando para aquele momento? Por que mais não consigo parar de procurá-la?

Niall beija minha mão, que também é sua mão, minha boca que também é dele.

— Talvez a minha resposta esteja em todos os dias em que minha mãe continuou lá — murmura ele.

— Ela tentou, pelo menos?

Ele dá de ombros, toma um gole de seu vinho.

— Só podemos dar o que temos.

— Você quer filhos?

— Sim. Você quer?

Isso vai mudar tudo. Quase minto para proteger o que construímos, mas até para mim essa mentira parece muito cruel, perniciosa demais.

— Não — digo. — Sinto muito. Não quero.

Os olhos de Niall mudam. Algo em sua expressão me diz que ele está tão chocado que não sei se será capaz de voltar ao normal. O equilíbrio de sua certeza foi tirado do eixo.

— Por que não?

Porque e se eu abandonasse essa criança como minha mãe fez comigo? E se meus medos mais sombrios forem reais e eu realmente não puder me controlar? Como eu poderia fazer isso com uma criança?

— Não sei — respondo, porque minha covardia me sufocaria se eu tentasse expressar meus motivos. — Eu simplesmente não quero.

— Tudo bem — diz ele depois de uma pausa, embora fique óbvio que esse não é o fim dessa conversa. — Acho que você não deveria ir amanhã — diz ele, sem aviso.

— Por que não? — Tenho uma passagem de trem para Belfast, em busca de uma pista.

— Porque eu não acho que você deve continuar procurando.

Perco o chão.

— Em algum momento eu vou encontrá-la...

— Ela não quer ser encontrada, Franny. Por que mais ela dificultaria tanto as coisas para você?

Eu balanço a cabeça, meu peito apertado e rígido.

— Se ela quisesse te ver, ela faria contato.

— Niall, me escute — digo com a voz mais calma que consigo. — Essa inquietação... pode assumir o controle. — Quero que ele me ouça. — Se eu te deixar, se eu tiver que partir, quero que você prometa que vai esperar que eu volte, que vai esperar por mim, e se isso demorar muito e você não puder esperar mais, quero que vá atrás de mim para me lembrar disso.

Ele não diz nada.

— Você promete?

Lentamente, ele concorda com um gesto de cabeça.

— Sim. Eu prometo.

— Você vai me esperar?

— Sempre.

— E você vai me procurar, se for preciso?

— Mesmo que não tivesse me pedido, querida.

A música termina e um imenso peso é tirado do meu peito. A dor inominada. Em seu lugar estão o alívio profundo e o amor. Ficamos para outra bebida, conversamos sobre nada, e eu poderia ouvi-lo por horas, mas Niall tem outros planos. Descemos de bicicleta até uma das docas, onde um pequeno bote motorizado está a nossa espera. Arregalo os olhos quando ele gesticula para eu entrar. E me pergunto se ele alugou este barco, ou se isso é um roubo. Mas não me importa a resposta. Um arrepio de prazer percorre meu corpo quando partimos em meio à água escura. Contornamos a costa, viajando para o norte sob a incessante luz circular do farol. O cheiro salgado do mar e o som de seu rugido, o balanço das ondas e o abismo negro de suas profundezas, a vastidão da escuridão que se estende até encontrar o aveludado céu escuro cravejado de purpurina. Com as estrelas refletidas na água poderíamos estar navegando pelo próprio céu; é infinito, não há divisas entre o mar e o céu, mas uma suave comunhão.

Niall nos leva para a terra firme, mas meu desejo era continuar no mar. Subimos em um trecho de rochas e ele reboca o barco. Com um dedo nos lábios, gesticula para que eu fique em silêncio e nos esgueiramos ao longo da margem até que surge a boca escancarada de uma caverna. Posso ouvir algo, um ruído além do estrondo do oceano noturno. São muitos. É um arrulhar e depois trinados, centenas deles, uma música ecoante. Meu coração começa a bater forte quando entramos na caverna. O cheiro me envolve, um calor pungente e úmido. A mão de Niall encontra a minha e ele me puxa para o chão, sussurrando para eu me deitar de bruços. As rochas são irregulares e frias, o barulho acima de nós se intensifica, vejo formas no escuro, sombras. Penso em morcegos, o movimento emana o mesmo tipo de vibração.

— O que são? — sussurro.

— Espere.

Em dado momento, as nuvens se movem pelo céu e permitem que a luz da lua quase cheia ilumine a caverna, tingindo-a de prateado. Centenas de pássaros nidificando, voando e esvoaçando, chamando uns aos outros, um mar de penas negras, bicos curvos e olhos brilhantes, um mundo deles.

— São painhos-de-cauda-quadrada — sussurra Niall. Ele leva minha mão aos lábios. — Feliz aniversário de casamento!

E entendo que nunca precisaremos da palavra, pois esta é uma proclamação maior, esta é a imensidão do amor e suas profundezas mais longínquas. Eu o beijo e o abraço e ficamos aqui, observando e ouvindo as belas criaturas, capazes de fingir, durante essas horas de escuridão, que somos como eles.

Está quase amanhecendo quando ele decide arruinar a noite, munido de nada além de um punhado de palavras, da forma como a maioria das coisas é destruída.

De volta à praia, descemos do barco e nos movemos em direção às rochas. A água do mar cobre meus tornozelos. Tudo ao nosso redor é cinzento.

— Franny — chama ele, e eu me viro, sorrindo. A água agora está na altura dos joelhos. Ele segura a borda do barco. Sua pele parece pálida.

— Eu estive procurando, também — diz Niall.

— Pelo quê?

— Só que eu fiz de um jeito diferente. Nunca entendi por que você não quis pedir a ajuda da polícia.

Meu sorriso desaparece.

— Você nunca a encontrou porque ela adotou o nome de seu pai. Legalmente, ela se chamava Stewart, não Stone.

Ele se aproxima um pouco, mas ainda deixa espaço entre nós, incapaz, de alguma forma, de preencher essa última lacuna.

— Querida — diz ele, e sua voz é *tão* gentil —, sabe o que aconteceu? Você se lembra?

Será que eu me lembro?

Não.

Mas eu poderia lembrar, não poderia? Revisitar os recônditos secretos de minha mente.

Eu poderia voltar para a casa de madeira à beira-mar. Chamar o nome dela novamente. Ver o corpo dela pendurado pelo pescoço.

— Oh. — Respiro fundo e o mundo se torna um borrão.

— Ela não deixou você — diz Niall, mas ele está errado. — Ela morreu.

Meneio a cabeça. Sim. Eu sei disso. Eu sempre soube disso, em algum lugar em minha mente. Assim como sei como era o formato de seu rosto inchado, o vermelho de seus olhos esbugalhados e o roxo de sua pele escoriada. Sei como seus pés estavam sujos, dependurados lá, descalços, sem sapatos ou meias. Eu queria cobri-los para mantê-los aquecidos. Estava tão frio naquela casa.

Minhas pernas fraquejam, me derrubando desajeitadamente na água.

Que engraçado, que algo assim tenha se esvaído de minha mente de forma tão sutil. Assim como uma folha que cai, esvoaçante.

O que mais se esvaiu de minhas memórias?

— Franny — chama Niall. Eu o vejo ajoelhado diante de mim. Seu rosto está embaçado e bonito, e não é mais o de um estranho.

— Eu me lembro agora — digo, e ele envolve minha frieza com seu calor, toca meus olhos com seus lábios e o sentimento é tão intenso, o peso da verdade. Quer eu vá embora agora ou daqui a dez anos, este lugar para mim acabou.

23

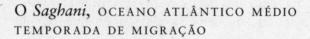

O *Saghani,* OCEANO ATLÂNTICO MÉDIO
TEMPORADA DE MIGRAÇÃO

— Antes de vocês saírem... — digo.

A tripulação se vira para olhar para mim. Acabamos de tomar o café da manhã no refeitório, todos menos nosso hostil capitão.

Eu limpo a garganta, relutando em continuar.

— Fale de uma vez! — diz Basil. — O barco está caindo aos pedaços, ou você esqueceu?

— A bateria do notebook acabou de novo, e desta vez não há energia para recarregar.

A angústia no ar é palpável. Isso estava prestes a acontecer, mas ao anunciar em voz alta, destruí a pouca esperança que ainda restava à tripulação.

— Não é como da última vez, não significa que os pássaros se afogaram. — Tento convencê-los, tento me convencer. — Apenas significa que não podemos mais ver.

Dae coloca o braço em volta do namorado, Malachai luta para não perder o controle diante de todos.

— Ennis diz que não importa — acrescento, com a voz mais suave. — Ele diz que sabemos para onde eles estão indo.

— Ennis perdeu o maldito juízo — retruca Basil. — Ele não consegue navegar em mares que não conhece. Nenhum de nós consegue.

Não é a primeira vez que ouço essas palavras. A tripulação está tensa de ansiedade, eles foram retirados de um cenário que dominavam e lançados em águas desconhecidas em um barco avariado. Encaro Anik em busca de orientação, mas ele está absorto em pensamentos, olhando para o nada.

— Está piorando — diz Léa. — As bombas d'água falharam, o que significa que não podemos operar o dessalinizador, então só temos mais alguns dias de água potável, no máximo.

— Minha nossa! — Dae desaba a cabeça sobre a mesa.

— Então é isso — resmunga Basil. — Estamos ferrados.

— O que a gente vai fazer? — questiona Mal. — Com ou sem pássaros, precisamos de água.

Basil se levanta e anda de um lado para o outro, exalando uma energia agressiva.

— Temos medo demais para fazer um motim e salvar nossas vidas?

— Do que está falando, Basil? — questiona Léa.

— Nós tentamos. Anik tentou, e se *ele* não conseguiu convencê-lo, então o velho está maluco. — Basil treme de frustração. — Precisamos atracar. E faremos isso nós mesmos.

— O capitão é o único que pode fazer isso.

— Qualquer um de nós sabe como fazer.

— Essa não é a questão.

— Poderíamos trancá-lo no camarote.

— Ninguém vai trancar Ennis em lugar nenhum! — esbraveja Léa. — Ele é nosso capitão!

Basil balança a cabeça.

— É igual ao que acontece quando ele joga, ele não consegue ver quando é hora de se render.

— Você já tentou? — pergunta Daeshim, e levo alguns segundos para perceber que ele está falando comigo.

— Eu? — pergunto. — Por que ele me ouviria?

Ninguém responde.

— Eu não vou morrer por causa deste barco — diz Basil calmamente, agora ele parece exaurido, livre de toda a raiva. — E não vou morrer por causa de peixes ou pássaros, ou por qualquer porra que seja.

— Marinheiros de verdade não embarcam em navios sem saber que podem... — Léa começa.

— Fica quieta — interrompe Basil, e ela se cala.

Eu me levanto. No convés principal sou sacudida por uma rajada de vento. O céu está riscado de branco, longas trilhas como a espuma do mar que deixamos em nosso rastro. Paro, tentando pensar, para conseguir processar um único pensamento, mas eles são tão diáfanos quanto as nuvens, indefinidos. Não sei o que fazer, como posso argumentar pelo fim disso tudo, ter que voltar à terra firme, enfrentar a polícia e uma cela a qual jurei nunca mais retornar. E ainda assim, como posso não fazer isso? É uma loucura continuar até o *Saghani* estar aos frangalhos e todos nós nos afogarmos ou, mais provavelmente, morrermos de sede.

Olho para o homem no passadiço. Sua barba sem aparar e seus olhos injetados de sangue. Sua convicção. Seus filhos. Sua aparência fantasmagórica. Só lhe resta a caçada, nenhuma recompensa. Se desembarcarmos, será o fim. Condenados a nunca mais navegar. Algo no fundo do meu ser diz não. Minha determinação me torna um monstro, de novo e de novo. Meus olhos se fixam em algo a estibordo. A alguns quilômetros de distância, talvez menos. Formas na água, não muito longe da costa.

— O que é aquilo? — pergunto a Dae, que voltou ao trabalho nos cordames. Ele aperta os olhos contra o sol.

— Fazendas marinhas. Salmão, provavelmente.

Há um barco ao lado das redes.

Eu corro de volta para o refeitório.

— Anik — chamo. — Preciso que você me leve a um lugar. — Os olhos do imediato se estreitam.

Tudo é muito rápido. Anik e eu descemos no esquife e partimos. Não contamos a Ennis; Léa disse que, se desacelerarmos o barco, podemos não voltar a nos mover, e não quero que ele tenha que tomar essa decisão. Precisamos ser rápidos. Ao nos aproximarmos do barco de pesca de salmão, posso distinguir as pessoas no convés, nos observando. É menor que o *Saghani*, mas não muito.

Ouço alguém falando em outro idioma, acho que é um barco brasileiro.

— Você fala inglês? — pergunto.

— Um pouco, sim — ele responde.

— Precisamos de água — explico. — Nosso gerador está desligado e as bombas pifaram. Precisamos de água potável. Você poderia nos ajudar?

Ele aponta para terra.

— Um porto, bem perto.

— Não podemos ir até lá.

O marinheiro parece confuso.

— É perto. Tem água lá. — Ele diz algo aos membros de sua tripulação e eles retornam às suas funções. O homem se afasta e esse é o fim da conversa.

— Merda.

— E agora? — pergunta Anik pergunta.

— E se nós nos esgueirarmos a bordo?

— Está vendo aquele cara?

Sigo o dedo apontado de Anik até o homem na gávea, nos observando.

— Os depósitos geralmente ficam no mesmo lugar em todos os barcos?

Anik estuda o barco e dá de ombros.

— Deve ser bem parecido.

— Volte para o *Saghani*. Eu te encontro lá.

— O quê?

— Vou levar a água.

Ele bufa de tanto rir.

— São quase duas milhas de distância. Será muito mais quando estiver voltando. E como vai carregar a água?

Tem uma corda na caixa de armazenamento. Eu a coloco por cima do ombro, espero que o vigia se distraia por um momento e então deslizo silenciosamente para o mar. Fico submersa o máximo que posso, ressurgindo mais perto do casco do barco salmoneiro. Quando dou a volta, descubro que há várias escadas que descem até a fazenda marinha, a maioria dos marinheiros desembarcou e caminha pelos cercados circulares, verificando os peixes.

E não espero para ter certeza de que é seguro — o *Saghani* está mais distante a cada minuto —, puxo meu corpo encharcado e o rolo de corda para fora da água e subo a escada. Está tranquilo a bordo, pelo menos. Os criatórios parecem fervilhantes tentáculos cor-de-rosa dispostos em círculos. Eu caminho, pingando, até a escada e sigo até o refeitório. Não há ninguém na cozinha, ninguém na despensa, então consigo encontrar facilmente os recipientes de água — galões de 18 litros alinhados ao longo da parede. Também localizo um estoque de baterias e enfio várias no meu top. Só consigo carregar dois dos recipientes de água, então eu os agarro e caminho com dificuldade, mas dou de cara com o capitão.

Ele olha para mim, uma ladra salgada pingando e tremendo. Dois de seus homens parecem igualmente surpresos ao me ver.

Respiro fundo, com o coração disparado, e quando nenhuma outra palavra me vem à mente, digo:

— Por favor.

O capitão parece tão sem palavras quanto eu.

Há uma pausa longa e dolorosa, e nela o *Saghani* está cada vez mais distante, cada vez mais impossível de alcançar, mas no rosto do capitão também posso ver a compreensão se instalar, pois ele sabe das sanções vigentes, todos sabem, e então ele se afasta com um gesto para eu passar. Meu corpo relaxa, aliviado.

— *Obrigada.*

Eu puxo a água escada acima e meus pés batem ruidosamente no convés. Amarro uma ponta da corda em volta da minha cintura com um nó lais de guia, passo a outra através das duas alças do recipiente e finalizo com outro nó igual. O lais de guia é o meu nó favorito. Ele não se desfaz. Em seguida, vou até a borda da balaustrada. Isso tudo pode ser considerado a coisa mais estúpida que eu já fiz, que *qualquer um* já fez. Eu poderia estar prestes a afundar nas profundezas do oceano.

Quase caio na risada, quase paro de respirar. Mas o pânico é um inimigo. Qualquer emoção pode ser minha ruína. Desacelere as respirações, aprofunde-as, sincronize-as como um metrônomo. Acalme seu corpo e sua mente e pule. Eu não tento mergulhar, pois os recipientes me impediriam. Em vez disso, vou direto para baixo, atingindo a água suavemente e chutando para cima antes que os recipientes atinjam a superfície atrás de mim. Eles afundam e me arrastam com eles e por um momento horrível parece meu fim, estou morta, mas é cedo demais, é imperdoavelmente cedo e tudo o que restará é uma coisa flutuante e inchada, ancorada ao fundo do mar por amarras que ela mesma criou, e então estou chutando com toda a força que consigo reunir, me impulsionando para a superfície com os braços e os pés. Mas eu não precisava me preocupar com o peso: os recipientes de água doce flutuam. Eu me acomodo no ritmo, ignorando os gritos dos marinheiros que observam essa mulher louca; ignoro tudo, exceto a sensação da água ao meu redor.

Mamãe sempre dizia que só um tolo não teme o mar, e eu tentei viver de acordo com esse preceito. Mas não há como invocar o medo quando ele não existe. E eis a verdade inegável: nunca temi o mar. Eu o amei a cada respiração, a cada pulsação.

E agora o mar me recompensa, movendo meus braços e minhas pernas, tornando-os leves e fortes. Ele me carrega com ele, retribuindo meu abraço. Não posso lutar contra isso. Não saberia como.

Certa vez, Niall me escreveu:

Eu sou apenas o segundo amor da sua vida. Mas que tipo de idiota teria inveja do mar?

Anik me arrasta para o bote proferindo uma série de palavrões e nos leva pelas últimas centenas de metros, onde somos recebidos por toda a tripulação, incluindo Ennis.

Meus braços e minhas pernas são inúteis, tenho que ser içada até o *Saghani*. Eles me envolvem em um cobertor e me carregam para o convés inferior, beijam minhas bochechas, todos eles, me fazendo sorrir, eles agradecem e percebo que estão assustados e essa sensação é enervante.

— Já chega. Agora me deixem em paz.

Os marinheiros saem; todos, exceto Ennis.

Eu alcanço seu punho cerrado, desenrolando sua mão até sua forma original. É uma mão grossa, áspera, com unhas lascadas e sujas, coberta de cicatrizes.

Seus olhos encontram os meus.

— As baterias vão ajudar. Mas a água é suficiente apenas para uma semana — digo, com a voz suave. — Conte comigo. Estou com você até o fim, até onde pudermos ir, mas se você tem um plano, Ennis, agora é a hora.

Ele aperta minhas mãos, apequenando-as dentro das suas.
— Franny, você me assustou — murmura ele.
E então ele beija minha testa.

24

O *Saghani*, COSTA DA ARGENTINA
TEMPORADA DE ACASALAMENTO

Antigamente, as temperaturas aqui eram mais amenas, mesmo durante o verão. Agora está muito mais quente do que deveria. O clima sempre foi governado pela Antártida, que esticava seus dedos frios para o norte e acariciava essa costa fértil. Agora seu alcance é muito menor, pois a Antártida encolheu. Estamos bem ao sul quando viramos em direção a uma enseada e deixamos nosso motor parar com um estrondo. Não muito longe de nós fica "a cidade do fim do mundo", como Ushuaia é conhecida. Segundo Ennis, nenhum pescador vem a esta enseada, apenas iates de luxo em férias e, às vezes, moradores locais em busca de um bom mergulho. A pesca é proibida aqui há séculos. Este é o local ao qual o nosso capitão pretendia chegar antes de desistir de sua embarcação decrépita, é o único lugar que ele conhecia que é reservado e escondido e talvez, apenas talvez, nos permita passar despercebidos enquanto Léa e Dae conseguem o que precisam para consertar o barco. Ele realmente tinha um plano, e a água extra nos possibilitou chegar até aqui.

Anik leva a tripulação para a costa em seu esquife, enquanto Ennis e eu esperamos à distância, no *Saghani*, longe o suficiente para observar qualquer aproximação. Elevando-se ao fundo há uma floresta moribunda e as magníficas Montanhas Marciais, antes cobertas de neve, mas não consigo desviar os olhos do oceano, não agora, não quando estamos tão perto.

Hoje é meu trigésimo quinto aniversário. Eu não conto para Ennis. Em vez disso, pego a garrafa de vinho francês que Basil guardou em seu camarote.

— Vamos beber — digo, voltando para o convés.

Ennis olha para a garrafa e ri.

— Ele vai matar você.

— Vou comprar outro para ele.

— É um *pinot noir* Domaine Leroy Musigny.

Eu o encaro sem reação.

— Vale cinco mil dólares. Ele está guardando isso há vinte anos.

Meu queixo cai.

— Agora quero mesmo beber.

Ennis sorri, enquanto coloco o vinho de volta.

Jogamos cartas para passar o tempo e não bebemos o vinho de cinco mil dólares, mas, sim, um gim de quarenta pratas e que é uma delícia. O sol só começa a se pôr às 22h, riscando o mar incrivelmente azul com delicados fios de ouro. Os barquinhos alinhados na margem se iluminam, piscando um a um e recobrindo o mundo com magia.

— Meus sogros bebem esse tipo de vinho todas as noites — digo com minha terceira dose dupla ainda quente em minha boca.

Ennis dá um longo e lento assobio.

— Você deve ter bebido coisa fina no seu tempo então.

— Eles servem bebidas mais baratas para nós. Não saberíamos apreciar. — Ele faz uma careta e eu rio baixinho. — O engraçado é que provavelmente não saberíamos mesmo. Pelo menos, eu não.

— Niall sabe?

— Sim, mas fingiria que não.

— Acho que gosto de Niall — responde Ennis.

— Ele também gostaria de você. — É mentira. Niall odeia pescadores, sem exceções. — Ele ficará com inveja quando souber de tudo isso. — Outra mentira. Niall nunca quis uma aventura, ele só quer salvar os animais.

— Você tem escrito para ele?

— Sim, mas... — Dou de ombros.

— Há outras coisas que precisam ser ditas antes.

— Acho que sim.

— Pedidos de desculpas?

Eu hesito, então assinto.

— Não se desculpe muito, garota. Vai esgotar suas forças.

— E se você tiver muito para se desculpar?

— Uma vez é suficiente para qualquer coisa.

Suponho que seja verdade. É impossível controlar a capacidade de perdão de outra pessoa.

— Por que você o batizou de *Corvo*, Ennis? — pergunto.

Ele passa a mão sobre o corrimão da balaustrada, a superfície áspera roçando contra a maciez da madeira.

— Porque ele voa.

Assim que os outros voltam com as peças, trabalhamos a noite toda e o dia seguinte inteiro, ajudando Léa e Dae o máximo que podemos. Há tantas coisas para consertar que parece não ter fim. Minha ansiedade cresce a cada minuto, os olhos sempre examinando a água, esperando a aproximação da polícia marítima. Se alguém denunciar um navio comercial por ancorar em um local que não deveria...

Incorporei o mesmo desespero de Ennis por ficar longe da terra, estar apenas à deriva, sempre.

Na segunda noite não há mais nada a ser feito. Léa encomendou uma peça a um mecânico em terra e agora só nos resta esperar. Então, bebemos. Malachai está tão nervoso que mal consegue ficar parado. Basil está mais cruel do que o normal. Léa, mais rabugenta. Ennis, mais silencioso. Anik é exatamente o mesmo de sempre, enquanto a Dae resta apenas reunir o que resta de positividade com um resquício de alegria para nos convencer a jogar cartas.

Não sei o que estou sentindo.

As horas passam. Quase conto os segundos, embora não haja sentido nisso. Não acendemos nenhuma luz, mas nos sentamos no deque iluminado apenas pelo luar. E para crédito de Dae, ele consegue entreter a todos e nos relaxa o suficiente para rir de seus péssimos truques de cartas. Até Malachai se acalma e nos conta uma história sobre as travessuras que fazia com suas irmãs. Enquanto rimos, me ocorre, sem fonte ou explicação, que me sinto um deles. Contra todas as probabilidades, me sinto *feliz* com eles, e sei que poderia pertencer a este lugar, ao *Saghani*, ainda que em outra vida.

Eles tornam mais difícil o pensamento de morrer. Eles me fazem vislumbrar a sombra de uma possibilidade, mais propensa à vida depois dessa migração, e isso é perigoso.

Perguntei a Niall uma vez o que ele achava que acontecia conosco depois que morremos, e ele disse: *nada, apenas decomposição, evaporação*. Perguntei a ele qual o significado disso para nossas vidas, para o modo como escolhemos viver e para o sentido da vida. Ele respondeu que nossas vidas não significam nada exceto, em um ciclo de regeneração, que somos centelhas incompreensivelmente breves, assim como os animais, e que não somos mais importantes do que eles, não somos mais dignos de vida do que qualquer outra criatura. Que mergulhados em nossa soberba, em nossa busca por *significado*, esquecemos como compartilhar o planeta que nos proporcionou a vida.

Esta noite, escrevo-lhe uma carta dizendo que acho que tinha razão. Mas que também acho que *há* um significado, que consiste em cuidar, em tornar a vida mais doce para nós mesmos e para aqueles que nos rodeiam.

— Você não para? — pergunta Léa, sentando-se ao meu lado. Um respingo de vinho de sua taça cai no meu papel, manchando minhas palavras desordenadas. — Você está obcecada. O que escreve para ele? Conta a ele sobre nós?

— Às vezes.

— O que você diz sobre mim?

Olho para ela. Ela está um pouco bêbada, um pouco carente.

— Digo que você é implacável, supersticiosa e desconfiada. Digo que você é maravilhosa.

Ela toma um gole.

— Mentira. Diga que ele é um tolo. Diga que não precisa dele. Você não precisa dele, Franny. *Stupide créature solitaire* — acrescenta com a voz grogue.

— O que você acha que acontece conosco quando morremos? — pergunto.

Ela bufa de tanto rir.

— Qual é o seu problema? O que isso importa?
— Não importa.

Há um silêncio, e então ela dá um grande suspiro ofegante.

— Acho que vamos para onde merecemos ir e isso cabe a Deus decidir.

Ela se cala em seguida, e eu também.

Mais tarde, quando ela aterrissa bêbada na cama, pego um copo de água (da nossa torneira que voltou a funcionar) e deixo ao seu lado. Os outros todos se retiraram para dormir também, mas eu fico mais um pouco acordada, retornando ao convés principal, agora vazio. É a vez de Basil ficar de vigia, e posso vê-lo fumando na proa, os olhos fixos na costa em caso de aproximação. Não tenho vontade de chegar perto dele e receber outra torrente de sarcasmo, então, por impulso, subo até a gávea. Não devo subir aqui — é muito fácil escorregar e cair se você não passou a vida em barcos —, mas não há ninguém por perto, e esta noite quero ver o mais longe que puder, quero me distanciar de outros corpos que respiram, quero o céu. As lindas luzes dos outros barcos piscam e brilham abaixo de mim e eu gostaria que elas se apagassem e envolvessem o mundo em escuridão. Todos esses humanos não deixaram espaço para mais nada. Aprendi esse amor pela escuridão não com meu marido, embora tenha aprendido tanto com ele, mas em nosso piquete dos fundos, na hora mais profunda e fascinante da madrugada, descortinando a verdadeira noite em um céu cheio de estrelas, o mar rugindo suavemente ao longe e minha silenciosa avó ao meu lado. Todas aquelas noites que passamos lá naquele piquete escuro como breu, sem sequer uma palavra entre nós, apenas meu suspiro ocasional por preferir estar na cama.

Sentada aqui agora, na parte mais alta deste barco, eu daria qualquer coisa, qualquer parte de mim — minha carne, meu sangue ou meu próprio coração — para retornar a uma daquelas noites, de pé ao lado dela no escuro, ela que me enfureceu e me confundiu, ela que era indecifrável e inalcançável, ela que me amou quando ninguém mais foi capaz, só que eu estava muito concentrada na solidão para perceber.

Já é tarde quando ouço algo. Devo ter adormecido na gávea, pois acordo com o som distante do motor de um barco.

Eu me levanto devagar. Seguro firme no corrimão. Pisco na escuridão. As luzes são brancas e azuis, e se aproximam pela boca da enseada, pelo mar aberto.

Porra.

Por que Basil ainda não os viu? Ele adormeceu? Olho em volta e o vejo parado no parapeito, silenciosamente observando a aproximação do barco. Ele está de mochila. Ele vai partir, fez alguma coisa. Sinto um profundo pesar, de pura consciência e nenhuma dúvida, faz sentido demais para duvidar. Uma parte de mim acha que eu deveria ter tentado mais, deveria tê-lo procurado e talvez revertido a situação. Mas de que adianta isso agora? Está feito.

A gávea de uma embarcação não é para os fracos. É muito alta e, embora subir possa parecer bastante simples, descer é nauseante. Um degrau após o outro, para baixo e para baixo, continue descendo, não perca o equilíbrio, olhe apenas para os degraus. O barco gira abaixo de mim quando a vertigem me atinge e preciso parar, fechar os olhos e respirar rapidamente pelo nariz. Espero que o mundo se endireite, que meu estômago se acalme. Em seguida, desço de novo, pisando ritmicamente até que os pés atinjam a madeira.

Não me importaria em confrontar Basil, mas corro para o interior do barco.

Primeiro vou atrás de Ennis, sozinho no camarote do capitão. Ele deve ter sono leve, pois acorda no instante em que abro a porta.

— Polícia — aviso. E ele se levanta.

É quando a sirene toca. Jesus, é como um alarme de bomba, me faz pensar que o céu está desabando, que é o fim e que não posso voltar para a prisão, simplesmente não posso.

Os outros estão de pé agora, todos nós em pânico, vestidos às pressas, no refeitório. Todos, exceto Basil.

— Eu vou matá-lo — diz Anik, de uma maneira perturbadora que é um pouco convincente demais.

— O que a gente vai fazer? — questiona Malachai, em um tom de voz três oitavas acima do normal. Está trêmulo de medo. Dae coloca a mão em seu braço para tentar acalmá-lo.

Subo a escada para o convés principal e os outros me seguem. Está muito diferente agora, há luzes piscando e uma sirene ensurdecedora; precisa mesmo ser tão alta?

Basil olha para nós e nós olhamos para ele. Ninguém diz nada, mas eu poderia sufocar com esse silêncio, seria capaz de arrancar o olhar obstinado de seu rosto e acho que os outros sentem o mesmo porque Anik cospe em seus pés e Basil finalmente tem a decência de parecer pelo menos um pouco envergonhado.

É Léa quem pega minha mão e me puxa de volta para a escuridão, para além do facho de luz. Ennis está baixando a escada de corda na lateral do casco em direção à água. Percebo o que eles estão fazendo e me pergunto se ainda tenho energia para isso, para continuar fugindo, para acabar perdida em uma terra estrangeira, lutando para encontrar um novo caminho para o sul. Como se vê, ainda tenho. Basta o lampejo de uma cela de prisão em minha mente para me fazer correr para a lateral e descer aquela escada de corda e mergulhar na escuridão.

— Vá — diz Léa lá de cima e percebo que ela está falando com o capitão. Ennis, que está tão insano quanto eu. Ennis, que pensa que não pode retornar à sua vida depois de fracassar.

— Nós nos encontraremos com você depois de resolvermos isso — argumenta Léa para Ennis. — Vá e termine o que começou.

Ele está pensando no que fazer. Posso vê-lo lá em cima, parado na beirada.

— Fique — aconselho. — Volte para sua casa e seus filhos, Ennis.

Mas a polícia está embarcando a estibordo, e Ennis se move por instinto, descendo atrás de mim. Ele está envolvido demais para desistir agora.

Basil está discutindo sobre alguma coisa, assim como Daeshim e Anik, e então a voz de um policial, mais alta que o resto, ordena que todos fiquem quietos, que o barco será apreendido e que Riley Loach, por favor, se apresente, ela está sob investigação.

Uma voz feminina fala, esperando, suponho, que eles não tenham uma foto da procurada.

— Sou eu.

Léa.

Merda, isso não fazia parte do acordo. Mesmo que esta seja apenas sua maneira de nos dar uma vantagem, mesmo que eles logo descubram que ela não é Riley Loach e que ela não esfaqueou um cara no pescoço, acho que não posso simplesmente fugir. Subo a escada, me contorcendo para passar por Ennis, movendo-me com familiaridade pelas cordas depois de ter passado meses trabalhando nelas. Ennis segura minha cintura para me impedir de subir mais, mas não tem problema, daqui eu posso ver.

Há vários policiais. Há uma animosidade, eu acho, não sei o motivo, mas um deles pega Léa pelos braços e a puxa para a prancha de embarque do barco da polícia.

— Ei, não a agarre assim — intervém Basil, enquanto Daeshim tenta ajudar Léa, todos tentam se aproximar e Léa diz alguma coisa, rosna em francês e desvencilha seus braços das mãos dos policiais, e é caótico. O policial a empurra, tentando forçá-la a descer a passarela, mas há tanta raiva no empurrão que ela tropeça, desprevenida para o golpe. Alguém tenta segurá-la, mas sua cabeça acerta violentamente a balaustrada. Seu corpo desaba no convés. Ela tenta se sentar, pega algo que não consigo ver e então para de se mexer.

A gritaria irrompe. Choque e descrença, seu nome repetido incessantemente e seu corpo sendo sacudido, mas ela ainda não está se movendo, não está acordando e eu penso: *não, de novo não, por favor, de novo não*.

Ennis tenta me arrastar para baixo, mas eu seguro firme. Devo manter meus olhos nela porque preciso ter certeza de que ela vai se mover, preciso vê-la abrir os olhos.

— Franny — chama Ennis. — Desça.

Dentro de mim, tudo está silencioso e inerte.

— Franny.

Eu não me mexo. Não consigo, como poderia?

— Por favor — implora Ennis.

Eu olho para ele nas sombras do casco. Ele pede de novo, *por favor*, e então eu desço. Entramos na água, nós dois, submergindo, emaranhados como se em um abraço, agarrados um ao outro por um breve instante e então ele desliza pelas minhas mãos e estou sozinha.

O mundo acima é movimento feroz, e cor, e som. Sob a superfície tudo é calmaria.

Sem peso.

Voando.

Como um cormorão mergulhador, parto em direção à praia, as asas recolhidas, os pés chutando. Suavemente corto as águas, prendendo a respiração para ficar submersa, guiada pela forma escura à frente. Bons pulmões, ele me disse uma vez, e é verdade, ele consegue mergulhar por um longo tempo, e não tenho escolha a não ser tentar igualá-lo, porque não serei o motivo de sermos avistados. Logo emergimos à tona, respirando novamente, mas não tem problema; já nadamos bastante e ainda não estão à nossa procura, pensam que estamos naquele barco, pensam que estou deitada imóvel sobre as tábuas daquele convés.

Continuamos nadando, quase na costa agora. Estamos ao lado da dispersão de barcos ancorados, sem saber para onde estamos indo, mas sabendo que temos que sair daqui...

Eu paro.

O nome do barco é *Sterna Paradisaea,* mais conhecidas como andorinhas do Ártico. É assim que eu sei o que fazer. *Procure pelas pistas, elas estão escondidas por toda parte.* Isso não é uma pista, é um maldito sinal de néon.

— Ennis — eu o chamo. Ele para, espera que eu o alcance no escuro. Está ofegante, não está acostumado a nadar longas distâncias. Seus olhos parecem ensandecidos.

Não há luzes acesas no iate à vela de quarenta pés. Subimos no convés e entramos no deque coberto. Também não há chaves, mas descemos e Ennis as encontra.

— Sempre tem um jogo sobressalente na despensa — resmunga.

Entro no banheiro apertado e não acendo a luz. Olho para a silhueta do meu reflexo, e dou um tapa na minha bochecha, uma, duas vezes, querendo que doa, querendo que sangre, e quando isso não acontece, quando não é suficiente, quase bato minha testa contra o vidro, mas Ennis está me puxando para longe, me constringindo, ignorando minha luta e meus soluços até que eu desisto, desmorono e choro em seu peito. No segundo em que ele me solta, eu me afasto de seu conforto; se Léa estiver morta, a culpa é minha.

Esperamos até o amanhecer. Até o *Saghani* estar vazio, a polícia ir embora.

Ennis aproxima o iate e espera que eu embarque em nosso antigo barco mais uma vez.

— Você vem, não é? — pergunto a ele, mas ele diz que não pode. Em vez disso, ele espera que eu percorra o barco saqueado, despojado pela polícia da maioria dos pertences, de qualquer coisa de interesse, incluindo meu notebook. Mas a minha paranoia com a minha mochila, com a preciosidade das cartas que ela contém, fez com que eu sempre a guardasse debaixo da cama e, em um grande golpe de sorte, a encontrei ainda escondida lá, à minha espera.

Verifico o passadiço, só para garantir, mas como Ennis avisou, o leme foi travado, então mesmo que o barco estivesse em condições de navegar, não seríamos capazes de levá-lo a lugar algum. Com um último adeus, desço de volta para o iate e depois juntos, Ennis e eu, nos afastamos da embarcação, um navio fantasma na madrugada cinzenta, e penso no que pode ter acontecido com Léa, penso onde ela está agora, em algum hospital ou necrotério, e quero *gritar*, mas sufoco o grito, guardo-o com minhas fervilhantes emoções, pois, para onde vamos, ainda posso precisar dele.

Quando saímos da boca da enseada, o olhar de Ennis encontra o meu e há algo implícito agora, algo que sei que ele compreende. *Pode não haver um desfecho nesta história no qual poderemos sobreviver.* Não com apenas nós dois, partindo em um barco roubado tão pequeno, sem o software de rastreamento e sem os pontinhos vermelhos, deixando um rastro de destruição, como uma serpente que abandona sua antiga pele. Não há adeus nem olhares de despedida. Não recebemos garantias de que qualquer um da tripulação encontrará um caminho seguro para casa, se é que ainda existe um lar para eles depois que tudo foi destruído com o escorregar de um pé, o estalar de um crânio.

Nós observamos o *Saghani* o máximo que conseguimos. Enquanto navega para o sul, no trecho de oceano mais perigoso que ainda resta neste planeta, o capitão chora sem pudores.

Estou muito entorpecida para mais lágrimas. Sou puro instinto animal agora.

PARTE TRÊS

25

Quando minha filha nasce sem respirar, afogada pelo meu corpo, parte de mim adormece.

Saio em busca de algo para acordá-la.

PARQUE NACIONAL DE
YELLOWSTONE, ESTADOS UNIDOS
SEIS ANOS ATRÁS

Esperei por ele no aeroporto. Temos isso. Eu sempre peço que ele venha comigo, mas ele é um tipo diferente de criatura. Ele tem sua própria dor para suportar e sua própria força para reunir, e a encontra no trabalho, não em se libertar da responsabilidade, não em viagens, movimento ou seguir resolutamente em frente, sem olhar para trás. Então eu o deixei mais uma vez, quando prometi que nunca mais o faria.

Vou parar de fazer essa promessa agora. É humilhante para nós dois.

Parti para Yellowstone, para uma das últimas florestas de pinheiros. É um lugar deserto agora, não é mais como antes. Os cervos morreram todos. Os ursos e lobos se foram há muito tempo, já eram poucos demais para sobreviver ao inevitável. Nada sobreviverá a isso, diz Niall. Não no ritmo atual das mudanças. Não há canto de pássaros enquanto caminho entre as árvores e tudo parece errado em proporções catastróficas. Lamento ter vindo para cá, para onde deveria haver mais vida do que em qualquer outro lugar. Em vez disso, é um cemitério.

Enquanto minhas botas rangem no tapete de cascas e folhas mortas, posso ouvi-la chorar como deveria ter feito quando nasceu. Devo estar enlouquecendo. O pânico se instala, redemoinhos prateados envolvem minha pele enquanto a luz reflete sobre as escamas iridescentes de um peixe.

Já faz muitos meses desde que vi Niall, embora troquemos cartas religiosamente, sempre. Neste momento, uma carta não é suficiente. Preciso ouvir a voz dele. Meus olhos estão embaçados enquanto caminho até o chalé mais próximo. Estou tremendo enquanto alugo um quarto, fecho a porta e ligo meu celular. As paredes rodopiam e não consigo tirar essa dor do peito, das minhas entranhas, tenho que sair daqui. O telefone apita quando dezenas de notificações de chamadas e mensagens perdidas chegam. São todas de Niall, e gelo de medo porque isso não é normal, ele não me liga a menos que haja algo errado.

Ele me atende no segundo toque.

— Olá, querida.

— Você está bem?

Ele fica quieto por um momento.

— O corvo foi declarado extinto.

O ar abandona meus pulmões. Em um piscar de olhos, todo o pânico se foi. Todo o foco sobre mim mesma se dissipa e o que me resta é a lembrança de doze amigos me oferecendo presentes, empoleirados no salgueiro. Sinto uma tristeza enorme, e a preocupação de que meu marido consiga superar tudo isso. Eu sei o que isso causará nele, o que *vem* causando nele.

— Toda a família Corvidae se foi — lamenta Niall. — O peneireiro era a única ave de rapina que restava, e o último deles morreu em cativeiro no mês passado... — Posso ouvi-lo balançando a cabeça, perdendo a voz. Posso ouvi-lo juntando os cacos que restaram. — Oitenta por cento de toda a vida animal selvagem morreu. Dizem que a maior parte do restante desaparecerá na próxima década ou duas. Preservaremos os animais de criação. Esses sobreviverão porque precisamos manter nossas barrigas cheias de sua carne. E animais de estimação domesticados ficarão bem porque nos permitem esquecer o resto, os que estão morrendo. Ratos e baratas sobreviverão, sem dúvidas, mas os humanos ainda sentirão repulsa quando os virem e tentarão exterminá-los como se não valessem nada, ainda que sejam puro milagre. — Lágrimas embargam sua garganta. — Mas e o resto, Franny?

Todo o restante. O que acontecerá quando a última das andorinhas do Ártico morrer? Jamais haverá criatura tão corajosa.

Espero para ter certeza de que ele terminou, e então pergunto:

— O que podemos fazer?

Ele inspira e expira, inspira e expira.

— Eu não sei.

Ele já me explicara sobre um ponto de inflexão. Um ponto em que a crise de extinção ganharia velocidade e as coisas começariam a mudar de maneiras que impactariam diretamente os humanos. Posso ouvir em sua voz que chegamos a esse ponto.

— Há algo a ser feito — digo. — Você sabe disso melhor o que o resto de nós. Então o que vamos fazer, Niall?

— Existe uma sociedade de conservação na Escócia. Eles vêm prevendo isso há décadas, criando mais resistência em algumas de suas criaturas, tentando cultivar novos habitats, resgatando a vida selvagem.

— Então vamos para a Escócia.

— Você viria comigo?

— Já estou a caminho.

— O que aconteceu com Yellowstone?

— É muito solitário sem você.

Ele não repete minhas palavras. Ele sempre as repete, mas não desta vez. Em vez disso, ele diz:

— Acho que não consigo fazer isso de novo.

E acredito nele.

— Estou voltando para casa — prometo. — Espere por mim.

PRISÃO DE LIMERICK, IRLANDA
DOIS ANOS ATRÁS

— Ei, Stone, acorde.

Eu não quero. Estou sonhando que sou uma foca, observando a luz do sol se mover na água. Quando abro os olhos, vejo Beth e nossa cela e toda a ternura se esvai.

— Vamos. Eles avistaram um.

— Um o quê? — pergunto, mas ela já se foi.

Eu me levanto da cama, mal-humorada, e a sigo até a sala de recreação. Todas as mulheres estão amontoadas ao redor da televisão esta manhã, e os guardas também, até eles.

É um boletim de notícias.

Um solitário lobo-cinzento foi encontrado e capturado no Alasca, surpreendendo cientistas que acreditavam que estavam extintos. As autoridades foram alertadas para a sua existência depois que ele matou cabeças de gado ao sul do Parque Nacional e Reserva Portões do Ártico. Especialistas dizem que esse comportamento só ocorreu porque seu habitat natural e fontes de alimento morreram, mas eles não conseguem entender como essa criatura solitária — uma fêmea — poderia ter sobrevivido por tanto tempo sozinha e sem ser detectada.

Eu me aproximo para ver a filmagem, minhas entranhas se comprimem e se agitam dentro de mim. Ela é pequena, esquelética e magnífica. Eles a mantêm em uma jaula e juntos nós a observamos perambular de um lado para o outro, olhando para nós com olhos de uma sabedoria tão fria que estremeço.

O fazendeiro cujo gado foi atacado pediu que a criatura fosse abatida, mas o clamor público foi tão intenso e implacável que o governo do estado interveio para proibir que a loba-cinzenta — que se acredita ser a última de qualquer tipo de lobo do mundo — fosse morta. Ela será transferida e cuidada pela equipe de conservação da vida selvagem da REM, a Reserva Extinção em Massa, com sede em Edimburgo. Pessoas de todo o mundo estão viajando para a Escócia para ver a loba-cinzenta, a última de sua espécie.

O que nos leva ao nosso lembrete final de que se você ou alguém que você conhece deseja visitar as florestas remanescentes do mundo, precisa se inscrever nas listas de espera imediatamente, pois é cada vez mais provável que as listas sejam mais longas do que o tempo de vida das florestas.

Eu mal ouço o repórter, hipnotizada pelos olhos negros da loba. Eu a imagino na REM, com seus voluntários e cientistas ansiosos e inconsoláveis, e sei que ela será amada. Mas considerando que não há como ela se reproduzir, mesmo em cativeiro, não consigo evitar me perguntar se não seria melhor deixá-la viver sua vida solitária na natureza. Não consigo evitar o pensamento de que nenhum animal, jamais, deveria viver em uma jaula. Apenas os humanos merecem esse destino.

BASE DA REM, PARQUE NACIONAL
DE CAIRNGORMS, ESCÓCIA,
SEIS ANOS ATRÁS

As pessoas que vivem e trabalham na base de conservação da Reserva Extinção em Massa são todas de apenas dois tipos. O primeiro, é sincera e irritantemente otimista. O segundo, é indignado e se recusa a se sentir de outra forma.

Niall é o único deles que parece existir em algum lugar no meio. Digo "deles", porque ninguém nesta base fingiria sequer por um segundo que faço parte do grupo. Não posso contribuir com nada além de cozinhar e limpar, e para os cientistas isso significa muito pouco. Eles são profundamente obstinados. Como deveriam ser. E estão em uma batalha para impedir a transformação do mundo.

Fomos recebidos no aeroporto de Edimburgo por um jovem casal que agia como se Niall fosse o segundo messias. Todos na base leram e conhecem intimamente seu trabalho — e o utilizam como referência nas reuniões. (Só sei disso porque Niall às vezes me convida a participar, e eu faço isso transbordando de orgulho.) Ficamos uma semana na sede de Edimburgo e depois fomos levados para o norte até o Parque Nacional Cairngorms, que é onde estão localizados os santuários de vida selvagem e tem um ar abençoadamente puro. Descobri aqui que os conservacionistas fizeram um progresso incrível para certas espécies e nenhum progresso para o resto. Sempre seria assim, diz Niall. Eles tiveram que escolher os animais mais importantes, dos que mais precisamos e aqueles com chance de sobrevivência, deixando os sem esperança desaparecerem. Curiosamente, os insetos estão no topo de sua lista — abelhas, vespas, borboletas, mariposas, formigas e alguns tipos de besouros, até mesmo moscas. Assim como beija-flores, macacos, gambás e morcegos. Todos esses animais são polinizadores; sem vida vegetal estamos realmente ferrados.

Foi aqui que Niall e eu sentimos nossos corações se apertarem em sincronia. Salvar animais específicos puramente com base no que eles oferecem à humanidade pode ser prático, mas essa atitude não era o problema desde o início? Nosso egoísmo esmagador e aniquilador? E os animais que existem puramente por existir, pois milhões de anos de evolução os transformaram em seres milagrosos?

Isso é o que eu pergunto hoje, depois de um mês segurando minha língua sobre o assunto, e o que faz com que todas as cabeças na sala virem na minha direção. Niall está ao meu lado, segurando minha mão debaixo da mesa. Eles são muito pacientes comigo porque sou casada com o professor Lynch.

James Calloway, um professor de genética na casa dos setenta anos, responde de forma bem simples:

— Nós somos poucos. Priorizar é vital.

Não há como argumentar contra isso.

Niall aperta minha mão, uma sensação agradável. Nós não nos tocamos muito, não desde que Iris nasceu morta. Já faz mais de um ano desde que fizemos amor, e talvez isso se deva ao fato de que passamos a maior parte desse ano separados, mas mesmo agora, juntos, às vezes não consigo imaginar como conseguiremos voltar ao que era antes. Existe um universo entre nossos corpos.

Mas aí, hoje ele pegou minha mão e a segurou com força, e isso é muito significativo.

A conversa passa a tratar de futuras migrações e o quanto isso representa um problema para os pares reprodutores restantes de espécies de aves. Eles são geneticamente modificados para procurar comida, mas quando nenhum alimento pode ser encontrado, a jornada se torna fatal. Os pássaros morrem de exaustão.

— O professor Lynch escreveu sobre o envolvimento humano nos padrões de migração como uma possível fonte de prolongamento da vida das espécies — explica James, que preside as reuniões.

— É uma teoria — murmura Niall.

— Não podemos seguir pássaros ao redor do mundo — argumenta Harriet Kaska, sempre do contra. — A escala disso seria completamente inviável. Precisamos conter as aves para que não haja necessidade de migração. Simplifique e previna. — Harriet é uma professora de biologia, oriunda de Praga, com um doutorado em mudanças climáticas e outro em ornitologia. Ela é obcecada por discutir com Niall, e acho que é porque ele a desafia profissionalmente de uma forma que nenhum dos outros faz. Sua proposta de evitar migrações é discutida longamente. Minha opinião sobre o assunto, não que seja requisitada, é óbvia.

— A migração é inerente à natureza das aves — diz Niall.

— Mas não precisa ser — retruca Harriet. — Vivemos agora uma situação de adaptação necessária. É isso que é exigido delas, é o único meio de sobrevivência, como sempre foi.

— Nós já não as forçamos a se adaptar à nossa devastação o suficiente?

É isso que eles sempre parecem fazer nesta sala: discutir as mesmas coisas, girando em círculos.

A conversa muda para as andorinhas do Ártico, pois Niall tem escrito muitos artigos sobre elas, prevendo que serão as últimas aves a sobreviver por causa de sua prática de voar mais longe do que outras.

— Não importa — diz outro biólogo, Olsen Dalgaard, da Dinamarca. — Daqui a cinco ou dez anos, elas não se deslocarão tão longe. Sem alimento ao longo do caminho, elas não conseguirão.

— Você está louco se acha que as aves marinhas carnívoras serão as últimas a resistir — retruca Harriet a Niall, como se estivesse prestes a começar a fazer apostas. — Serão as espécies herbívoras dos pântanos. As únicas com a ecologia preservada. Os peixes acabaram, Niall.

— Eles não acabaram, na verdade — diz ele com a voz suave, sempre calmo como se não se importasse, quando eu sei que ele raramente dorme, dominado pela intensidade de seu terror.

— É uma questão de tempo — diz Harriet.

Niall não continua a discussão, mas eu o conheço. Ele acredita que as andorinhas do Ártico continuarão voando enquanto precisarem; se houver alimento em qualquer lugar deste planeta, elas o encontrarão.

Peço licença, cansada e desesperada por ar fresco. Minhas botas de neve e parca estão à minha espera na porta. Eu me agasalho e saio para o mundo invernal. Meus pés me levam para o recinto maior. Tenho certeza de que ouvi alguém dizer que ocupa metade do tamanho de todo o parque de 4.500 quilômetros quadrados, e é todo cercado. Existem animais maravilhosos aqui, e não apenas os nativos da Escócia, mas muitos que foram resgatados e introduzidos no parque em um esforço para impedir sua extinção. Raposas e lebres são abundantes, veados, gatos selvagens e linces, raros esquilos-vermelhos, pequeninas e espertas martas, ouriços, texugos, ursos, alces e até lobos já viveram aqui, antes que o último morresse. Um santuário inigualável em todo o mundo, mas com capacidade limitada. O equilíbrio entre predador e presa é delicado, e estes são os últimos de suas espécies.

Eu gostaria de poder atravessar o alambrado. O outro lado me interessa muito mais do que este, mas nem eu seria tão estúpida. Em vez disso, desço até o braço de mar; não é o oceano, mas ainda assim é um grande alívio para meus pulmões. Eu não deveria nadar nele, mas não me importo. Apenas um mergulho rápido na água gelada e saio novamente, lutando para vestir minhas roupas, muito mais viva do que antes. Um dia vi uma lontra aqui, e ela aqueceu meu coração.

Esse é um privilégio que obtive quando me casei com Niall. Viver aqui, nesta parte mais rara do mundo, onde habitam a maioria dos últimos animais selvagens. Não mereço estar aqui — não ofereço nada além de amor por um homem que, este sim, oferece muito. E amor verdadeiro pelas criaturas. É isso, por menos que importe.

Caminho lentamente de volta ao refeitório, onde todos comem juntos, mas Niall ainda está trabalhando, então como sozinha e depois vou para a cama em nossa pequena cabana. Já estou dormindo quando ele chega, assim como na maioria das noites. Ele também costuma se levantar e sair antes de eu acordar. Os beijos que embalavam meus sonhos cessaram há algum tempo.

Esta noite o sono não vem. Devo estar ficando resfriada, porque não consigo parar de tossir. Sinto uma coceira na minha garganta e não importa quanta água eu beba, não consigo aliviá-la. Sem querer acordar Niall, me levanto e visto meias grossas e um suéter de lã. Vou para o banheiro. Fica ao lado do quarto, mas no escuro parece muito mais distante do que eu esperava. Meus pés continuam se movendo, deslizando pelo chão e mais frios do que deveriam. Finalmente, minha mão encontra o interruptor, mas quando o aperto, não há energia. O banheiro está frio e escuro. O ar está gelado, talvez uma janela tenha sido deixada aberta. A luzinha vermelha do barbeador elétrico de Niall é suficiente para que eu veja o contorno do meu reflexo e olhos brilhando. Eu pisco, franzindo a testa, incomodada com o brilho vermelho que ricocheteia em minha íris, como um animal no escuro.

A tosse vem de novo, pior desta vez. Minha garganta arranha e dói e há algo nela, me arranhando. Enfio os dedos na boca, alcanço bem no fundo e sinto o roçar de uma coisa macia me pinicando. Eu a puxo, tossindo e cuspindo enquanto ela se solta da minha garganta. Não consigo ver o que é, mas na pia parece uma pena...

— Franny — alguém sussurra.

Eu me viro no escuro, mas é só Niall.

Ainda assim, meu coração assustado não me obedece. Ele continua a martelar no meu peito, sabendo algo que eu não sei. Niall toca meu pescoço, uma carícia, e então um aperto, e meu ar desaparece. Em um momento, a quietude assustadora do banheiro se dissolve e meu corpo se contorce quando sou lançada para frente e ele sacode minha cabeça no espelho...

— *Acorde!*

Eu pisco e a dor some da minha garganta, do meu crânio, se deslocou para meus pés, que ardem. É mais brilhante aqui, onde quer que eu esteja, tudo é prateado, e não mais vermelho. É a floresta na noite profunda, com neve e estrelas ao luar e minhas mãos estão em volta da garganta de Niall.

Suspiro de horror e ele se liberta, tossindo uma, duas vezes, então ele agarra minha mão e me puxa por entre as árvores.

— Rápido — diz ele, em um tom suave, como se estivesse com medo de ser ouvido.

— Onde nós estamos?

— Dentro do recinto.

Meus pés descalços vacilam. *Isso é um sonho?*

— Franny, vamos.

— Como chegamos aqui?

— Você estava dormindo. Eu segui suas pegadas.

Como um rastreador na escuridão da noite.

Olho ao meu redor para o lugar que eu tanto desejava entrar. Então vejo Niall, com um ar fantasmagórico sob a luz.

— Eu te machuquei? — pergunto.

Sua expressão suaviza.

— Não. Mas há animais famintos aqui.

Concordo e nos apressamos. Posso ver as pegadas que ele seguiu. Elas não me pertencem, mas, sim, à mulher que vive dentro de mim, aquela que anseia tanto pelo mundo selvagem que, ao cair da noite, rouba meu corpo.

Às vezes acho que se ela não conseguir o que deseja, acabará me matando. Fará qualquer coisa para se libertar.

Chegamos a um declive e desaceleramos o ritmo para não escorregar pela borda. No fundo há um pedaço do braço de mar, sem praia para protegê-lo, apenas uma saliência íngreme na encosta. Posso ver o percurso pretendido por Niall — ele está seguindo rente ao contorno da água, pois isso nos levará mais rapidamente à cerca, mas eu o impeço de prosseguir.

— Não acho que devemos seguir tão perto da borda.

— Se subirmos e contornarmos o cume, vai demorar muito.

— Ah, que isso, ficaremos bem. Não seja dramático.

— Não devíamos estar aqui, Franny. Podem nos expulsar por isso.

— Ah, por favor, eles não vão mandar *você* embora daqui.

— *Pare!* — esbraveja ele de repente, me assustando.

— Isso não é uma aventura. Isso é sério.

— Eu sei...

— Não parece. Nada é sério pra você. Não se compromete com nada.

Nós nos encaramos sob o luar.

— Estou comprometida com você — digo.

Ele não responde, não com palavras, mas o ar parece denso.

— Vamos! — É o que ele se limita a dizer. — Seus pés já devem estar congelados, não?

É verdade, a única proteção são as meias de lã encharcadas que eu vesti sonhando.

— Calce minhas botas — oferece, mas eu balanço a cabeça e sigo o caminho que ele determinou, descendo para a beira da água.

Não sou eu quem cai, mas Niall.

Ele desliza quase silenciosamente pela borda congelada do lago e depois direto pelo gelo. Deve ser profundo aqui, pois ele desaparece instantaneamente sob a superfície.

Pulo na água atrás dele, é como uma navalha espetando minha espinha. Que frio, *meu Deus*. Niall está paralisado. Mas eu passei toda minha vida em águas frias e meu corpo sabe como se mover, como alcançá-lo e puxá-lo para a borda. Só não sabe ainda como nos tirará de lá; não há nada para se agarrar a não ser neve escorregadia. A margem do lago é como uma parede.

— Niall — digo entre tilintar de dentes.

Ele não fala, então eu o sacudo com força até que ele mexe a cabeça e solta um grunhido. Procuro um ponto de apoio e nos arrasto meticulosamente, mão a mão, ao redor da borda até chegarmos a um ponto raso o suficiente para sairmos.

— Segure-se na borda — ordeno a ele, em seguida, puxo meu corpo em direção à neve. Está frio pra cacete. Tenho dificuldade em fazer meus membros obedecerem. — Niall — digo —, não consigo te puxar para fora, você terá que escalar.

— Não consigo.

— Você consegue, eu acabei de fazer isso.

Dá para ver que ele está se esforçando, mas está encharcado e congelado.

— Niall, vamos lá, tente de novo. Não me deixe sozinha.

Ele luta para fora da água e com meus braços o puxando, consegue libertar seu corpo do abraço gelado. Por um momento ele desaba na neve, mas eu puxo suas mãos com força.

— Vamos, rápido.

Nós cambaleamos contornando a água, mantendo uma distância maior desta vez. Algo farfalha a vegetação rasteira, mas não vemos nada, não há reflexos de olhos ou sombras na noite. Tranco o portão atrás de nós e apoio Niall ao longo do caminho que leva à nossa cabana. Ninguém notou nossa presença no recinto; será como se esta noite nunca tivesse existido.

Exceto pelo frio que trazemos conosco, no fundo de nossos ossos.

Tomo um banho, não muito quente, então ajudo Niall a tirar as roupas molhadas. Ele está tremendo muito, mas assim que o coloco sob a água corrente, seu corpo começa a se acalmar. Eu me dispo e entro com ele, envolvendo meus braços em torno de seu corpo, tentando transmitir todo meu calor para ele.

— Você está bem? — pergunto, depois de um tempo.

Ele assente, aninhando minha cabeça em seu braço. Nossos lábios tocam os ombros um do outro.

— Apenas um mergulho noturno, não é mesmo? Você faz isso o tempo todo.

Sorrio.

— É.

— Deve ser o seu sangue de *selkie* — murmura.

— Dever ser.

— Senti sua falta, querida.

— Eu senti a sua.

— Por que você parte?

A princípio, não respondo.

— Não sei ao certo.

— Você pode tentar pensar sobre isso?

Eu viro minha boca e a mergulho em seu pescoço. E tento pensar.

— Quando eu fico, acho que causo o mal — sussurro.

— Acho que você está com medo.

Traz um certo alívio admitir isso.

— Sim. Eu sempre estou.

— Isso não vai durar para sempre, meu amor.

Engulo em seco, me lembrando da sensação da pena na minha garganta.

— Não, não vai.

Há um longo silêncio, exceto pelo barulho da água.

— Meu pai estrangulou um homem até a morte — falo, com a voz suave. — Minha mãe se enforcou com uma corda no pescoço. Edith se afogou com fluido em seus pulmões. E meu corpo sufocou nossa filha. Eu sonho que estou sufocando e, quando acordo, me vejo tentando te enforcar. Há algo de errado em minha família. E ainda mais em mim.

Niall acaricia meu cabelo por um longo tempo. Então ele diz, de forma muito clara:

— Seu corpo não sufocou nossa filha. Ela morreu, porque às vezes os bebês morrem antes de nascer, só isso. *Sinto sua falta* — repete ele. E para mim o Universo que nos separa desaparece. Esse amor é tão perigoso, mas ele está certo, não haverá covardia em minha vida, não mais, e não haverá nada pequeno, não terei uma vida pequena e, assim, encontro sua boca com a minha e estamos finalmente despertos, de volta a um terreno há muito abandonado, o terreno dos corpos um do outro.

Parece uma eternidade desde que o tive, e me agarro a ele, que me aperta ainda mais forte, se move sem pudores dentro de mim como se quisesse destruir qualquer vestígio de civilização que ainda exista em mim, me empurrando para além, para algo incivilizado, algo selvagem, e quando me sinto livre de minha própria vergonha, gozo em um ímpeto arrebatador, um impulso que me lança no ar, que me suga na direção de algo selvagem, exuberante e fora de controle, um lugar onde não fujo nem parto, um lugar onde posso permanecer.

26

BASE REM, PARQUE NACIONAL
DE CAIRNGORMS, ESCÓCIA
QUATRO ANOS ATRÁS

Niall e eu a observamos, prendendo o fôlego. Quando ela estende suas asas para o alto e para trás, tal qual a *Vitória Alada de Samotrácia*, sinto meu pulso acelerar. Seu bico — geralmente alaranjado para combinar com as pernas, agora estão fuliginosos para enfrentar o frio do inverno — dardeja para cima e depois mergulha na relva. Ela come uma, duas, três sementes de capim.

A respiração dos espectadores é exalada em uníssono.

— Boa menina — sussurro.

— Vejam! — grita Harriet. — Eu sabia. Adaptação.

Niall está impassível; pela primeira vez não tenho ideia do que ele está pensando. Para ser justa, ele nunca disse que os pássaros não se adaptariam, apenas que, com uma pequena ajuda nossa, talvez não precisassem. Ele está trabalhando para obter permissão para financiar fazendas marinhas nas águas da Antártida, mas tem sido — em suas palavras — "tão bem-sucedido quanto empurrar uma rocha colina acima". Nenhum governo dá a mínima para alimentar pássaros quando as fazendas marinhas poderiam estar alimentando humanos. A apatia é impressionante.

Olho para a andorinha-do-mar-anã, popularmente conhecida como chilreta, uma ave marinha menor do que seus irmãos e irmãs do Ártico. Ela normalmente migraria

230

para a Costa Leste da Austrália se não estivesse engaiolada aqui, comendo grama em vez de peixe.

Eu gostaria de poder tocá-la, mas é estritamente proibido, a menos que seja absolutamente necessário. Não pela base, mas por Niall. Ele diz que o toque humano em um animal é perturbador e cruel. O companheiro da chilreta é mais barulhento do que ela, emitindo seu chamado distinto e estridente. Ele está comendo as sementes há mais tempo. A fêmea esperou e esperou, resistindo mais, na teimosa esperança de liberdade. Por um tempo parecia que ficaríamos apenas observando-a morrer de fome, mas hoje, finalmente, ela se rendeu.

Niall e eu vamos para nossa cabana. Ele está calado e introspectivo.

— No que você está pensando? — pergunto, mas ele não responde. — Hoje correu tudo bem — acrescento, sem entender.

Ele assente.

— Então, o que foi?

— Nós deveríamos ter feito mais por ela — diz ele. — Harriet acha que isso significa que os pássaros mudarão seu curso e seus locais de reprodução. Começar a acasalar na costa da Austrália ou da América do Sul.

— Todas as andorinhas-do-mar? — pergunto.

Ele aquiesce.

— O que acha? — pergunto.

— É inteligente encontrar uma espécie de planta que resista às intempéries e cresça na maioria dos continentes. É inteligente ver se os pássaros vão comê-la quando pressionados.

— Mas...?

— Eu não acho que eles vão voar ao redor do mundo inteiro para comer grama.

— Harriet está dizendo que eles não terão mais que voar pelo mundo inteiro.

Ele me lança um olhar que sugere que sou uma traidora por dar ouvidos a Harriet. Ficamos em silêncio por um tempo, concentrados em nossos passos no chão escorregadio, em nossa respiração que forma pequenas nuvens.

Tenho certeza de que ambos estamos pensando na criatura na gaiola.

— Você acha que elas vão continuar voando, não é?

Niall acena com a cabeça uma vez, lentamente.
— Por quê?
— Porque é a natureza delas.

Partimos para Galway pela manhã. Passar o Natal com os pais de Niall. O carro está esperando para nos levar para Edimburgo, mas primeiro Niall e eu vamos até o recinto dos pássaros para nos despedir. Instintivamente, nós dois caminhamos até as chilretas. O macho está comendo suas sementes de grama novamente, enquanto a fêmea voa ao redor de sua gaiola, girando e girando, suas asas roçando inutilmente contra o metal, sempre tentando alcançar o céu.

Eu me viro, incapaz de presenciar sua angústia.

Mas Niall continua olhando, mesmo, tenho certeza, que isso parta seu coração.

Sterna Paradisaea, OCEANO ATLÂNTICO SUL
TEMPORADA DE ACASALAMENTO

Estou segurando o crânio de um filhote de carriça. Encontrei-o esta manhã em um dos ninhos em nosso quintal, nos salgueiros que ficam nos fundos; acho que seus pais devem tê-lo deixado lá quando morreu. Descartado. Ou talvez eles tenham esperado com o filhote o quanto puderam. É como uma casca de ovo, só que muito menor, muito mais delicado. Ele mal cabe na ponta do meu dedo mindinho. Fico pensando em como seria fácil esmagá-lo. Isso me lembra dela. Mas não de você. Você é feita de uma coisa diferente. Algo muito mais resiliente. Eu não tinha percebido aquilo que você disse que faltava aos pássaros empalhados em meu laboratório. Agora eu percebo, essa ausência. Sua ausência nunca foi tão cruel. Eu nunca te odiei até agora. E nunca te amei mais.

A carta, de alguma forma, tem o cheiro dele. Estou a segurando contra meu rosto quando...

— Com licença, querida.

Ennis está se abaixando desajeitadamente sob o batente da porta. Dobro a carta de Niall e a devolvo cuidadosamente ao maço com todas as outras. Aquela era de uma época particularmente sombria, não muito depois da morte de Iris.

— As coisas estão prestes a ficar complicadas — diz Ennis.

— O que devo fazer?

— Fique aqui embaixo. Tire seus sapatos.

— Caso tenhamos que nadar? — O canto da minha boca se curva.

Ennis concorda com a cabeça. Eu acho que ele pode estar animado em enfrentar a infame Passagem de Drake. Ele não tem mais nada além desta jornada, e nisso somos iguais. Não sinto nenhuma empolgação, apenas um cansaço profundo que chega até minhas células, uma necessidade de chegar até o fim.

Não temos mais nada para seguir. Não temos mais como rastrear as andorinhas do Ártico. Podemos apenas adivinhar seu destino, e parece uma eternidade desde que as vi se movimentando pela última vez. Quanto tempo faz que eu tive certeza de que elas estavam vivas?

Em vez de ficar no quarto pequeno — há também uma cozinha com suprimentos básicos, um banheiro apertado, uma mesa de jantar e um conjunto de beliches que Ennis graciosamente se ofereceu para ocupar —, vou até o leme e fico ao lado do capitão. Há estática no ar. Um céu negro. Posso sentir o mar despertando lentamente, preparando-se; posso sentir em minhas entranhas.

— Você sabe como fazer isso? — pergunto com a voz suave.

— Fazer o quê? — pergunta, mas ele sabe o que quero dizer. Depois de um momento, dá de ombros. Nós olhamos para a água escura e agitada e as ondas que crescem cada vez mais à nossa frente. Ainda não há terra à vista. — Não tenho certeza de que alguém sabe como fazer isso — diz Ennis.

E então, Ennis gira o leme com força e nos conduz lateralmente de encontro à parede de água salgada que se aproxima, desviando dos dentes famintos da onda, até chegarmos ao pico e navegarmos até o outro lado da vertiginosa elevação. Enquanto descemos, solto a respiração presa em meus pulmões, mas Ennis já está virando o barco na direção oposta, subindo a parede da próxima onda e chegando ao topo no exato momento em que acho que seremos derrubados para trás e engolidos. Ele faz isso por um longo tempo, ziguezagueando entre as ondas, seguindo e ultrapassando, virando sempre para suas encostas e bordas mais suaves. Ele manobra a pequena embarcação através da vastidão deste mar tão perigoso; é uma dança, é quieto e o céu nos observa; é o mais perto que eu já cheguei de me sentir uma só com um oceano tão feroz.

A chuva começa com uma ruidosa trepidação.

O para-brisa de plástico faz o possível para nos proteger, mas logo estamos encharcados e as ondas estão nos atingindo de todos os lados. Ennis nos amarrou ao leme, e fazemos o possível para ficar de pé, expostos e vulneráveis.

Se todas morreram, todas as andorinhas do Ártico, todo esse esforço não valeu para nada. Mas como é possível que o peso delicado de um pássaro, exausto depois de voar por todo o mundo com quase nada para comer, que já fez tanto, sobreviva a *isto*?

É pedir demais.

Finalmente entendo. Então, em meu coração, eu as deixo partir. Nada deveria ter que lutar tanto. Se os animais morreram, não terá sido em silêncio. Não terá sido sem uma luta desesperada. Se morreram, todos eles, é porque tornamos o mundo impossível para eles. Então, para minha própria sanidade, eu liberto as andorinhas do Ártico do fardo de sobreviver ao que elas não deveriam ter que sobreviver, e me despeço delas.

Então eu rastejo para o banheiro para vomitar.

Sonho com mariposas dançando nos faróis dos carros. Talvez seja a proximidade do fim que me envia de volta. Talvez seja meu fracasso.

PRISÃO DE LIMERICK, IRLANDA
DOZE MESES ATRÁS

O nome da psiquiatra é Kate Buckley. Ela é muito pequena e muito intensa. Passei uma hora por semana com ela por mais de três anos.

Hoje ela inicia nossa sessão com a frase:

— Não vou recomendá-la para a condicional.

— Por que não? — Exceto por alguns incidentes iniciais, tenho me comportado bem, e ela sabe disso. O desejo de autodestruição, que me levou a me declarar culpada e me colocou neste lugar, e a aversão por mim mesma, que me fez tentar o suicídio e depois me manteve catatônica nos primeiros seis meses, foram ambos redirecionados. Quero sair.

— Não posso dizer que você tem cooperado em sua reabilitação emocional, posso?

— Claro que pode.

— E como eu faria isso?

— Você poderia mentir.

Ela faz uma pausa e depois ri. Acende para nós duas um cigarro ilícito. Além de um "senso de ego mais definido", ela também cultivou meu vício em nicotina. Toda vez que levo um cigarro aos lábios posso sentir o gosto de Niall.

— Não entendo — digo com mais calma. — Você disse que estou indo bem.

— Você está, mas ainda não quer falar sobre o que aconteceu. E a primeira coisa que o conselho de liberdade condicional vai me perguntar é se você foi capaz de expressar verdadeiro remorso.

Meus olhos vão automaticamente para a janela, minha mente se distancia das palavras e se concentra nos delicados filetes de nuvens que consigo enxergar. Ah, estar em um bolsão de ar, flutuando, apática...

— Franny.

Eu me forço a olhar para Kate.

— Concentre-se — diz ela. — Use os recursos que te ensinei.

Relutante, respiro profunda e lentamente, sinto a cadeira sob meu corpo, o chão sob meus pés, foco meus olhos nos dela, depois em sua boca, estreitando o mundo para meus sentidos físicos, para esta sala, para ela.

— O desapego intencional é um estado de espírito muito perigoso. Quero que você esteja presente.

Aceno com a cabeça. Eu sei, ela me diz isso toda semana.

— Você já concordou em falar com Penny?

— Não.

— Por que não?

— Ela me odiava antes mesmo de tudo isso.

— E por quê?

— Porque eu sou inconstante.

— Ela disse isso?

— De maneira indireta. E ela é psiquiatra, então deve saber.

— Como isso faz você se sentir?

Dou de ombros.

— Transparente.

— Você não me parece inconstante, Franny. Muito pelo contrário.

— Como assim?

— Alguma vez você *já* mudou de ideia? — pergunta Kate. — Eu a chamaria de voluntariosa e teimosa — murmura ela, me fazendo rir. — Por que isso te incomoda tanto? O que Penny pensa de você. A ideia de vê-la.

Eu olho para a janela...

— Se concentra, por favor.

E de volta para o rosto dela.

— Acha que pode ser porque ela te dirá coisas que dificultarão para você manter sua ilusão?

— Não tenho mais essa ilusão. Eu te disse que me livrei dela.

— E conversamos sobre como elas podem ser recriadas como um mecanismo de enfrentamento para picos de sofrimento emocional.

Fecho os olhos.

— Estou bem. Preciso sair daqui. Já foi o suficiente.

— Você foi condenada a nove anos.

— Três sem liberdade condicional. Deixe-me cumprir o restante da pena lá fora. Faço serviço comunitário. Ficarei na cidade. Uma cidadã modelo. Não aguento mais essas paredes.

— Você tem feito seus exercícios?

— Eles não funcionam, eles não *me tiram daqui*.

— Respire fundo.

Cerro os dentes, mas me forço a respirar. Perder meu controle nessas sessões não ajudará em nada.

Kate espera até que me considere calma o suficiente para continuar. Mas agora me olha de um jeito engraçado. Aquele que geralmente precede algo particularmente desagradável.

— Você teve notícias de Niall? — pergunta ela.

— Desde a última vez que nos falamos? Não.

— Estou perguntando se você teve notícias dele desde que entrou aqui. Telefonemas? Cartas? Ele escreveu para você, Franny?

Eu não respondo.

— Por que não? — Kate pergunta incisivamente.

E ela deveria estar orgulhosa de mim porque desta vez, quando levanto os olhos para o céu, estou tão focada que nem ouço mais o resto de suas palavras, em vez disso estou flutuando à deriva.

— Sra. Lynch — chama o juiz em minha audiência de condicional. — Consta da declaração de sua psiquiatra que a única razão pela qual você se declarou culpada das acusações de assassinato foi estar traumatizada e que você deveria ter recebido cuidados psiquiátricos adequados na época. Para mim, parece que seu tempo na prisão lhe ofereceu alguma perspectiva e que está se arrependendo de ter sido honesta no momento do julgamento. Deixe-me esclarecer algo: não oferecemos novos julgamentos para mulheres que mudam de ideia.

Fixo meu olhar nele, apesar de ter sido avisada para não fazer isso. Aparentemente, há algo de inquietante em meu olhar.

— Não pedi um novo julgamento — digo claramente. — Esta é uma audiência de liberdade condicional. Eu pedi liberdade condicional.

Ao meu lado, Mara estremece.

— Meritíssimo, os fundamentos estão bem claros — diz ela. — A sra. Lynch não teve uma única advertência comportamental em todo o seu tempo sob custódia. Ela tem sido uma prisioneira impecável, apesar de vários ataques à sua pessoa, pelos quais chegou a ser hospitalizada. E como eu disse repetidamente no momento de seu julgamento, este é seu primeiro delito. Vários psiquiatras consideraram seu estado psiquiátrico no momento do incidente instável, o que perdurou durante o período do julgamento. Com base nas provas apresentadas contra ela, recomendei fortemente que ela se declarasse inocente das acusações de assassinato, mas culpada das acusações menores de homicídio culposo. Ela não estava em condições de seguir meu conselho, tão cheia de culpa e arrependimento pelo que havia causado que estava decidida a se ver punida além do que os crimes mereciam.

— Você não considera tirar a vida de duas pessoas uma ofensa digna de punição, srta. Gupta?

— Não quando são acidentais, meritíssimo. Não com nove anos de reclusão.

— Quando questionada no julgamento sobre sua intenção, a acusada disse que pretendia causar as duas mortes. Lembro-me especificamente porque ela foi bastante incisiva sobre esse ponto.

— Atribuo esse comportamento ao estado de choque em que ela se encontrava.

— E as provas periciais? — pergunta ele. Mas antes que minha advogada responda, o juiz se cansa. Ele fecha os autos do processo. — Não estamos aqui para debater casos antigos. A questão agora é se a sra. Lynch é um perigo para seus concidadãos ou se é provável que volte a cometer crimes.

— Não sou — digo. — Não sou um perigo para ninguém.

Ele me observa. Eu me pergunto o que ele vê em pé diante dele. Depois de uma pausa, ele suspira.

— Apesar do que sua advogada insiste com tanta segurança, um júri de seus pares a julgou culpada. Mas tenho aqui uma carta de endosso de sua sogra, a sra. Penny Lynch. Ela afirma que está disposta a acomodá-la durante o período de sua liberdade condicional, e tenho certeza de que não preciso expressar o peso disso, dadas as circunstâncias. Então, só por isso vou conceder sua liberdade condicional. Mas tenha em mente, sra. Lynch, que este país não tem tolerância para violação de condicional e mesmo o menor passo em falso acarretará o cumprimento de sua sentença completa e um tempo adicional. Portanto, aconselho fortemente que preste muita atenção às regras estabelecidas pelo seu oficial de condicional.

E com isso, caso encerrado, estou livre. Sinto vontade de mostrar o dedo do meio para ele e lhe contar sobre meu plano de dar o fora desta porra de país, que me causou nada além de tristeza. Em vez disso, agradeço educadamente e abraço Mara, e então vou embora.

A mãe de Niall está me esperando do lado de fora da penitenciária. Eu me sinto um pouco como se estivesse em um filme, a forma como ela está recostada em seu carro. Exceto que ela não é o tipo de mulher que se apoia em carros — essa seria uma postura casual demais para alguém de sua posição — então por que isso? Estou cautelosa quando me aproximo dela. E vejo instantaneamente: a tenacidade já se fora. O carro pode ser a única coisa que a mantém de pé.

— Olá, Franny — diz ela.

— Oi, Penny.

Há um longo silêncio. Está ensolarado para variar, quase ofuscante demais para enxergarmos uma à outra.

— Por que fez isso? — pergunto.

Ela contorna o carro para o lado do motorista.

— Não foi por você. Foi por meu filho.

— Pode me levar até ele?

Penny assente, com um único gesto.

— Entre no carro.

27

Sterna Paradisaea, OCEANO ATLÂNTICO SUL
TEMPORADA DE ACASALAMENTO

Ennis me encontra dormindo entre as cartas, exausta de vomitar a maior parte da noite. No entanto, ele está muito mais cansado do que eu, passou a noite nos conduzindo pelas ondas, operando milagres. Parece calmo agora, então ele deve ter lançado âncora.

Eu me movo para que ele possa desabar no colchão duro. É claustrofóbico aqui embaixo com o teto baixo e as paredes estreitas, mas é bom tê-lo ao meu lado.

— Onde estamos? — pergunto.

— Acho que estamos a cerca de um dia ou mais. Vá dar uma espiada.

— Você se saiu muito bem na noite passada. Tenho muita sorte de ter conhecido você, Ennis Malone.

Ele sorri sem abrir os olhos.

— Só estou perseguindo minha Moby Dick, garota. O que você está fazendo aqui?

Não respondo.

Ennis abre um olho e examina as cartas sobre as quais estou esparramada.

— Eu me pergunto se seu marido sabe o quanto você sente a falta dele.

Meu coração se agita. Se ele não sabe, então a culpa é minha, e só minha.

— Essa é a saudade da separação — observa Ennis.

— Experiência?

Ele dá um leve sorriso.

— Sim.

Eu nunca te odiei até agora.

— Com sua esposa... — digo, sem saber o que vou perguntar, mas precisando falar alguma coisa.

— Foi maravilhoso por um longo tempo — responde. — Simples assim.

— Então, o que aconteceu?

Ennis rola de costas e olha para o teto.

— O nome dela é Saoirse — diz ele. — Tinha trinta e seis quando foi diagnosticada com doença de Huntington.

Ennis olha para mim e algo nele vem ao meu encontro, confortar o choque que sinto, a tristeza, e estou ciente da generosidade desse gesto.

— Foi algo devastador. Ela se deteriorou rapidamente e decidiu que eu deveria deixá-la.

— Por quê?

— Porque em sua mente nós existíamos em algum lugar sagrado e ela não podia deixar que isso fosse arruinado. Ela não queria que eu a visse... definhar. Tinha a ver com sua dignidade, eu acho. Com permitir que aquilo que vivemos permanecesse intacto. Ela queria que eu voltasse para o mar, para que pelo menos um de nós pudesse viver.

— E você foi embora?

— Não por um bom tempo. — Eu o vejo lutando com as palavras, sem vontade de continuar. Ele balança a cabeça. — Eu não queria partir. Lutei contra isso. Mas suponho que era o que eu precisava fazer. Era a única coisa que ela queria. Eu não podia curá-la e não tinha mais nada para lhe oferecer... Ela não confiava em mim com as crianças, que eu fosse uma presença constante, e achou melhor que eu fosse livre e então elas foram ficar com os pais dela.

— Ela...?

— Ela ainda está viva.

Expiro lentamente, zonza.

— Não entendo.

Ennis se levanta. Sua intempestividade parece agressiva.

— Ela me implorou. *Implorou* que eu fosse embora.

De repente, tudo é insuportável. E meu coração está partido em dois.

— O que você está *fazendo* aqui, Ennis? — pergunto. — Você deixou sua esposa moribunda e seus filhos para vir em uma porra de uma missão suicida!

Ele desvia o olhar.

— Eles estão melhor sem mim. Têm um louco como pai.

— Mentira. Você tem que voltar — digo. — Você tem que voltar para sua família. Você não entende o quanto é importante estar ao lado de sua esposa quando ela morrer, ampará-la. E quando ela partir, seus filhos precisarão de você.

— Franny...

Eu saio da cabine. Tentando conter algo que já começou a brotar dentro de mim.

Mariposas dançando nos faróis.

Caminho até o leme e depois até a popa e *oh*. Há icebergs flutuando ao meu redor, um mar cristalino de vidro azul e um céu infinito de neve. Como é que essa beleza ainda existe? Como poderia ter sobrevivido à nossa destruição?

Eu nunca respirei um ar tão puro quanto este.

Ainda assim.

Um saco de uniformes de futebol em minhas mãos.

Pés descalços na neve.

O cheiro de sangue impregnando meu nariz.

GALWAY, IRLANDA
QUATRO ANOS ATRÁS

É previsível que eu tome essa decisão hoje à noite, depois de passar a tarde na festa de aniversário de dois anos de uma criança. Vi meu marido brincar com as crianças a noite toda, observei-o limpar manchas de bolo de suas bocas, presenciei-o dar um beijo de boa-noite quando seus pais as levavam para a cama ao pôr do sol e a festa dos adultos começava. A colega de Niall, Shannon, da UNI, organizou uma suntuosa festa para o filho, mais parecida com o que eu imagino que sejam as festas pós-Oscar, com fontes de champanhe, lanternas flutuantes e roupas black tie. Não faço ideia de onde vem o dinheiro dela, porque o salário de um acadêmico definitivamente não é tão alto. Talvez seja dinheiro de família, como o de Niall. De qualquer forma, a opulência daquilo tudo me parece repulsiva.

Agora que as crianças se foram, me sinto exausta, e acho que Niall também, porque nos sentamos no quintal apesar do clima gelado, compartilhando uma garrafa de champanhe caríssimo que pegamos da cozinha. Shannon ficaria horrorizada se nos pegasse bebendo sem as taças apropriadas.

— Lembra do nosso primeiro Natal? — pergunta ele.

Sorrio.

— Na casa de campo.

— Você disse que queria comprar a casa e morar lá.

— Ainda quero.

— Você não acha que ficaríamos malucos, nós dois lá, sozinhos?

— Não — respondo, e ele sorri como se fosse a resposta certa.

— Quer ir embora? — pergunta Niall. — Os únicos seres humanos interessantes nesta festa foram obrigados a ir dormir.

O que eu quero é ter outro filho, quase digo, mas me contenho.

— Sim. Acho melhor. Antes que Shan traga a cocaína e enlouqueça.

— Acho que ela não faz mais isso — argumenta Niall, depois de um gole. — Não desde que teve o pequenino.

— Ah, claro. — *Claro que não*, penso comigo mesma. — Mas ainda está afiada, de qualquer maneira. Ofendendo as pessoas e seus cães.

— Ben me disse que tem pesadelos com ela o engolindo.

Nós rimos porque é muito fácil imaginar: o marido de Shannon, Ben, parece estar sempre com medo dela. Então percebo o que Niall está fazendo e meu queixo cai.

— Você está acendendo um cigarro?

Niall sorri e meneia a cabeça.

— Por quê?

— Porque está frio.

— O que a temperatura tem a ver com isso?

— Nada. Exceto ser o motivo. — Eu olho para ele sob a luz dourada do aquecedor externo. — Estou cansado de lutar — diz ele, então dá uma longa tragada. — Nada parece fazer diferença.

Eu suspiro.

— Não faça isso, querido. Não desista.

Agora há muitos motivos para ele estar triste. Ele decidiu deixar a REM porque seu coração está partido e ele não aguenta mais; eu sei que ele não conseguiu realizar metade do que gostaria. Nossas economias acabaram, o que significa que ambos teremos que encontrar empregos remunerados. E vimos sua mãe hoje cedo, fria o suficiente para rivalizar com o quintal recoberto de neve em que estamos. Estou acostumada com isso depois de tantos anos, mas Niall detesta sua infinita condescendência e sua recusa em admitir que estava errada quando disse que nosso casamento não duraria um ano. Não sei por que significa tanto para ele estar certo, mas significa. Além disso, tem Iris. Nunca conseguimos superar a tristeza por sua morte.

— Fume, se precisar — digo. — Mas não desista e não espere um beijo meu.

Ele sorri.

— Vou esperar uma hora.

Eu levanto as sobrancelhas.

Uma rajada de vento frio atinge meu corpo, levando a chama do aquecedor com ela. Está mais escuro e mais frio, de repente. Alcanço a mão de Niall e a seguro, tomada por uma espécie de inquietação, um pressentimento.

— Tudo bem, querida? — murmura ele, enquanto apaga o cigarro e depois se levanta para lidar com o aquecedor. Mas eu o seguro, não o deixo sair e ele afunda de volta na cadeira para segurar minha mão.

— Franny, o que foi?

— Nada. — Balanço a cabeça. — Só... fique aqui mais um pouco.

Ele me atende e nós ficamos parados e quietos até que a sensação passe, indecifrável e inabalável.

Niall bebeu cerca de cinco doses de uísque além do champanhe, então acho que terei que dirigir, apesar dos meus três drinques. Ele me joga as chaves e eu as deixo cair, rindo de sua expressão exasperada.

— Eu nunca disse a você que tinha boa coordenação motora.

— Não, você não disse, meu amor.

Implícito no silêncio está um pensamento compartilhado de como nunca prometemos nada um ao outro, na verdade. Não com palavras. Acho que essas promessas foram feitas com lábios, toques e olhares. Sim, houve milhares delas.

Coloco o aquecedor no máximo e ficamos sentados por um minuto, aquecendo as mãos na frente das saídas de ar, incitando-o a nos aquecer.

— Jesus Cristo! — resmunga Niall. — Já estou farto deste inverno.

— Ainda estamos muito longe do fim. — Eu começo a dirigir para casa, os limpadores de para-brisa lutando para remover a neve que cai. Dirijo devagar, sem conseguir enxergar direito no escuro, mas nunca há carros por aqui a esta hora da noite. — Sua noite foi agradável, querido? — pergunto.

Ele pega minha mão livre e a aperta.

— Foi um tédio infernal.

— Mentiroso. Eu vi você rir tanto que saiu champanhe pelo seu nariz.

— Tá bom. — Ele tenta esconder o sorriso. — Foi tolerável. E a sua?

Aceno com a cabeça.

Por alguma razão, decido que vou falar para ele agora. *Eu gostaria de ter outro filho. E você?*

Mas ele se antecipa e diz:

— Eu tenho que voltar para a REM. E não acho que você deveria vir comigo desta vez.

Perco o chão.

— Pensei que você tinha dito que não queria mais saber da REM.

— Eu estava frustrado e sendo infantil, mas você está certa. Ainda tenho mais algumas coisas para fazer.

— Ótimo. E é claro que vou. Encontraremos uma maneira de resolver o problema do dinheiro.

Ele balança a cabeça.

— Acho que você deveria viajar.

— Eu sei que é só ali na Escócia, querido, mas também conta.

Ele não diz nada por um longo tempo. E então, diz com todas as palavras:

— Eu não quero que você venha comigo.

— Por quê?

— Não podemos ficar indo e vindo de um lugar como aquele. Se você está lá, significa que tem que ficar.

O silêncio toma conta do carro. Umedeço meus lábios secos.

— Por acaso eu saí, o tempo todo que estivemos lá? — pergunto calmamente.

— Não. — Ele faz uma pausa e acrescenta: — Mas dia e noite eu esperava que fizesse isso.

Olho para ele.

— Olhe para a estrada — me avisa ele, e eu relutantemente volto a me concentrar na direção.

— Agora você está dizendo que eu *não deveria* ficar?

— Não estou dizendo que você deve fazer nada, Franny.

A raiva cresce dentro de mim.

— Então, como eu faço para acertar? — pergunto. — É algum tipo de armadilha? Quando eu fico, você espera que eu vá embora, então é melhor eu ir embora de uma vez.

Niall move a cabeça lentamente. É a última coisa que espero dele. O calor inunda meu corpo, me deixando enjoada. Respiro fundo até passar e então tento explicar.

— Algo mudou naquela noite em que você caiu no lago. Eu mudei.

Ele pega minha mão livre e a aperta.

— Não, querida, você não mudou.

— Eu sei que vai levar muito tempo para você confiar em mim novamente, mas...

— Eu confio em você implicitamente.

— Então por que não está me ouvindo?

— Eu estou.

Meu pulso está acelerado porque não entendo o que significa essa conversa. Sua calma está começando a me fazer perder o controle — não me resta mais nada e meus dedos estão esbranquiçados de tanto apertar o volante. Rajadas de neve transformam a estrada em um túnel de faróis.

— Você disse que eu vou embora porque estou com medo, e que isso não funcionaria, e você tinha razão, não era bom, então não parto mais. Já faz anos.

Dou uma espiada no rosto dele, e seu olhar é de surpresa.

— Não foi isso que eu quis dizer — argumenta Niall. — Eu quis dizer que você estava com medo de admitir a verdadeira razão de você partir.

Eu olho para a estrada, minha mente está vazia.

— A verdadeira razão?

— É a sua natureza — responde Niall simplesmente. — Se você pudesse apenas se livrar de toda essa *vergonha*, Franny. Você nunca deve se envergonhar do que é.

Lágrimas quentes. Meus olhos se inundam.

— Você parou de sair por aí desde então porque eu disse que isso a tornaria corajosa?

Não respondo, mas as lágrimas escorrem livremente pelo meu rosto, queixo e minha garganta. Subitamente, me sinto exausta de negar o impulso que me faz partir.

— Ah, querida — ele diz, e então eu acho que ele pode estar chorando também.

— Sinto muito. Eu vou te amar, não importa em que lugar deste planeta esteja. Quero que você seja livre para ser o que é, para ir aonde quiser. Não quero você acorrentada a mim.

Ele não é John Torpey, com medo de uma esposa mais impetuosa do que ele, punindo-a por isso e vivendo uma vida de arrependimentos. Não, Niall é um tipo diferente de homem. Ele se inclina para beijar minha mão, para pressioná-la contra seu rosto como se estivesse agarrando a própria vida, ou algo mais ardente, e meu marido me diz, mudando minha vida:

— Há uma diferença entre viajar e abandonar. Na verdade, você nunca me deixou.

Sinto uma rajada de vento sob minhas asas abertas e estou no ar, sem peso, voando alto. Jamais poderia amar alguém mais do que eu o amo. E no mesmo momento surge uma terrível consciência. Ele abriu a porta da gaiola que eu fechei ao meu redor e agora vou voar, terei que voar. Vejo tudo muito claro diante de nós, que vou partir de novo e de novo e não vou querer ter mais filhos por causa disso, e não importa o que ele diga, não importa o quão generoso ele seja, isso nos destruirá um pouco mais a cada vez.

— Franny, acho que você deveria encostar o carro.

Uma coruja branca como a neve voa baixo sobre a estrada, cruzando em frente ao para-brisas e mergulhando na escuridão da noite, sua plumagem agourenta iluminada pela lua. Eu a observo, atordoada, paralisada. Elas estão extintas, as corujas. Mas há uma. Talvez isso signifique que há mais delas escondidas, e talvez haja mais de todos os animais e o mundo ainda esteja vivo. Meu coração partido infla com ela, voa para longe com ela, procura abrigo na noite, e então ela desaparece em um flash de luz, um barulho e eu me vejo, nua e repugnante, e por uma fração de segundo tudo que quero é me destruir e então é isso que eu faço...

— Fran...

Impacto.

Há poucas coisas mais violentas do que dois carros colidindo em alta velocidade. Ruídos de metal, estilhaços de vidro e fumaça de borracha. No impacto que chance tem um corpo humano? Somos líquidos e tecidos. Uma das coisas mais frágeis que existem. É como as pessoas descrevem, e não é. Parece em câmera lenta, e é tudo muito rápido. O momento dura uma eternidade, e acaba em um piscar de olhos. Meu pensamento é simples e complexo. Em sua forma mais simples: eu nos matei. Em sua forma mais complexa, significa os dias que nunca viverei, os filhos que nunca beijarei. Esse pensamento está bem no meu âmago. É tudo que eu sou e em algum lugar dentro dele, dentro dessa intimidade infinita, está Niall Lynch.

Acordo devagar. Ou talvez rápido. O mundo está na posição de sempre, mas um pouco inclinado. Não sinto nenhuma dor, e então eu sinto. No meu ombro e na minha boca. Meu peito.

— ... ny, acorde. Franny. Franny. *Acorde*.

Abro os olhos e por um segundo fico cega com o brilho e no segundo seguinte fico cega com a escuridão. Um som sai da minha boca, em choque.

— Boa menina, você está bem.

Pisco até conseguir ver Niall ao meu lado, ainda em seu assento, ainda segurando minha mão.

— *Porra* — digo.

— Eu sei.

Estamos em um pasto. Há uma árvore saindo de nosso carro. Seu tronco e galhos esqueléticos pelo inverno, prateados no meio da noite. Os faróis desenham duas brechas na escuridão; posso ver mariposas tremeluzindo em direção à luz, sobre uma superfície de neve branca tão imaculada quanto uma vidraça.

Eu luto com meu cinto de segurança, descobrindo a fonte da dor no meu peito, e me lembro de apertar o botão para soltá-lo.

— Você está ferida? — pergunta Niall. — Verifique seu corpo.

Eu me apalpo e não consigo sentir nada de grave. Mordo minha língua. Um caco de vidro perfurou meu ombro. E meus seios estão escoriados. Mas fora isso...

— Não, acho que estou bem. Você está ferido?

— Meu pé está ferrado, mas é só — responde Niall diz. — Temos que chegar ao outro carro.

Ah, Deus! Estico o pescoço e o vejo na estrada, de cabeça para baixo.

— *Merda*. Que porra do caralho.

Minha porta se abre com um rangido, mas Niall não está me seguindo.

— Estou bem — me assegura ele —, só não consigo puxar meu pé. Vá ver se eles estão bem, vou tentar me soltar. Você está com seu telefone?

Procuro até encontrar minha bolsa e a puxo até conseguir soltá-la.

— Sem bateria.

— O meu está sem sinal. Vá para o outro carro.

Meus olhos encontram os dele.

— Calma — diz ele. — Apenas respire. Seja lá o que encontre.

Eu me puxo para fora do carro. Está congelando lá fora. Meus pés afundam vinte centímetros na neve e instantaneamente ficam dormentes, mas sigo cambaleando de volta para a estrada. A roda do carro ainda está girando no ar. Quanto tempo passou? Talvez quem está dentro ainda esteja... De repente, não consigo me mover. Estou terrivelmente assustada com o que vou encontrar. Morte, mas, pior do que a morte, a ausência de vida dentro da carne. Não consigo me mexer.

— Franny — Niall me chama.

Eu não me viro. Encaro a roda girando lentamente.

— É apenas um corpo — diz ele.

Mas ele não sabe. Esse é o problema.

— Eles podem estar vivos — acrescenta ele.

Claro. Estou me movendo; as palavras chegam ao meu corpo antes mesmo de chegarem ao meu cérebro, me empurrando para o carro. Deito-me na estrada gelada para enxergar a motorista. Ela está sozinha. Uma mulher, talvez da minha idade. Cabelos pretos curtos, raspados.

— Ela não está... consciente — grito para Niall. — Não sei. Merda!

— Tente acordá-la!

Eu a sacudo suavemente.

— Ei, acorda. Você precisa acordar.

Ela não acorda. Droga, droga, droga... Meus dedos estão tremendo quando estico a mão, eu realmente, do fundo de minha alma, não quero tocar o corpo dela, Jesus, só faça de uma vez, então toco para sentir o pulso. Leva um momento, uma eternidade, e estou convencida de que ela se foi e estou tocando em algo em deterioração, um cadáver, e então finalmente sinto uma batida suave e trêmula, como o dardejar das asas das mariposas que vi nos faróis. Imagino a mesma coisa cintilando dentro dela, aquela força vital abrupta e desafiadora, mais tênue do que nunca e ainda aqui, resistindo. Isso me devolve o equilíbrio e eu subo para alcançar seu cinto de segurança. Não consigo soltá-lo e ao puxá-lo com força...

Ela acorda.

Um gemido abafado. Então um lamento poderoso, algo cataclísmico.

— Calma — digo instintivamente, como se fosse uma estranha criatura de outro mundo, e ela fica em silêncio. — Você está viva!

Ela emite um gemido suave e lento e começa a chorar, a entrar em pânico.

— Você está viva — repito —, está de cabeça para baixo em seu carro, e eu vou te tirar daqui.

A névoa penetrante do medo evapora dentro de mim. Agarro-me aos fatos que nos manterão juntos, nós três, e estes são os fatos que sei: ela está viva e vou tirá-la de lá.

— Socorro — sussurra ela. — Eu tenho que sair daqui. Eu tenho que sair.

— Vou tirar você daí — asseguro a ela, e nunca tive tanta certeza de algo. Rastejo e corro para o outro lado do carro, entro com os pés primeiro para que eu possa pisar na fivela do cinto de segurança. Os sapatos são inúteis, de salto, a maldita primeira vez na minha vida. Rastejo para fora e os arremesso longe com toda a raiva que consigo e recupero a calma, a certeza, enquanto me arrasto de volta e bato meu pé descalço contra o plástico e dói, dói tanto, posso sentir o sangue em um fluxo quente sobre meu pé e tornozelo, mas eu chuto de novo e de novo até sentir o plástico ceder, libertando a mulher. Ela cai de cabeça e eu me viro até conseguir deslizar a mão sob seu crânio. De que vai adiantar, não sei.

Ela está chorando, soluçando, sangrando. É catastrófico. Meu pensamento é simples e claro: é o caos.

Nossos rostos estão próximos. Encarando-se como namorados.

— Os uniformes estão no porta-malas — diz ela.

— O que disse, querida?

— Para o time de futebol do meu filho. Eu os peguei hoje. Eu deveria pegá-los há uma semana, mas sempre esquecia e eles tinham que treinar de roupas de moletom. Ele estava tão irritado com isso. Ele é muito mimado às vezes.

Rimos juntas, nós duas.

Eu acaricio seu rosto.

— Acho que devemos tentar sair deste carro.

— Sim. Podemos pegar os uniformes?

— É claro. Qual é o seu nome?

— Greta

— Greta, eu sou Franny.

Ela está tremendo, sua voz é quase um gemido.

— Você pode mover seu corpo, Greta? Deixei sua porta aberta para que você possa rastejar para fora, se conseguir.

— Meu cabelo está curto por causa do câncer — diz ela.

— O quê?

— Eu raspei. Para angariar fundos. Não porque eu tenho câncer. Oh, Deus, me desculpe, eu não quis dizer que tenho câncer...

— Shhh, está tudo bem, eu entendo. — Ela está em pânico de novo, então eu digo: — Você ficou com cara de durona. — E ela sorri, revigorada de alguma forma.

— Verdade — murmura ela. — Com cara de quem não leva desaforo pra casa. — Mas então acrescenta: — Eu realmente preciso sair daqui, agora.

Ocorre-me que não a vi se mexer, e talvez seja porque ela não consegue, talvez nem devesse.

— Talvez seja melhor esperar por uma ambulância...

— Não, eu preciso sair. Tenho que sair.

Ela começa a se debater e me preocupo que ela se machuque ainda mais.

— Ok, espere — digo. — Vou dar a volta até o seu lado e ajudá-la. Espere por mim.

Rastejo para trás e corro mais uma vez.

— Niall, ela está acordada!

— Que bom — grita ele.

— Vou tirá-la do carro.

— É seguro fazer isso?

— Ela está se movendo sozinha, eu preciso ajudar.

— Tudo bem, boa menina.

A pobre Greta está toda contorcida em seu assento, atordoada e apoiada sobre a cabeça e o pescoço, rezo para que ela não tenha danos na coluna, rezo para não piorarmos nada, mas se eu conseguir colocá-la em nosso carro, então talvez, se ainda estiver funcionando, possa levá-la a um hospital.

— Você pode pegar os uniformes primeiro? — pergunta ela.

— Não, querida, vamos tirar você primeiro e depois pego os uniformes, prometo. Vamos, consegue mover seus braços um pouco para que eu possa... Sim, desse jeito...

Não sei como arrastá-la para fora, não consigo me segurar em lugar algum, seu corpo está muito escorregadio de sangue...

Tomo fôlego e me volto para o carro, meu corpo apoiado sobre o dela para que eu possa colocar meus braços em volta de seu torso.

— Espere — pede ela, apavorada — apenas espere, espere. — Mas nós já passamos desse ponto, ela está na posição exata para que eu possa me apoiar de joelhos e *arrastá-la* para fora e no começo ela não está se movendo, está presa, mas eu cerro os dentes, recrutando todas minhas forças, *gritando* pelo esforço, e seu corpo está deslizando sobre o metal retorcido e o asfalto áspero da estrada e...

Vejo seus olhos se fecharem.

Ela fica pálida. Está branca como cera, se foi. Não sei como me dou conta tão rápido, tão de imediato, mas posso vê-la partir.

— Greta — eu grito.

Ela está morta.

Eu me levanto e me afasto dela. Há tanto sangue. Agora eu entendo. Está se espalhando pelos meus pés descalços. Eu quase a parti em duas.

— Niall — digo. — Niall, ela...

Eu me viro e volto tropeçando para nosso carro. Abro a porta de Niall e me inclino para alcançar o cinto de segurança, que ele ainda não soltou, estranhamente, e o abro para que ele possa sair e digo:

— Vamos, não podemos ficar aqui... — E então eu vejo.

Seus olhos ainda estão abertos.

Eles são tão bonitos, tão mutáveis. Vejo tantas cores escondidas dentro deles, os marrons-avermelhados do outono, os tons castanhos das florestas e, na luz certa, até pontinhos dourados. Eram de tons de marrons profundos, verdes-amendoados e um preto noturno sem fim.

Eles estão negros agora, imóveis.

E monstruosos.

Não sou mais uma só, mas duas.

Uma versão de mim é uma velha que sobe em cima do corpo dele. Cada uma de minhas articulações estala e geme, não mais sob seu controle, mas de alguma forma ela se deita sobre ele e embala sua cabeça, seus cabelos escuros e perfeitamente penteados, pressiona sua boca na sua boca fria, sentindo o gosto de cigarro. *Oh, meu querido, não,* sussurra ela. *Por favor.* O corpo dele está frio, mas ela lhe dará até o último átomo de seu calor, deseja isso com todo seu ser. Ela lhe dará sua alma. Caso contrário, ela a deixará aqui com a dele.

Enquanto a outra versão permanece na estrada, com medo de seres mortos, de tudo.

As horas passam.

Já decidira morrer aqui com ele e Greta quando me ocorre um pensamento. Parada aqui, assim, agarrada a um calor que já se esvaiu, estou congelando até a morte, meus pés descalços e mãos imóveis, meu nariz doendo, orelhas ardendo, cílios cobertos de lágrimas congeladas.

O pensamento é: os uniformes de futebol. Eu tenho que tirá-los do porta-malas do carro de Greta.

— Niall — digo suavemente da estrada. — Niall.

Quero lhe oferecer algo em despedida, algo para que seu espírito saiba que eu o seguirei, e ainda assim não consigo pensar em nada, estou nua, vazia, despida de todo encanto. Estou abalada demais com a massa sem vida que antes era ele.

Como ele morre aqui no frio sem grande cerimônia? Como ele morre sem eu olhar para ele enquanto parte? Por que não merecemos últimas palavras, últimos momentos, últimos olhares? Como o mundo pode ser tão cruel, *tão* cruel a ponto de deixá-lo partir sozinho, desprotegido, enquanto eu dedicava meu amor a uma mulher desconhecida? É intolerável!

Estou no chão frio. Vou até o porta-malas do carro de Greta e pego a sacola cheia de uniformes de futebol de seu filho. Ando pela estrada com um pé quebrado e sangrando, de volta a um mundo ao qual nunca pertenci, nem sequer por um instante.

Paro um pouco antes do feixe de nossos faróis se dissipar na escuridão. Há um abismo à minha frente. Nem uma única estrela no céu. Olho para Niall. Não posso partir. Não posso partir. Não posso deixá-lo aqui. Não sozinho.

Meus joelhos cedem. Desabo no chão. Descanso meu rosto na sacola e penso não vou deixá-lo, não vou deixá-lo, não vou deixá-lo, e no fim é algo muito mais simples e antigo que faz a escolha. Isso me impele a ficar de pé e me afastar daquele feixe de luz e caminhar na noite escura como breu por uma estrada que sei que só levará ao sofrimento.

Não é amor, nem medo.

É a natureza selvagem que exige que eu sobreviva.

28

GALWAY, IRLANDA
DOZE MESES ATRÁS

— Ele queria ser enterrado? — pergunto, olhando para a lápide.

— Sim — responde Penny. — Vocês nunca conversaram sobre isso?

— Não. Por alguma razão, presumi que seria cremação...

— Porque ele era um homem de ciência, não de religião?

Dou de ombros.

— Acho que sim.

Há um longo silêncio, e então algo em Penny esmorece. Ela caminha até ficar ao meu lado no cemitério ensolarado.

— Ele queria que seu corpo fosse oferecido de volta à terra e às criaturas da terra. Ele queria que a energia vital fosse usada para algo bom. Estava em seu testamento.

— Claro — digo depois de um longo suspiro.

Niall Lynch, amado filho e marido.

— Obrigada — sussurro. — Por essas palavras. Não precisava ter feito isso.

— É a verdade, não é?

Eu engulo lágrimas.

— Eu o amava muito.

Mais tarde, na mansão que deveria ser minha casa pelo resto da minha liberdade condicional, me isolo no quarto de infância de Niall e durmo por dezenove horas. Acordo no meio da noite, desorientada e incapaz de voltar a dormir. Examino sua coleção de trilobitas, tocando cada um com ternura. Depois, examino as páginas de um livro que esconde um tesouro de delicadas flores prensadas. Um diário contendo intermináveis observações do comportamento animal, um álbum de fotos de penas, rochas de todas as formas e tamanhos, besouros e mariposas congelados para sempre em spray de cabelo, fragmentos de cascas de ovos recobertas de pintinhas... Cada item é mais precioso do que eu poderia imaginar, e percebo que, embora Niall acreditasse que sua mãe nunca foi realmente capaz de amá-lo, aqui está a prova: manter todos esses tesouros tão perfeitamente preservados por todos esses anos.

No canto, há algumas caixas identificadas como *Recente*. Dentro encontro resmas de papel, suas publicações, anotações de ensino e diários. Conheço esses documentos. Eu o vi trabalhando neles por anos. Um dos diários é diferente dos outros, e esse eu não reconheço. O título é *Franny*.

Estou nervosa quando o abro. Entradas breves e meticulosas compõem um estudo de uma mulher que tem meu nome, mas, a princípio, parece uma estranha.

9h15, ela acabou de jogar uma camisinha usada no corredor do lado de fora do banheiro masculino, gritando com indignação sobre a sordidez dos homens.

16h30, ela está lendo Atwood na quadra novamente, os ensaios que citei.

Por volta da 1h da madrugada, ela chama o nome de sua mãe e eu tenho que sacudi-la para acordá-la.

É um diário de bordo da minha vida. Meus atos. À medida que leio, as entradas tornam-se menos científicas, mais perspicazes, mais poéticas. E à medida que meu pânico inicial desaparece, começo a reconhecer o diário pelo que realmente é. Mais um estudo do meu marido do que de mim. É assim que ele ensina a si mesmo a conhecer e amar algo.

A última entrada que li é esta:

Antes de minha esposa ser minha esposa, ela era uma criatura a que estudei.

Agora, nesta mesma manhã, seus dedos estavam espalmados sobre a protuberância em sua barriga, um cotovelo, um punho ou um pé pressionava em nossa direção, contorcendo-se ao som da minha voz, chegando mais perto. Aquela pessoinha minúscula se moveu, e os olhos de Franny irradiaram uma luz tão brilhante quando ela se virou para mim, um olhar de espanto, medo e alegria.

Ela ama esta criança, que ao mesmo tempo é sua gaiola. Acho que ela só concordou em termos esse bebê porque queria que eu ficasse com alguma coisa quando ela se libertasse. Aquilo que a chama, seja o que for, vai chamá-la de novo. Mas ela se esqueceu da minha promessa. Eu espero, sempre. Nossa filha vai esperar comigo. E talvez um dia ela também parta em uma aventura. E, então, vou esperar por ela também.

Depois de explorar cada canto de seu quarto, vou descalça até o quintal, contornando o lago e entrando na estufa. O viveiro na parte de trás ainda está vazio — Penny nunca substituiu aqueles pássaros que libertei —, mas eu estou dentro dele, de qualquer maneira, e me lembro tão vividamente da sensação de asas emplumadas roçando meu rosto e do gosto de seus lábios.

— Franny?

Eu me viro para encarar Penny, percebendo que estou paralisada neste viveiro por horas como uma lunática. Um *déjà vu* inquieto toma conta de mim. Já estivemos aqui antes, ela e eu, assim.

— Desculpe — digo.

— Quer tomar o café da manhã?

Assinto e a sigo para dentro de casa. O lugar de Arthur no fim da mesa do café da manhã está vazio há anos. Ele partiu após a morte de Niall, incapaz de permanecer na casa onde seu filho foi criado. Então, agora Penny está sozinha em um mausoléu vazio, e qualquer coisa negativa que eu já senti em relação a ela se dissipa. Quero apenas protegê-la dessa perda insuportável.

Comemos em silêncio até que ela pergunta:

— Por que você disse que pretendia fazer aquilo?

Largo minha colher. Nós não nos falamos desde o julgamento, nunca quis ter que encará-la na prisão, então faz sentido que essa seja sua primeira pergunta, a que mais importa.

— Eu só... queria ser punida. O mais duramente possível. — Não foi difícil convencer o júri da minha culpa, não depois do nível de álcool no sangue ou da perícia do carro, os pneus que não derraparam nem frearam, mas correram direto para o veículo que se aproximava como se eu pretendesse a aniquilação, ou mesmo pelo dano que causei ao corpo de Greta.

— E as marcas de pneus? Você desviou para o outro lado da estrada e não freou. Por que você não *freou*, Franny?

— Havia uma coruja — respondo, e minha voz falha. Minha cabeça pende para repousar em meus braços enquanto uma onda me consome.

Parece ter se passado uma eternidade quando uma mão acaricia suavemente meu cabelo.

— Eu tenho algo para te mostrar.

Penny me leva para seu escritório e puxa uma pasta de uma gaveta. Ela a entrega para mim e eu leio *Declaração de Última Vontade e Testamento*. Não estou pronta, mas desabo sobre o tapete e viro as páginas até encontrar.

Se não restarem andorinhas do Ártico, eu gostaria de ser enterrado, para que meu corpo possa devolver sua energia à terra que a tudo deriva, para que possa alimentar algo, oferecer algo, em vez de apenas tomar.

Se restarem andorinhas do Ártico...

Fecho os olhos por um longo momento, me preparando.

Se restarem andorinhas do Ártico, e for possível, e não muito difícil, gostaria que minhas cinzas fossem espalhadas no local para onde elas voam.

O oceano agitado se acalma dentro de mim. Levanto-me, com uma certeza, enfim.

— Podemos exumar o corpo dele? — pergunto.

Penny fica chocada.

— O quê... Mas não há como... Elas todas *se foram*.

— Não — digo. — Ainda não. E eu sei para onde elas voarão.

— Como?

— Niall me disse.

Sterna Paradisaea, OCEANO ATLÂNTICO SUL
TEMPORADA DE ACASALAMENTO

A extensão de gelo diante de nós é resplandecente e magnífica, de uma forma avassaladora. Ela reivindica a soberania de todo um mundo invernal, o verdadeiro coração de seu universo. É soberba, bruta e completamente impenetrável, é tudo.

E está deserta.

Mesmo que tenha as deixado partir, mesmo que eu diga a mim mesma que acabou, ainda devo ter esperado ver um céu cheio de pássaros, uma extensão de gelo coberta de focas, ou algo, *qualquer* ser vivo. Porque conforme o *Sterna Paradisaea* avança lentamente em direção à costa, passando por grandes pedaços de gelo flutuantes, e não consigo distinguir movimento em lugar algum na imensidão, meu coração se parte de novo.

— Você sabe onde estamos? — pergunto a Ennis. Magníficos estalidos ecoam no ar, o gelo se desprende da plataforma e cai no oceano com um barulho mais alto do que um trovão. Não esperava sons assim.

— Chegando na Península Antártica agora. Faremos nosso caminho para o leste, para o Mar de Weddell.

Olho para a terra que se aproxima.

De repente, algo parece errado. O Mar de Weddell é para onde elas sempre voaram. Sempre foi o trecho da Antártida mais cheio de vida selvagem, seguido pela Terra de Wilkes no lado nordeste, onde as andorinhas do Ártico pousam caso tenham cortado caminho direto para a Austrália antes de virar para o sul, como às vezes costumavam fazer.

— Espere — peço. — Você pode desacelerar um pouco?

Ennis suavemente afrouxa a alavanca do acelerador, olhando para mim com curiosidade.

Não sei como expressar minha súbita incerteza.

— É para onde elas sempre foram. Weddell ou Wilkes.

— Nunca chegaremos a Wilkes com esse tanto de combustível e suprimentos. Levaria uns bons meses.

Balanço a cabeça. Não é isso que quero dizer, acho. Minha mente está trabalhando rapidamente, repassando tudo o que consigo me lembrar das reuniões e pesquisas de Niall e dos milhares de malditos artigos que ele escreveu sobre isso. Weddell e Wilkes foram monitorados de perto porque é para onde os animais migram. Sabemos que os pássaros não têm chegado a nenhum desses lugares — todas as espécies capazes de chegar até aqui morreram, exceto as andorinhas do Ártico.

Harriet sempre dizia que chegaria um momento em que elas parariam em algum lugar mais perto e comeriam algo diferente. Mas Niall acreditava que elas voariam para o gelo, porque é o que sabem fazer, e que continuariam até encontrarem peixes ou morrerem.

— Vire à direita — digo rapidamente. — Estibordo.

— O quê? Não há nada no oeste...

— Vá para oeste, agora!

Ennis despeja uma torrente de palavrões, mas muda de direção e corre para ajustar a vela principal. Abrimos caminho através do oceano, com a península e as ilhas Shetland do Sul à nossa esquerda, e talvez eu tenha enlouquecido, talvez pensar que eu tenho capacidade de apostar nisso seja insanidade, talvez eu tenha acabado de matar nós dois.

Pessoas já se perderam no Mar de Ross. Há poucos pontos de refúgio, nenhuma proteção contra as intempéries, a partir de fevereiro, ele congela, então não há como entrar ou sair.

Hoje é três de janeiro. Provavelmente não conseguiremos sair daqui.

Ennis se vira para mim. Sem motivo aparente, ele sorri e me dá uma rápida saudação. Eu retribuo. Que se dane. Por que não?

Pois para mim, de repente, parece que, se é o fim, derradeiro e inevitável, se esta é a última migração não apenas da sua vida, mas de toda a sua espécie, você não desiste. Mesmo quando está cansado e faminto e sem esperança. Você vai ainda mais longe.

Nosso iate à vela, maltratado pela viagem, segue seu caminho obstinadamente ao longo da costa da Antártida, e passamos nosso tempo admirando a neve deslumbrante e o trecho do céu, com medo de piscar para não perder nada. O clima muda rapidamente. As temperaturas caem para dois graus Celsius negativos. As ondas crescem. Ennis enfrenta a difícil missão de evitar os perigosos pedaços de gelo que antes estavam presos à terra, mas agora se soltam e flutuam livremente. O som que eles fazem ao aterrissar no mar é um estrondo poderoso. Ele os chama de mini-icebergs e qualquer um deles pode adernar ou afundar o barco.

No quarto dia de nossa jornada para oeste, o vento atinge 138 quilômetros por hora e, segundo Ennis, pode ser fatal em temperaturas tão baixas. Não entendo por que, nem pergunto, mas muito em breve, mais precisamente no sexto dia, eu descubro.

O cordame começa a formar uma crosta de gelo. Ennis e eu corremos de um lado para outro tentando removê-lo mais rápido do que ele se forma, mas é inútil, e então Ennis nos leva a bombordo em direção à costa. Chegamos ao Mar de Amundsen, que tem um litoral mais calmo do que o de Ross, então talvez tenha sido destino não chegarmos tão longe quanto pretendíamos. Desço para a cabine inferior e começo a colocar o que resta dos suprimentos na minha mochila. O iate possui compartimentos repletos de grossas roupas térmicas de inverno, casacos e botas, que podem ser a diferença entre a vida e a morte. Estou com medo, mas o que isso importa? Mais do que tudo, isso faz eu me sentir mais viva.

— O que você está fazendo? — pergunta Ennis. Ele está no leme, acionando o EPIRB, um tipo de sinal de rádio de emergência para sinalizar nossa posição para o resgate. É o fim da linha para o barco. Não nos levará mais longe.

— Vou continuar a pé — digo. — Espere aqui. Voltarei em breve.

Ele me ignora e faz sua própria mala.

Então partimos juntos, em meio ao gelo.

É muito difícil deixar o barco. Já faz algum tempo desde que consegui sentir qualquer uma das minhas extremidades. No entanto, está mais quente do que costumava ser. Tudo está mais quente, derretendo, mudando e morrendo. Essa pode ser a única razão pela qual ainda não congelamos.

Descansamos durante o dia, enterrados sob a superfície da neve, e caminhamos à noite para nos manter aquecidos. Sempre com o mar à nossa direita, para encontrarmos o caminho de volta. Damos as mãos às vezes, porque ajuda a nos sentirmos menos sozinhos. Penso em todos os meus entes queridos perdidos, em minha mãe e em minha filha, em Greta, em Léa, agarrando-me à esperança de que ela não esteja entre eles, e em Niall, é claro, quase a cada passo.

No terceiro dia de caminhada, tenho certeza de que Ennis está no seu limite. Seus passos diminuíram drasticamente e ele está lutando para manter uma conversa. Paramos e afundamos no chão frio. Eu passo para ele uma lata de feijão cozido da minha mochila, e nós a compartilhamos em silêncio, observando o mundo silencioso ao nosso redor. Acho que não vou ser capaz de continuar andando sem ele. Não se tudo o que encontrar for apenas mais gelo.

— Por que você está aqui, Ennis? — pergunto.

Ele não responde, apenas come seu feijão, concentrando-se no esforço de engolir.

Mas depois uma longa pausa, ele diz:

— Eu não queria que você tivesse que fazer isso sozinha.

Suas palavras inundam meu peito. A generosidade e o amor que elas carregam. Nós compartilhamos amor, nós dois, isso é inegável. Sou muito grata por isso e por não ter que ficar sozinha. E assim descubro que qualquer fantasia a qual eu me agarrava se desfez. Perdeu o sentido, agora que o fim se aproxima.

— Ele morreu — digo, com a voz suave. — Meu marido.

— Eu sei, querida.

O mundo rodopia lentamente.

— Estamos sozinhos aqui — murmuro. — Não estamos?

Ele confirma.

— Todos se foram. — Coloco a lata vazia de volta na mochila, junto com nossos dois garfos. Mas ainda não consigo me levantar. Estou sem forças. — Quase pude estar ao lado dele — digo. — Estava tão perto. Mas não estava ao seu lado quando ele partiu.

— Você estava.

— Não. Eu o deixei e o deixei. É isso que o espírito dele levará deste mundo.

— Tolice.

— Eu deveria estar com ele.

— Você estava. E ainda assim ele partiu sozinho. É assim com todos nós. Sempre.

— É muito longe para ele ir sozinho. — Eu pressiono meus olhos com dedos trêmulos. — Não consigo senti-lo.

— Você pode. Por que mais ainda estaria seguindo em frente?

Com isso ele se levanta, e eu me levanto, e continuamos andando.

Leva apenas mais algumas horas. Estou subindo uma ladeira particularmente íngreme, preocupada com Ennis, que ficou muito para trás, me virando o tempo todo para ter certeza de que ainda está se movendo, e então olho para frente.

E paro.

Porque algo simplesmente voou pelo céu.

Saio correndo.

Mais deles aparecem, arremetendo e mergulhando e quando chego ao topo da ladeira...

Oh.

Centenas de andorinhas do Ártico espalhadas sobre o gelo diante de mim. Elas guincham e grasnam, dançando no ar com seus companheiros, em alegre sinfonia. Elas são chamadas de mergulhadoras, pela graciosidade com que se lançam na água, e é isso que testemunho agora enquanto elas submergem famintas em busca de peixes, em um mar fervilhante com o que devem ser milhões de peixes.

Desabo desajeitadamente no chão e choro.

Pela viagem que fizeram. Pela beleza que já não existe mais. Por você, e pelas promessas, e por uma vida levada pelas mãos do destino, mas sem compreender por que sua morte teve que ser parte disso.

Ennis me alcança e solta uma risada baixa. É neste momento que uma enorme barbatana de baleia emerge na superfície e acena à distância. Nós dois perdemos o fôlego, exultantes, e começamos a gritar e pular e é tão lindo, tão intenso e profundo que eu mal posso aguentar. O que mais está escondido nestas águas limpas e intocadas, neste santuário?

— Lamento o *Saghani* não estar aqui — digo, limpando meu nariz escorrendo. — Todos esses peixes e nenhuma maneira de capturá-los.

Ele me lança um olhar engraçado.

— Eu parei de querer capturá-los há muito tempo. Eu só precisava saber que eles ainda estão aqui em algum lugar, que o oceano ainda está vivo.

Eu o abraço, e nos abraçamos por um longo tempo, e o som dos pássaros ecoa por toda parte.

— Eu gostaria que Niall pudesse ter visto isso — digo, mais tarde. Deus, eu desejo tanto isso.

Ennis dá um longo suspiro.

— Quanto tempo quer ficar aqui?

— Para sempre? — sugiro, oferecendo um sorriso. — Podemos ir. Mas tenho algo que preciso fazer primeiro. Ele queria que suas cinzas fossem espalhadas entre as aves.

Ennis aperta minha mão.

— Eu vou em frente, então, tudo bem? Assim podem ter um momento a sós.

Assinto, mas não deixo que ele vá ainda.

— Obrigada, capitão. Você é um bom homem e teve uma boa vida, afinal.

Ele sorri.

— Ela ainda não acabou, sra. Lynch.

— Não, claro que não.

Eu o observo descer a ladeira, voltando por onde viemos. Então, me viro na outra direção, indo para a beira da água. Da minha mochila, pego as cartas de Niall e a pequena caixa de madeira que guardam suas cinzas. Eu pretendia espalhar suas cartas ao vento, mas não posso, Niall odiaria a ideia de suas cartas poluírem este ambiente intocado. Então, as coloco de volta na mochila, passando meus dedos sobre a caligrafia de Niall.

Delicadamente, levo a caixa aos lábios para poder lhe dar um beijo de despedida, como nunca fiz quando ele estava vivo.

O vento não está tão forte quanto antes, mas é o suficiente para levantar as cinzas e carregá-las ao encontro das penas brancas esvoaçantes até que eu não consiga dizer onde elas terminam e os pássaros começam.

Tiro minhas roupas e entro no oceano.

29

Irlanda
dez anos atrás

— O que você encontrou?
— É um ovo.

Ele se move até o meu lado e observamos aquele minúsculo ovinho aninhado na grama. Um extraordinário tom de azul, quase fluorescente, salpicado de pintinhas marrons.

— É de verdade? — murmuro.

Niall assente.

— É um ovo de corvo.

Eu me curvo para pegá-lo, mas...

— Não toque nele — avisa Niall.

— Temos que levá-lo de volta para o ninho.

— Se você tocar nele, a mãe sentirá o seu cheiro e o rejeitará.

— Então nós apenas... vamos deixá-lo aí? Não vai morrer?

Ele aquiesce.

— Mesmo assim. Quanto menos tocarmos, melhor. Tudo o que tocamos é destruído.

Eu pego sua mão suavemente.

— Nós poderíamos cuidar dele. Chocá-lo e depois libertá-lo.

— Ele reconhecerá nossos rostos.

Sorrio.

— Que adorável!

267

Ele olha para mim. A princípio, há uma sombra de pena. De sua compreensão do modo como as coisas funcionam melhor do que eu. Do seu pessimismo. Mas eu retribuo o olhar e deixo que ele veja minha própria certeza, deixo que ele, talvez, veja um resquício de que nem sempre temos que ser nocivos, uma praga para o mundo, de como podemos cuidar dele também, e lentamente alguma coisa muda em seus olhos.

Niall retribui meu sorriso.

MAR DE AMUNDSEN, ANTÁRTIDA OCIDENTAL
TEMPORADA DE ACASALAMENTO

O frio atinge meus ossos, mas estou calma. Ainda não submergi a cabeça. Não precisarei, não até estar próxima do fim. A água fará seu trabalho no resto do meu corpo com bastante rapidez. Quero observar as andorinhas do Ártico o máximo que puder, para tentar levar um pouco delas comigo.

Levarei uma parte de você comigo, mãe. Você sufocou a vida de seu próprio corpo, assim como eu estou fazendo. Você me deu livros, e poesia, e a vontade de ver o mundo, e por isso eu lhe devo tudo. Levarei o som do vento uivando através da nossa pequena cabana de madeira, o cheiro do seu cabelo salgado e o calor de seu corpo me envolvendo. Levarei um pedaço de você também, vovó, pois você me deu tranquilidade e força, e sinto muito por não ter reconhecido isso antes. Levarei um pouco de você, John, levarei a foto que você guardou na lareira e todo o amor que depositou nela, guardado até muito tempo depois que elas se foram. Levarei cada um dos presentes que os corvos me deram, cada um dos tesouros. Levarei comigo o mar gravado em meus ossos, suas marés percorrendo minha alma. E levarei a sensação da minha filha na minha barriga, dela levarei tudo e guardarei para sempre.

Mas de você não preciso levar nada, Niall, meu amor. Prefiro lhe deixar algo.

A minha natureza. O ímpeto selvagem dentro de mim. Eles são seus.

Afundo na superfície.

Meus dedos das mãos e dos pés ficaram brancos como a neve ao meu redor enquanto meu corpo bombeia furiosamente o sangue para longe deles, na tentativa de concentrá-lo no centro do meu corpo, que ainda está aquecido, lutando para manter meu coração batendo.

O sol cria desenhos através da água. Acho que sonhei com isso uma vez.

Os pássaros são só silhuetas agora, circulando no alto. Eu os observo e observo até meus olhos se fecharem.

Podemos cuidar dele também.

Meus olhos se abrem. Os peixes passam voando, reluzindo ao sol. Estou com tanto frio.

O que você disse?

Você me mostrou. Podemos cuidar do mundo, se formos corajosos o suficiente.

Mas não me resta nada.

Ainda resta o selvagem.

Silêncio.

E então...

Pode esperar por mim? Só mais um pouquinho.

Sempre.

Subo para a superfície, emergindo em uma explosão, o ar invadindo violentamente meus pulmões. Mal sei como isso acontece, mas estou me movendo, fragmentos de mim se agarram à vida, no fundo do mar, ainda se libertando e me libertando dessa sufocante vergonha sem fim.

Mal consigo me mover para vestir minhas roupas, mas de alguma forma me visto; mal consigo ficar em pé, mas de alguma forma me levanto; mal consigo andar, não vou conseguir andar, mas ainda assim eu ando. Dou um passo após outro passo, após outro passo, após outro passo.

Não estamos sozinhos no planeta, ainda não. Elas não desapareceram e, portanto, não é hora para me afogar. Ainda há coisas a serem feitas.

Não sei quanto tempo leva. Podem ser horas, dias ou semanas. Mas, em algum momento, vejo um veículo se aproximando sobre o gelo e ouço o ruído distante de um helicóptero — e me permito desabar no chão.

Não lhe prometerei nada. Já desisti de promessas. Vou apenas lhe mostrar.

EPÍLOGO

PRISÃO DE LIMERICK, IRLANDA
SEIS ANOS DEPOIS

Está chovendo na segunda vez que me liberto dessas paredes, e desta vez, diferente da primeira, não me sinto vazia, sedenta por um fim, estou transbordante e carrego comigo muitas coisas, como um diploma duramente conquistado e a memória de um vasto *habitat* intocado do outro lado do mundo.

Não tenho expectativas de que alguém esteja à minha espera.

Avisto uma silhueta escura através da cortina de chuva. Encostada em uma caminhonete. Sem guarda-chuva.

Eu me aproximo, pensando que deve ser Ennis, ou talvez Anik — todos eles sabem que eu saio hoje, mas nunca esperei que viessem tão longe...

Não é ninguém da tripulação do *Saghani*. Nunca vi esse homem. Talvez ele não esteja esperando por mim.

Mas caminho até ele, de qualquer maneira.

Ele é alto, forte e grisalho, veste uma capa de chuva — igual a que Edith costumava usar quando saía para os pastos na chuva — e botas sujas e tem rugas ao redor da boca larga e dos olhos. Então eu o reconheço.

— Olá — diz meu pai.

A caminhonete de Dominic Stewart cheira a café velho e eu vejo o motivo quando coloco meus pés em cerca de trinta copos descartáveis usados.

— Desculpe — resmunga.

Eu dou de ombros e fecho a porta.

Ficamos sentados em silêncio, ouvindo a chuva cair no teto.

— Para onde? — pergunta Dom. Seu sotaque australiano é evidente e me envolve, para minha surpresa, com uma sensação de lar.

Tento pensar para onde ele poderia me levar, mas não encontro uma resposta. Em vez disso, penso nos anos que passei odiando esse homem pelo que ele fez e para onde foi enviado, e nos anos que passei envergonhada de como acabei me tornando parecida com ele, e nos anos que passei simplesmente desejando ter uma família, mesmo que fosse um único membro, apenas um.

— Você já esteve na Escócia? — pergunto a ele.

— Não.

— Quer ir?

Ele olha para mim, depois encara a chuva. Sem uma palavra, ele liga o carro. E vejo nitidamente a tatuagem antiga e desbotada de um pássaro em sua mão.

Dom me vê olhando para ela e sorri timidamente.

— Era a preferida de Iris.

Retribuo o sorriso.

Mamãe costumava me dizer para procurar as pistas.

"*As pistas do quê?*", perguntei na primeira vez.

"*Da vida. Elas estão escondidas por toda parte.*"

AGRADECIMENTOS

Em primeiro lugar, gostaria de agradecer à minha maravilhosa agente, Sharon Pelletier, por dar uma oportunidade a uma autora australiana desconhecida e me encorajar a escrever este livro. Você foi paciente e solidária, e, sem seu salto de fé, *Migrações* poderia não existir. Certamente não teria encontrado a casa perfeita que encontrou na Flatiron sem o seu trabalho duro, então muito obrigada.

Agradeço imensamente à minha editora, Caroline Bleeke, que acreditou neste livro desde o início e trabalhou tão incansavelmente para aprimorá-lo de forma tão extraordinária para colocá-lo nas mãos dos leitores. Você realmente foi uma editora dos sonhos, Caroline, e não posso agradecer o suficiente por sua gentileza, generosidade e dedicação. Da mesma forma, toda a equipe da Flatiron tem toda a minha gratidão por ver o potencial deste romance e trabalhar tão arduamente para ver esse potencial realizado, desde o design lindo, tanto nas páginas quanto na capa, às ideias de vendas corajosas para o alcance internacional que vocês alcançaram. Eu não poderia ter pedido mais. Obrigada à minha extraordinária publicitária, Amelia Possanza, e ao restante da equipe maravilhosa da Flatiron, especialmente Keith Hayes, Nancy Trypuc, Katherine Turro, Marta Fleming, Kerry Nordling, Cristina Gilbert, Amy Einhorn, presidente da Flatiron, Bob Miller, e à editora Megan Lynch. Obrigada, também, a Matie Argiropoulos e à equipe da Macmillan Audio por seu trabalho na produção de áudio.

Sou imensamente grata à minha inteligente editora do Reino Unido, Charlotte Huphery; editora Clara Farmer; e sua equipe da Chatto & Windus; e à minha adorável editora australiana, Nikki Christer, e sua equipe na Penguin Random House. Foi uma alegria trabalhar com todos vocês e estou ansiosa pelo que está por vir.

Muito obrigada ao meu time de amigos incríveis. Sarah Houlahan, por me enviar aqueles primeiros trabalhos acadêmicos sobre andorinhas-do-mar-árticas e por me dar tantas dicas científicas com tanto entusiasmo, e por sempre me ouvir. Kate Selway, por ler o manuscrito e dar um "toque científico" nele — seus detalhes fizeram toda a diferença. Rhia Parker, por ler o primeiro rascunho do manuscrito, como você sempre faz, e por me ajudar com ideias tão boas. Caitlin Collins, Anita Jankovic e Charlie Cox, por ouvirem meus desabafos sobre os vários altos e baixos que vêm ao escrever um livro e por sempre fazê-lo com um sorriso!

Agradeço à minha família, Hughen, Zoe, Nina e Hamish, por seu amor e apoio, e ao papai — obrigada por me ensinar sobre burros! À minha avó Charmian e ao meu falecido avô John, por seu apoio, e pela visão de Pa sobre como os barcos se movem durante uma tempestade. Obrigada à minha prima Alice, por me mostrar Galway e me levar para conhecer a música irlandesa; seu amor pelo oceano tornou-se uma grande parte de Franny. A meu irmão, Liam, minha avó Alex e, acima de tudo, minha mãe, Cathryn (que leu diligentemente cada palavra que escrevi em infinitos rascunhos); vocês três têm sido tão inacreditavelmente maravilhosos, eu não poderia ter escrito isso sem vocês, e tenho muita sorte de tê-los como minha família. E para meu parceiro, Morgan, você tem sido uma rocha durante todo esse processo, acreditando em mim, compartilhando minha empolgação e me apoiando quando as coisas ficaram difíceis. Sua convicção apaixonada em suas crenças é uma contínua inspiração, e você me ensinou que nenhuma pessoa é pequena demais para fazer sua parte. Obrigada. Por último, quero reconhecer as criaturas selvagens desta terra e dizer que este livro foi escrito para elas com tristeza e pesar por aqueles que foram exterminados e por amor aos que permanecem. Eu realmente, profundamente espero que o mundo sem animais retratado em *Migrações* não chegue a acontecer.

SOBRE A AUTORA

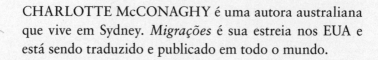

CHARLOTTE McCONAGHY é uma autora australiana que vive em Sydney. *Migrações* é sua estreia nos EUA e está sendo traduzido e publicado em todo o mundo.

ALTA NOVEL

CONHEÇA OUTROS LIVROS DO SELO

- Suspense
- Biodiversidade
- Romance

NUNCA PRESUMA NADA SOBRE UM LOBO, ELE SEMPRE VAI SURPREENDÊ-LA.

Inti Flynn chega à Escócia com sua irmã gêmea, Aggie, para liderar uma equipe de biólogos com o plano de reintroduzir quatorze lobos cinzentos nas remotas Terras Altas. Ela espera recuperar não apenas a paisagem, mas também Aggie, que foi destruída por segredos terríveis que levaram as irmãs a deixar o Alasca. Entre questões emocionais e a tentativa de proteger seus amados lobos, a bióloga precisará encontrar a si mesma.

UMA VIDA MARCADA POR SEDE DE LIBERDADE E PERIGO.

Marian Graves é uma aviadora corajosa, decidida a ser a primeira a dar a volta ao mundo. Em 1950, prestes a concluir com sucesso sua histórica tentativa, ela desaparece na Antártida. **Hadley Baxter** é uma estrela de cinema envolvida em escândalos que vê a salvação de sua carreira em um novo papel: a piloto desaparecida Marian Graves. O destino dessas duas mulheres colide ao longo dos séculos nessa obra épica e emocionante.

- Protagonismo feminino
- Romance histórico
- Segunda Guerra Mundial

Todas as imagens são meramente ilustrativas.

/altanoveleditora   /altanovel